全国计算机职称考试专用教程

全国专业技术人员计算机应用能力考试命题研究中心　编著

全国专业技术人员
计算机应用能力考试
专用教程

中文Windows XP
操作系统

人民邮电出版社

北京

图书在版编目（C I P）数据

中文Windows XP操作系统 ／ 全国专业技术人员计算机应用能力考试命题研究中心编著. -- 北京 : 人民邮电出版社，2011.9（2011.9 重印）
全国专业技术人员计算机应用能力考试专用教程
ISBN 978-7-115-25304-0

Ⅰ. ①中… Ⅱ. ①全… Ⅲ. ①Windows操作系统－资格考试－自学参考资料 Ⅳ. ①TP316.7

中国版本图书馆CIP数据核字(2011)第069592号

内 容 提 要

本书是以国家人力资源和社会保障部人事考试中心 2010 年颁布的最新版《全国专业技术人员计算机应用能力考试考试大纲》为依据，并在多年研究该考试命题特点及解题规律的基础上编写而成的。

本书共 10 章。第 0 章在深入研究考试大纲和考试环境的基础上，总结提炼出考试内容的重点及命题方式，为考生提供全面的复习、应试策略。第 1 章～第 9 章根据 Windows XP 科目的考试大纲要求，分类归纳了 9 方面的内容，主要包括 Windows XP 基础、Windows XP 桌面操作、Windows XP 窗口与应用程序操作、Windows XP 中的文件管理、磁盘与应用程序管理、使用 Windows XP 附件、Windows XP 多媒体娱乐和通过控制面板设置 Windows XP，以及设置与使用网络。各章节在讲解前均对本章内容进行了考点分析，并在各小节结尾部分后提供了模拟练习题，供考生上机自测练习。

本书配套的仿真模拟练习光盘不仅提供上机考试仿真环境及 12 套试题（共 480 道题），还提供考试指南、同步练习、试题精解和书中素材等内容，供考生复习时使用。

本书适合报考全国专业技术人员计算机应用能力考试"中文 Windows XP 操作系统"科目的考生使用，也可作为大、中专院校相关专业的教学辅导书或各类相关培训班的教材。

全国专业技术人员计算机应用能力考试专用教程——

中文 Windows XP 操作系统

◆ 编　　著　全国专业技术人员计算机应用能力考试命题研究中心
　　责任编辑　李　莎

◆ 人民邮电出版社出版发行　　北京市崇文区夕照寺街 14 号
　　邮编 100061　电子邮件 315@ptpress.com.cn
　　网址 http://www.ptpress.com.cn
　　三河市潮河印业有限公司印刷

◆ 开本：800×1000　1/16
　　印张：15
　　字数：350 千字　　　　　　　　　2011 年 9 月第 1 版
　　印数：5 001 –8 000 册　　　　　　2011 年 9 月河北第 2 次印刷

ISBN 978-7-115-25304-0
定价：39.80 元（附光盘）
读者服务热线：(010)67132692　印装质量热线：(010)67129223
反盗版热线：(010)67171154
广告经营许可证：京崇工商广字第 0021 号

▒ 前 言 ▒

　　全国专业技术人员计算机应用能力考试（又称全国职称计算机考试或全国计算机职称考试）是由国家人力资源和社会保障部组织的针对非计算机专业人员的考试，是各企事业单位在评聘相应专业技术职务时要求通过的考试。

　　中文 Windows XP 操作系统　科目考查的是考生对操作系统的应用能力。该科目的考试大纲与题库由国家人力资源和社会保障部人事考试中心于 2010 年 7 月做了更新，在命题方向上更注重实际应用，题目难度略有增大。

　　由于该考试是针对非计算机专业人员的无纸化考试，不少考生从未接触过计算机，面对分布广泛的知识点难以把握考试重点，加上缺少对上机考试环境的认识与了解，往往不知如何应对考试，应考压力大。

　　为了帮助广大考生掌握复习要点与复习方法，熟悉考试环境，提高应试能力，编者对大量考题进行了深入研究与剖析，并依据考试大纲和多年的教学经验编写了本书。

▶ 本书能给考生带来的帮助 ◀

1. 紧扣考试大纲，明确复习要点，减少复习时间

　　本书以最新的考试大纲为依据，并深入研究了近几年的考试真题，在全面覆盖考试大纲知识点的基础上合理地划分学习模块，并对知识点进行重新归纳，使考生既能掌握具体的知识点，又能较好地把握整个知识体系，而不会感到内容零散和跳跃性大。同时，在讲解各章之前均结合考试大纲罗列出考点要求，并在讲解各小节知识之前通过考点分析和学习建议两个小板块指出复习的重点，帮助考生提高复习效率。

2. 按题型举例讲解，考生可反复练习，易于记忆

　　为帮助考生顺利掌握大量的知识点，书中以清晰的标题级别对各知识点进行分门别类地讲解。同时，对于有多种操作方法的知识点，则通过方法 1、方法 2……的方式进行详细介绍，并对一些重点和难点还会结合考试题型举例介绍，也就是说书中的大部分操作步骤实际上对应的是考题的详细解题步骤。考生可结合书中的操作步骤反复进行上机练习，以强化巩固所学知识。

3. 讲解浅显易懂、易于操作，让初学者一学就会

　　由于考生是非计算机专业人员，对计算机的操作不太熟悉，因此本书结合新手学习计算机的特点，尽量做到语言描述清楚、浅显，使考生一看就懂。操作步骤明确、一步一图，并通过在图中配上操作提示的方式，帮助考生通过读图就能掌握操作方法。此外，书中还提供"提示"和"考场点拨"两个小栏目，帮助刚刚接触计算机的考生轻松上手。

4. 各章小节后都提供模拟练习题，突出上机操作，帮助考生举一反三

　　模拟练习题类似于真题，是根据其对应小节的知识点在考试题库中的命题类型及方式精心

设计的。考生通过模拟练习不仅可以巩固所学知识点，还可进一步掌握考试重点，并能对其他相似操作举一反三。

5．配套模拟考试光盘，帮助考生熟悉考试环境，做到心中有数

本书的配套光盘中提供模拟考试系统，使考生提前熟悉上机考试环境及方式，其中提供的模拟考试题及其试题精解演示，可供考生模拟演练并通过解答获知答题思路及具体操作方法，进一步突破复习难点，取得事半功倍的效果。

▶ 怎样使用本书 ◀

◆ 充分了解考试要求，明确复习思路。建议考生先阅读第0章的考纲分析与应考策略，充分了解考哪些知识点，弄清考试重点，掌握复习方法，了解考试过程中应注意的问题及解题技巧。

◆ 抓住考试重点，有的放矢。不主张采用题海战术，因为并不是练习做得越多就越好，因为考试是随机抽题，而考题的要求也是千变万化的，但考查的重点与方式基本不变。因而应注意对各种知识点进行归纳总结，这样在复习时才能抓住重点，掌握其操作要领，以不变应万变。

◆ 善用配套光盘，勤于练习。建议考生将复习时间和大部分精力放在考试大纲中要求掌握的基础知识和重点知识上，然后通过配套光盘提供的模拟考试系统进行反复练习，不仅能熟悉考试环境，还能检测自己的掌握情况，及时查漏补缺。

▶ 联系我们 ◀

尽管在本书编写与出版过程中，编者一直精益求精，但由于水平有限，书中难免有疏漏和不足之处，恳请广大读者批评指正。本书责任编辑的联系邮箱为：lisha@ptpress.com.cn。

编　者
2011 年 7 月

∷ 光盘使用说明 ∷

将光盘放入光驱中，光盘会自动开始运行，并进入演示主界面。若不能自动运行，可在"我的电脑"窗口中双击光盘盘符，或在光盘的根目录下双击 autorun.exe 文件图标也可运行光盘。

在光盘演示主界面上方有"考试简介"、"应试指南"、"同步练习"、"试题精解"、"仿真考试"、"实例素材"以及"退出系统"等选项卡，单击某个选项卡，即可进入对应模块。下面分别介绍各个模块的功能。

1."考试简介"模块

该模块主要是介绍全国专业技术人员计算机应用能力考试的考试形式、考试时间和考试科目等内容，单击右侧窗格中的按钮即可查看相应内容，如图 1 所示。

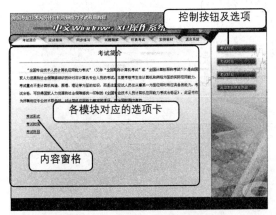

图 1 "考试简介"模块的主界面

2."应试指南"模块

该模块主要是介绍关于"全国专业技术人员计算机应用能力考试"的考试系统的使用方法，单击其右侧窗格中的按钮即可查看相应的内容，如图 2 所示。

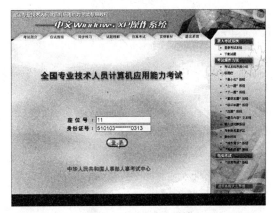

图 2 "应试指南"模块

3."同步练习"模块

在该模块中可以按照图书中的章节、有计划地练习本光盘题库中的每一道题。在图 3 右侧所示窗格中单击章节标题可以显示出该章节下的所有题目，再单击题目名称即可在该窗格的右下方显示具体的题目要求，并可在左侧窗格中进行练习。如果不知道该怎样操作，可以单击右侧窗格下方的"怎么继续做这道题"按钮查看提示信息，也可以单击"看看本题完整解答"按钮观看本题的完整操作演示。若要返回"同步练习"的界面可单击右侧窗格底部的"返回本板块主界面"按钮。

图3 "同步练习"模块

4."试题精解"模块

该模块以视频演示的方式，展示了本光盘题库中每一道题的解题方法和操作过程。在图4右侧窗格中单击章节标题可以显示该章节下的所有题目，再单击题目名称即可在右下方显示具体的题目要求。此时单击"看看本题怎么做"按钮，即可观看该题的解答演示。

图4 "试题精解"模块

5."仿真考试"模块

该模块提供了12套共480道试题供读者

进行模拟考试，其界面如图5所示。在右侧窗格中可以通过"第1套题"～"第12套题"按钮选择相应的试题，也可以通过"随机生成一套试题"按钮随机抽题。

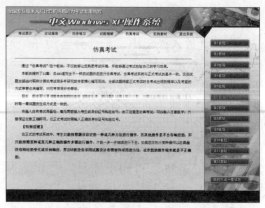

图5 "仿真考试"模块

（1）在单击图5所示的右侧窗格的任一按钮选题后即可进入登录界面，在此输入考生的身份证号（模拟练习时可以输入15位数字或者18位数字）和座位号，如图6所示。

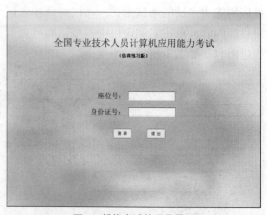

图6 模拟考试的登录界面

（2）单击"登录"按钮进入提示界面，此时应仔细阅读其中的"操作提示"信息，并等待进入考试界面，如图7所示。

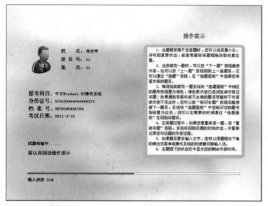

图7　操作提示界面

（3）进入考试界面，可以看到右下角有一个对话框，如图8所示。在该对话框的中间窗格显示的是该题的操作要求，单击"上一题"和"下一题"按钮可以跳转题目，单击"重做本题"按钮可以重做该题，单击"标识本题"按钮可对当前题目进行标识，单击"选题"按钮可以在弹出的对话框中任意选择要做的题目。如果要选择输入法，可以单击右下角的CH按钮，在弹出的菜单中选择所需的输入法即可。

图8　试题解答界面

说明：在单击"选题"按钮后弹出的对话框中，曾被"标识"过的题目号将以红色呈现，此时可以方便地识别和选择被标识的题目。

（4）答题结束后单击"考试结束"按钮，在打开的对话框中连续单击"交卷"按钮可以结束考试，并显示本次考试的得分，如图9所示。其中绿色表示做对的题目，红色表示做错的题目，单击相应的题号，可以查看该题目的操作演示。单击"返回重做"按钮将可以返回考试界面，重新解答做错的题目。单击"查看错题演示"按钮可以观看你做错的题目的完整解答演示。单击"返回主界面"按钮可以直接返回光盘主界面。

图9　结束考试界面

6. "实例素材"模块

选择图1所示光盘界面的"实例素材"选项卡，单击"本书实例素材"按钮，可以打开光盘的根目录，其中提供了"素材"和"效果"两个文件夹，读者可以从中找到本书中所有使用过的素材和效果文件。建议将这两个文件夹复制到电脑硬盘中，以便在学习过程中随时调用。

7. "退出系统"模块

在图1所示的光盘界面中单击"退出系统"选项卡将直接退出系统。

❖ 目 录 ❖

第 **0** 章 ▸考纲分析与应试策略◂

0.1 考试介绍

"全国专业技术人员计算机应用能力考试"（又称"全国职称计算机考试"或"全国计算机职称考试"）是由国家人力资源和社会保障部人事考试中心组织的针对非计算机专业人员的考试，主要考核考生在计算机和网络方面的实际应用能力，考试重点不是计算机构造、原理、理论等方面的知识，而是注重应试人员在从事某一方面应用时所应具备的能力。考试合格，可获得国家人力资源和社会保障部统一印制的《全国专业技术人员计算机应用能力考试合格证》，此证书作为评聘相应专业技术职务时对计算机应用能力要求的凭证，在全国范围内有效。

0.1.1 考试形式

考试科目采取模块化设计，每一科目单独考试。考试全部采用实际操作的考核形式，由40道上机操作题构成，每科考试时间为50分钟。

在考试过程中，考试系统会截取某一操作过程让应试人员进行操作，通过对应试人员实际操作过程的评价，判断其是否达到操作要求、是否符合操作规范，进而评测应试人员的实际应用能力。

0.1.2 考试时间

全国职称计算机考试不设定全国统一的考试时间，各省市的考试时间由相应的人事部门确定，一般一年有多次考试的机会，报考前可以查阅当地人事部门的相关通知。考生在某一考试科目中如果未能通过，可以多次重复报考该科目，多次参加考试，直到通过考试。

0.1.3 考试科目

自2010年7月1日起，该考试淘汰了"中文 Windows 98 操作系统"、"Word 97 中文字处理"、"Excel 97 中文电子表格"、"PowerPoint 97 中文演示文稿"、"计算机网络应用基础"和"AutoCAD（R14）制图软件"等6个科目，新增了"FrontPage 2003 网页设计与制作"、"Photoshop CS4 图像处理"和"用友（T3）会计信息化软件"等3个科目，对"中文 Windows XP 操作系统"、"Word 2003 中文字处理"、"Excel 2003 中文电子表格"、"PowerPoint 2003 中文演示文稿"和"Internet 应用"等5个科目修改了考试大纲，进行了知识升级和题库更新。现在有22个科目可供报考，其详细情况可参考随书光盘的"考试简介"模块。

报考时应选择自己最为常用、最为熟悉或者与平常应用有一定相关性的科目，以便有利于顺利通过考试。如 Windows XP 和 Word 2003

是我们平常工作和生活中接触较多的软件。而 PowerPoint 2003 又与 Word 2003 有一定相关性，很多基本操作方法都相同或相似，因此，可以选择这三项考试科目。

0.2 考试内容

"中文 Windows XP 操作系统"（2010 年新大纲）的考试要求如下。

1．Windows XP 基础

（1）考试要求掌握的内容
◆ Windows XP 的启动、注销和退出；
◆ Windows XP 帮助系统的使用。

（2）考试要求熟悉的内容
◆ 各种输入法的切换方式以及动态键盘的使用。

（3）考试要求了解的内容
◆ Windows XP 桌面图标的基本操作；
◆ 键盘的使用；
◆ 中、英文标点符号，以及全角、半角字符的输入。

2．Windows XP 的基本操作

（1）考试要求掌握的内容
◆ 窗口的组成；
◆ 窗口显示界面的调整，窗口标题栏、滚动条等的基本操作；
◆ 菜单和快捷菜单的操作；
◆ 工具栏的使用；
◆ 对话框的操作，包括选项卡、命令按钮、文本框、列表框、下拉式列表框、复选框、单选按钮等的操作；
◆ 任务栏及程序图标区的操作；
◆ "开始"菜单的基本操作。

（2）考试要求熟悉的内容
◆ 工具栏的设置；
◆ 任务栏属性的设置。

（3）考试要求了解的内容
◆ 窗口信息区的使用；
◆ 状态栏的显示／隐藏。

3．Windows XP 的资源管理

（1）考试要求掌握的内容
◆ 用"资源管理器"和"我的电脑"对文件及文件夹进行新建、复制、移动、重命名和删除等基本操作；
◆ "搜索"功能的使用；
◆ 回收站的使用；
◆ 应用程序的运行方式。

（2）考试要求熟悉的内容
◆ "资源管理器"和"我的电脑"的外观调整；
◆ 文件夹的工作方式和内容显示方式的设置；
◆ 磁盘管理与维护的基本操作。

（3）考试要求了解的内容
◆ 系统的备份与恢复；
◆ 任务管理器的使用。

4．系统设置与管理

（1）考试要求掌握的内容
◆ 显示属性的设置，包括设置桌面主题、

更改桌面背景和颜色、定制桌面、设置
屏幕保护等；

◈ 鼠标的设置；

◈ 打印机的添加和设置方法，以及打印
机管理器的使用；

◈ 语言及输入法的添加和删除，以及日
期格式、时间格式、数字格式、货币格
式的设置；

◈ 系统日期／时间设置；

◈ 本机常用安全策略的设置与管理；

◈ 添加新账户、修改已有账户信息等基
本操作。

(2) 考试要求熟悉的内容

◈ 区域的设置，熟悉设置显示器的分辨
率和颜色质量；

◈ 添加、更改和删除应用程序操作。

(3) 考试要求了解的内容

◈ 字体的安装和删除；

◈ Windows 组件的添加和删除操作；

◈ 添加新程序和新硬件的方法。

5．网络设置与使用

(1) 考试要求掌握的内容

◈ Windows XP 中网络连接的配置方法及
Internet 属性设置。

(2) 考试要求熟悉的内容

◈ Windows XP 配置家庭或小型办公网络
的方法；

◈ 网上邻居的使用；

◈ 文件夹、磁盘的共享操作；

◈ Windows XP 的自动更新操作；

◈ Windows 防火墙的使用。

(3) 考试要求了解的内容

◈ 局域网的设置。

6．Windows XP 实用程序

(1) 考试要求掌握的内容

◈ 记事本、画图、写字板、通讯簿实用
程序的使用。

(2) 考试要求熟悉的内容

◈ 计算器实用程序的使用。

(3) 考试要求了解的内容

◈ 拷贝操作；

◈ 剪贴簿查看器的使用；

◈ Windows 辅助工具放大镜和屏幕键盘
的使用。

7．多媒体娱乐

(1) 考试要求掌握的内容

◈ 多媒体播放器 Windows Media Player 的
使用；

◈ 录音机的使用。

(2) 考试要求熟悉的内容

◈ 影像处理软件 Windows Movie Maker 的
使用。

(3) 考试要求了解的内容

◈ 了解多媒体播放设备的设置。

0.3 复习方法

掌握一些合理的复习方法可以使自己面对
考试的时候能够得心应手、游刃有余。

0.3.1 熟悉考试形式

全国职称计算机考试是无纸化考试，考试

全部在计算机上操作，侧重考查考生的实际操作能力。因此，在复习时除了要选购一本合适的教材外，还应有一张包含仿真试题系统的光盘来配合做模拟练习或仿真考试，这样可以提前熟悉考试系统，感受考试气氛，对考试的形式做到心中有数。实际考试时，有些没使用过仿真考试软件的考生由于不熟悉考试规则和操作而不知所措，最终不能通过考试，十分可惜。

仿真试题系统中的题目在出题方式和考查的知识点方面类似于题库中的考题，并且能够基本涵盖考试大纲所要求的知识点。通过大量练习，在考试时就会发现自己做的大部分题都似曾相识，从而轻松地通过考试。

0.3.2 全面细致复习，注重上机操作

全国职称计算机考试的复习以教材为主，教材中一般都包含了考试大纲，考试的所有知识点都在考试大纲内。考试侧重基本操作，考查的知识点多而全，很可能会考一些自己平时根本没用过的知识。因此复习时应对照考试大纲对相关知识点进行全面细致地复习。

由于考试采取机试的方式，所以在复习过程中，应根据教材的讲解，尽量边学习边上机操作，将考试大纲要求的每一个知识点均在计算机上操作通过，重要知识点甚至可以多次反复练习。在掌握所有知识点基本操作的基础上，可以有针对性地使用仿真试题系统进行测试巩固，找出自己的薄弱点，重点加以复习。

有的考生喜欢购买大量的仿真题来做，认为只有这样才可以保证顺利通过考试。其实复习时没有必要过多地购买各种各样的仿真试题，这些试题都是根据考试大纲的知识点来设计的，只要复习时多研究考试大纲，多上机操作，即可轻松应对考试。很多仿真试题考查的知识点是相同的，复习时关键在于掌握解题方法，而不在于能记忆多少道试题的具体操作步骤。

在熟悉考试大纲要求的各知识点基本操作的基础上，建议使用本书附带光盘中的"模拟练习"和"仿真考试"功能进行练习和模拟考试。该系统中包含 12 套共 480 道试题，并有详尽的解题演示供反复巩固，这对于掌握绝大部分知识点的基本操作和熟悉考试环境是足够的了。

对于另外购买或收集的模拟试题，我们可以着重了解题目的内容，注重操作方法的多样性，最好在解题的过程中注意分析各部分知识点的分值分布，以便于对考试中知识点考核有一个全面的了解。

0.3.3 归纳整理，适当记忆

复习时进行一定的归纳整理，可以使复习渐渐变得轻松。例如，在计算机使用过程中，要实现某一操作有很多种方法，总结起来往往都是以下几种：执行某项菜单命令、单击某工具栏按钮、执行某右键菜单命令、按某快捷键。考试时如果题目中没有明确的要求或暗示使用某种方法，同时自己常用的方法又无法解题，则应考虑使用其他几种方法。

对于一些常用或重要的快捷键，以及Windows XP 中的一些概念、工具名称等，应适当加以记忆，否则如果考试时遇到，则会不知所措。

0.3.4 战略上藐视，战术上重视

职称计算机考试面对的对象大部分是社会上不从事计算机专业的人员，所以它的考试难度较低，可把握性较强，没有必要觉得这个考试非常困难。只要拿出一定的精力，掌握一定

的复习方法，顺利通过考试不是什么难事，毕竟该项考试只需做对 24 道题，得到 60 分即可通过。

当然，我们在战略上藐视的同时，也应重视考试前的复习。特别是一些平时自以为对计算机或应考科目很熟悉的考生，往往因一时疏忽，没有根据教材仔细复习，不注意考试规定要考查的知识点，结果没有通过考试。职称计算机考试考查的软件虽然都是一些常见软件，但其考查的知识点比较广，和我们平时的操作有很多不同，有可能是我们平时根本就没有接触到的，比如 Windows XP 考试时要求保存剪贴板中的内容，考查磁盘管理时要求复制磁盘等。

因此，即使认为自己在平时应用中操作比较熟练，也应多看看教材，尤其是大纲中列出的知识点，对自己不知道的知识点一定要弄明白。

0.4　应试经验与技巧

全国职称计算机考试主要是为了落实国家加快信息化建设的要求，提高专业技术人员在计算机与网络方面的基本应用能力。掌握一些从实践中总结出来的经验和技巧，可以使考生在考试时充分发挥出自己的实际水平，从而取得理想的成绩。

0.4.1　考试细节先知晓

全国职称计算机考试采取网络报名、上机考试的方式，因此应注意考试前、考试中的一些细节。

（1）不要弄错考试的具体时间和地点。异地考生尤其不要迟到，考试前应清楚考点的具体地址，最好能提前摸清从居住地到考点的路线、交通方式以及路上大致花费的时间，以免错过考试时间。

（2）仔细阅读准考证上的考试须知。计算机考试有别于其他考试，千万不要犯经验主义错误。入场时间一般在考前 30 分钟，具体见准考证。千万不能忘了带准考证和身份证，以免进不了考场。

（3）考试采取网上报名，现场照相的方式。该照片不仅用于识别应试人员身份，如果应试人员考试合格，还要将此照片打印到应试人员的考试合格证书上，这样能够有效地防止出现应试人员替考的现象，保证考试的公平与公正。照相后应按照考场中的计算机编号对号入座。双击"考试工具"输入准考证上的身份证号和座位号，单击"登录"按钮，进入待考界面。如果准考证上的身份证号有误，考后应联系监考老师更正。

（4）考试系统只允许登录一次，一旦退出系统便认为是交卷，不能再次登录，这一点与平时在模拟系统中有所不同。真正考试时不能像模拟试题系统那样即时查看成绩，单击"考试结束"按钮并确认交卷后就不能再答题了，这一点应特别注意。考生答完题即使不单击"考试结束"按钮，50 分钟时间到后，计算机也会自动交卷。

（5）考试过程中如果出现死机、突然断电等情况，不必紧张，应告知监考老师进行处理。考试中如果出现鼠标点击什么地方都没有反应，如单击"上一题"、"下一题"时没有出现题目的变化，就可判断为死机。无论出现什么情况，之前做过的题都保存在系统中，不会因为故障而丢失。等监考老师排除故障后可以接着进行考试，时间也会续算，不会因此而减少。

（6）考试前考试服务器会自动分配场次、考试时间，然后打印出准考证，考生的考试信息一旦生成即不能改动。因此在考试时一定要填好表或涂准卡，注意各模块的代码，以免带来不必要的麻烦。

（7）每个考生的试卷都是在考前临时随机生成的，无规律可言，不同考生所生成的试卷都不同，这样能够有效地预防考生之间的抄袭行为，保证考试的公平与公正。

（8）每场考试开考前都要经过国家人事部考试中心的验证，通过后方能开考。等一个批次考完后，考试服务器自动阅卷，没有人为干预的因素，其公正性不必怀疑。

0.4.2 做题方法技巧多

全国职称计算机考试采用上机考试的方式，为了考查考生各方面知识点的应用能力，其试题系统有一些特别的地方，因此在做题时也有一些特殊的技巧。

（1）掌握"先易后难"的做题总原则。我们参加考试的基本要求是合格，也就是说只需要答对24道题目就能通过考试。如果要在50分钟内做40道操作题，这就要求我们应快速地做题。当阅读一道题的时候，如果不能第一时间看出本题的做法，或者即使能看出本题的做法，但是已经知道这题在做的时候非常麻烦，需要的步骤多、时间长，可以先不做本题，用鼠标单击"标识本题"按钮，继续做下一题。第一轮做完，一般都能做对大部分题目，这时自己就有了底气和信心，更容易做出经过标识的难题了。

用这种方法做完所有题之后，再来做标识的题目，增加通过考试的几率，甚至获取高分。单击"选题"按钮，那些标识为红色的题

目就是己标识的未做的题，鼠标单击题号切换到相应的题目，继续做该题。如果经过较长时间考虑仍然不能解决该题，继续标识本题，再去做其他未做的题目。用这种方法，可以保证在规定时间内能做完易做的题目，不致因为时间分配不当而失去得到会做题目分值的机会。

在使用这种方法时，应注意将只要没做完或没想出解决方法的题目都做标识，如果第二轮、第三轮仍然没有做出经过标识的题时，应该再一次地标识本题，否则以后就不知道自己还有哪些题目没有完成。

（2）注意理解领会题目的考查意图。在平时的使用中，完成一个操作可能有多种方法，但是由于考试的试题是在特定的试题环境下设计的，有的题目设计时只想考查考生使用某一种方法的能力。因此，必须注意判断出题者的考查意图，分析出题目要求用哪种具体的操作才能正确地做对题目，而不能只用自己习惯的方式去操作。

比如，有一个题目为：在 Windows XP 桌面上创建名称为"画图"的应用程序的快捷方式，该应用程序的标识名为 C:\windows\system32\mspaint.exe（使用创建快捷方式向导，要求直接填写命令行）。一般来说，大家最为熟悉的创建桌面快捷方式的方法为：进入到 c:\windows\system32\ 文件夹，找到 mspaint.exe 程序文件，然后用鼠标右键单击该文件，在弹出的快捷菜单中选择【发送到】→【桌面快捷方式】命令。但是，要正确解答本题就只能按照试题的要求，使用创建快捷方式向导来完成。

这种限制考生只能用一种方法解题的题目在考试时经常出现，比如，当使用菜单命令或者单击工具栏中的常用工具按钮都不能完成试题时，应考虑单击鼠标右键试试能否调出快捷菜单，很多试题就是专门设计考查考生使用鼠

标右键调用快捷菜单功能的。因此，这就要求考生平时应多练习一题多解，就是在练习的时候要多注意这一道题有哪几种做法，尝试着去试一试，当然在考试时用其中的一种做法就可以了。

(3) 善于利用考试系统的仿真环境。职称计算机考试采用仿真环境来进行考试，也就是说如果你参加 Windows XP 模块的考试，考试时使用的并不是真正的 Windows XP 系统，而只是一个仿真的平台。在这种平台上，你在答题的时候只有采用了正确的操作方式，界面才会有变化，才能继续下一步操作，否则考试程序没有响应。一般来说，试题解答完毕，对试题界面执行任何操作系统都不会再有响应，也就是说最后的结果是一幅静止的图片（一般软件的菜单栏可以在任何时候单击弹出，但选择命令时不会再有响应）。

如果这一道试题的界面依然可以操作，说明这道题目做得还不完整，或者根本没有做对，这也提醒考生需要重做本题。

(4) 大胆解题、细心观察。由于考试环境是一个仿真环境，与当前题目无关的菜单、工具按钮等都被屏蔽了，只有选对了菜单命令、单击了正确的工具按钮，才会打开相应的对话框继续下面的操作，或者界面才会有相应的变化。所以当大致确定使用哪一种方式解题时，便可大胆地去尝试，同时须进行仔细的观察，如果方法不正确是不会有响应的，这样可以提高做题速度。

另外，如果要找的选项有很多的时候，不需要逐项去找，也不需要用太多时间思考，只要拖动滚动条到相应的位置，如果正确的选项在这一区域，系统就会停止于这一区域，再拖动滚动条就拖不动了，在这一区域中再任意单击各选项，能够选中的选项就是题目所要求的选项。

因此，考试时应大胆地执行相应的命令，细心地观察操作的效果，直到操作的结果是一幅静止的图片为止。

(5) 掌握解答要求复杂的题目的技巧。2010 年 7 月题库升级以后，总体来说试题题目难度有所增加，考查的知识点综合性、连贯性更强，因此在考试中很可能会碰到一些题目的题干文字比较多、比较复杂的情况。对于这类长难题目，可以不用一次性将题目要求读完再去考虑题目的解答方法，而是可以边读题目要求边按已想到的方法去解题。如果前面的操作能顺利执行下去，说明已经找到了正确的解题方法，可以继续读下面的题目要求并解答。如果操作不能执行，则可再多读一些题目要求。这样可以大大提高做题的速度。

(6) 使用软件自带的帮助系统帮助解题。使用标识难题、逐轮解决的方法一个个解答试题，如果最后剩下几个难以解决的题目，实在毫无头绪，这时可以考虑调用软件自带的帮助系统帮助解题。

职称计算机考试系统界面的默认方式看上去好像是将当前计算机锁定了，除了试题，任务栏、开始菜单等都没有了。其实考试系统也是一个应用程序，只是在进入系统后即对考试界面进行了全屏处理。如果已经对试题毫无办法，可同时按下键盘上的【Alt+Tab】组合键，试试是否可以回到真实的 Windows 系统环境。如果可以回到 Windows 系统，则再试着找找当前计算机中是否有自己当前应考科目的软件，如果能够找到，那就尝试用启动软件的几种方式启动相应的软件。进入真实的软件后，其所有的功能都可用，如果有哪一个题目不会，可以按【F1】键调出"帮助"系统，输入相关的关键字，得到相关的解题方法提示。了解解题方法后，单击 Windows 任务栏中的考试系统图标，就可以回到考试系统中继续解题。

当然，考试时间有限，如果每个题目都采用这样的方法，无论如何是不能按时解答完成所有题目的，也很难在这么短的时间内消化这么多知识点，找到相应的解题方法。要顺利通过考试，关键还要平时积累，遇到实在不会的题目时再用这种办法。

（7）终极解题法。在使用各种方法都不能正确解答题目时，也不应轻易放弃，最好能利用所剩不多的时间，做最后的努力，即根据题目要求，大致确定执行命令的区域，用鼠标往该区域密集点击，只要点中正确的地方，即会有界面的变化或弹出相应的对话框，之后说不定问题便可迎刃而解了。这种方法也是充分利用考试系统的仿真环境的特殊方法。

0.4.3 操作注意事项

参加职称计算机考试时，应注意一些操作效果和方法上的问题，以免出现误解或失误。

（1）在考试系统中操作时的效果可能与在真实的软件环境中有些差别，比如：格式化磁盘时，进度条不能像真正的格式化那样逐渐进行到最后，但只要操作正确和完整，最后得到一幅静止的图片，便能够得分了。

（2）记住软件的常用快捷键。考试中有的题目限定考生只能使用快捷键的功能。比如，在 Windows XP 模块试题中有一个题目为：在记事本中通过快捷键移动光标插入点到第一行的第一个字。如果考生使用鼠标拖动，将无法

操作，显然这是考查使用键盘上的【Ctrl+Home】组合键定位到首页首行行首的功能。

（3）注意切换英文字母的大小写以及中文字符的半角、全角状态。在 Windows 操作系统中，有时需要区分字母的大小写。比如，有一个题目为：利用"我的电脑"对 D 盘进行共享设置，访问类型设置为"只读"，密码为 RSBKS。解答这个题目时如果不注意将密码的几个字母大写，则会发现无论怎么设置，题目都还处在编辑状态下，不能继续下去。如果在输入汉字时，发现输入的是大写英文字母，则是【Caps Lock】键处于启用状态的原因，需要再次按一下该键取消其启用状态，才可正常使用输入法输入汉字。

另外，适时切换中文输入法状态下字符的半角、全角状态，可以解答不同的题目。

（4）在试题界面中，"复制"、"粘贴"的组合键【Ctrl + C】和【Ctrl + V】一般是无效的。当试题中要求输入文字时，需要用输入法手动输入。但考试中最好使用鼠标单击试题界面右下角的输入法图标切换输入法，不要使用键盘切换（适用于考试全程），因为只要使用键盘，则可能会造成要求答下一题时其题目要求面板丢失，在屏幕上找不到的情况。

如果一旦发生这种情况，可以要求监考老师对考试系统进行重置。重置后可以继续答题，不需要再重新解答前面的题目，但由于需要再重新输入座位号和身份证号，会浪费考试时间。

第 **1** 章 ·Windows XP基础·

Windows XP 是美国 Microsoft（微软）公司推出的操作系统，具有强大的功能、简易的操作及友好的界面等特点。Windows XP 中的 XP 是英文 Experience 的缩写，中文翻译为"体验"，寓意是这个操作系统会带给用户全新的数字化体验，引领用户进入更加自由的数字世界。本章将详细介绍 Windows XP 的启动与退出、认识 Windows XP 的桌面、鼠标和键盘的操作方法、汉字的输入方法以及 Windows XP 帮助系统的使用等知识。

本章考点

☑ **要求掌握的知识**
 ▣ Windows XP 的启动
 ▣ Windows XP 的注销与退出
 ▣ 使用 Windows XP 帮助系统
☑ **要求熟悉的知识**
 ▣ 中英文输入法的切换
 ▣ 各种输入法的切换
 ▣ 动态键盘的使用
☑ **要求了解的知识**
 ▣ 键盘的操作方法
 ▣ 了解中英文标点符号
 ▣ 全角 / 半角字符的输入

1.1 启动Windows XP

考点分析：启动 Windows XP 是考试大纲中要求掌握的知识点，也是操作 Windows XP 的必要前提，但在考试环境下已启动计算机并进入了操作系统，因此一般不会考查启动 Windows XP 的方法，可能会考查重新启动的操作。

学习建议：熟练掌握各种启动 Windows XP 的方式，为学习使用 Windows XP 作好准备。

Windows XP 是目前支持最多软硬件的操作系统，也是基于图形界面的操作系统，它几乎可以满足各个领域的运用。通过 Windows XP 可以进行处理文件、上网、收发电子邮件、拨打网络电话、聊天和观看电视电影等操作。

在使用 Windows XP 系统前，必须先启动它。启动 Windows XP 包括第一次启动、重新启动和复位启动 3 种情况，下面分别进行介绍。

1.1.1 第一次启动Windows XP

在没有开启电源的情况下启动 Windows XP，其具体操作如下。

❶ 打开电源插座开关，按下显示器的开关按钮，显示器的电源指示灯亮表示已打开。

❷ 按下主机正前面的电源开关，可以看到计算机屏幕中出现一些提示信息，如图 1-1 所示，表示系统开始自检。自检主要是检查计算机的各个设备是否能正常工作。

图 1-1　系统自检信息

图 1-2　Windows XP 的默认桌面

3 计算机开始自动运行，并显示启动画面，如果用户没有设置账户密码，则直接进入 Windows XP 的默认主界面（称为"桌面"），如图 1-2 所示。这时就可以使用计算机了。

Windows XP 桌面主要由桌面图标、背景以及桌面底部的任务栏和语言栏等组成，如图 1-3 所示。桌面中各个组成部分的使用与设置方法将在第 2 章中进行详细讲解。

图 1-3　Windows XP 的桌面

1.1.2 重新启动Windows XP

当计算机连续使用较长时间后，后台运行的程序将占用大量的内存，出现运行变慢或发生系统错误等现象，此时可重新启动Windows XP，以释放一些内存空间，其具体操作如下。

1 单击 Windows XP 桌面左下角的  按钮，在弹出的菜单中单击右下角的"关闭计算机"命令按钮。

2 打开"关闭计算机"对话框，单击"重新启动"按钮 ✳，如图 1-4 所示，Windows XP 开始保存设置并关闭计算机，稍后又重新启动计算机。

图 1-4　单击"重新启动"按钮

1.1.3 复位启动Windows XP

复位启动是指已进入到操作系统界面，由于系统运行中出现异常且按前面介绍的方法重新启动失败时所采用的一种重新启动计算机的方式。其方法是：按下主机箱上的"复位"按钮，重新启动计算机。

1.1.4 进入Windows XP安全模式

安全模式，就是只装入鼠标、键盘和标准VGA 的驱动程序，并以最基本的方式启动计算机。

在启动计算机时按住"F8"键，进入系统

启动菜单，然后使用键盘上的上下光标键在菜单中选择"安全模式"命令即可进入 Windows XP 安全模式，如图 1-5 所示。进入后，在桌面的四个角处会显示"安全模式"字样，提示用户系统处于非正常启动状态，此时，即可在该模式下进行计算机故障排除操作。要退出安全模式，只需重新启动计算机即可。

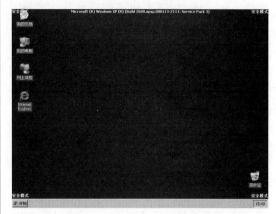

图 1-5　"安全模式"工作界面

1.1.5 自测练习及解题思路

1. 测试题目

第 1 题　重新启动 Windows XP。

第 2 题　复位启动计算机。

第 3 题　重新启动 Windows XP，并进入 Windows 安全模式。

2. 解题思路

第 1 题　单击 [开始]→关闭计算机→重新启动。

第 2 题　同第 1 题，复位启动其实就是要重新启动。注意：考试时执行重启操作后并不会真正重启考生使用的电脑。

第 3 题　在重新启动计算机时，按住"F8"键。

1.2 鼠标和键盘的操作方法

考点分析：掌握鼠标和键盘的操作方法是操作 Windows XP 的基础。在考试当中一般不会直接考查鼠标和键盘的操作方法，但是考生在整个考试过程中可能随时都需要用到鼠标和键盘进行各种操作，如输入文字、使用快捷键等。

学习建议：了解鼠标和键盘的各种操作。

1.2.1 认识鼠标指针的形状

在 Windows XP 中，鼠标指针形状并非一成不变，当系统处于不同的运行状态时，其外形也会有所不同，主要有以下几种形状。

◈ 标准选择 ：表示 Windows XP 准备接受用户输入命令。

◈ 帮助选择 ：这是按下了联机帮助键或帮助菜单时出现的指针形状。

◈ 后台运行 ：Windows XP 处于忙碌状态。

◈ 等待 ：系统处于忙碌状态。系统在处理较大的任务，用户需要等待。

◈ 精度选择 ＋：在某些应用程序中准备画一个新的对象。

◈ 文字选择 I：此指针出现在文件（文本）编辑区，表示此处可输入文本内容。

◈ 水平和垂直调整 ↔ ↕：当此指针形状处于窗口的边缘时，拖动鼠标即可改变窗口大小。

◈ 对角线调整 ↖ ↗：当此指针形状出现在窗口的 4 个角上，拖动鼠标可同时改变窗口的高度和宽度。

◈ 移动指针 ✛：这种指针会在移动窗口的位置上出现，使用它可以移动整个窗口。

◈ 链接选择 ：鼠标指针所在的位置是一个超级链接。

◈ 手写 ：此处可手写输入。

◈ 禁止 ：鼠标指针所在的按钮或某些功能不能使用。

1.2.2 鼠标的基本操作

鼠标的基本操作包括移动、单击、双击、右击和拖动等 5 种。

◈ **移动**：移动鼠标的方法是握住鼠标，在桌面或鼠标垫上随意移动，鼠标指针会随之在屏幕中同步移动。将鼠标指针指向屏幕中的某一对象，称为定位操作，该对象一般会出现相应的提示信息，如图 1-6 所示。

图 1-6 移动鼠标指针

◈ **单击**：先移动鼠标，让鼠标指针指向某个对象，然后用食指按下鼠标左

键后快速松开按键，鼠标左键将自动
弹起还原。单击操作常用于选择对象，
被选择的对象呈高亮显示，如图 1-7
所示。

图 1-7　单击鼠标

◈双击：双击是指用食指快速、连续
地按鼠标左键两次。如在桌面中双击
"我的文档"图标将打开"我的文档"
窗口。

☀　**操作提示**

当启动某个程序、执行任务以及打开某个窗口、
文件夹或图标时，需要用鼠标双击相应的图标对
象。

◈右击：右击就是单击鼠标右键，松开
按键后鼠标右键将自动弹起。在某个
对象上右击时，通常会弹出一个相应
的快捷菜单（又称右键菜单），可以快
速地选择有关命令。如在桌面中用鼠
标右键单击"我的文档"图标，将打
开如图 1-8 所示的快捷菜单。

图 1-8　"我的文档"快捷菜单

◈拖动：这个过程也被称为"拖曳"。
如图 1-9 所示为拖动"我的电脑"的
过程。

图 1-9　拖动"我的电脑"的过程

1.2.3　认识键盘的按键

在 Windows XP 中操利用键盘可以输入
文字、字母、数字或实现某些功能，键盘的
外观如图 1-10 所示。按击键数分，可将键
盘分为 83 键、93 键、96 键、101 键、102
键、104 键和 107 键等，目前常用的键盘为
107 键。

为了便于掌握和记忆，通常把键盘分为主
键盘区、功能键区、编辑控制键区、小键盘
区和键盘状态提示灯区，键盘组成的示意图
如图 1-11 所示。

图 1-10　键盘

图 1-11　键盘分布图

主键盘区是键盘上最重要的区域，同时也是键数最多的一个区域，主要用于输入英文、汉字、数字和符号等。下面重点介绍主键盘区，该区包括字母键、数字键、符号键、控制键和 Windows 功能键。

字母键【A】～【Z】的排列位置与英文打字机上字母键的排列位置完全相同，并且每个键面上都标有英文字母，如图 1-12 所示。在默认情况下敲相应的键将输入键面所标注的小写英文字母。若要输入大写字母，先按下【Caps Lock】键，然后敲相应的字母键即可。

图 1-12　字母键的排列位置

数字键【0】～【9】的每个键位由上、下两种字符组成，所以它又称为双字符键，如图 1-13 所示。直接敲这些键，将输入下档字符，即数字 0～9；如果按住【Shift】键不放再敲这些键，将输入其上档字符，即与数字对应的特殊符号。

图 1-13　数字键

符号键共有 11 个，除 键位于主键盘区的左上角外，其余各键都位于主键盘区的右侧。与数字键一样，每个符号键的键面也由上下两种不同的符号组成，如图 1-14 所示。每个键面上两种符号的输入方法也与数字键的操作方法一样。

图 1-14　符号键

另外比较常用的是控制键和 Windows 功能键的主要功能如下。

◈【Shift】键：键盘上共有两个【Shift】键，它们分别位于主键盘区的左右两侧，主要用于辅助输入双字符键中的上档符号，所以它又被称为上档选择键。另外该键与字母键结合使用也可输入大写或小写英文字母。

◈【Ctrl】键和【Alt】键：在主键盘区的左下角和右下角各有一对，通常与其他键配合使用。在不同的应用软件中，其作用也不尽相同。

◈【Space】键：键盘上没有任何标记且长度最长的键，按一下此键输入一个空格，同时光标右移一个字符。

◈【Backspace】键：也称为退格键，它位于主键盘区的右上角。主要用于删除光标左侧的字符，每敲一次该键，可使文本插入点向左移动一个位置，并删除该位置上的字符。

◈【Enter】键：也称回车键。按键上标有 Enter 字母，主要用于执行当前输入的命令。或者在输入文字时，按此键表示此行输入已结束。

◈Windows 功能键：在主键盘区左右两侧各有一个 键，键面上有 Windows 窗口图案，它们即为 Windows 功能键，简称【win】键，也称为"开始菜单"键，敲该键后将打开"开始"菜单。

1.2.4　常用快捷键的使用

Windows 操作系统中定义了许多快捷键，通过这些快捷键可以完成一些菜单的操作、窗口的切换等。常用的快捷键如下。

◈【Ctrl+C】组合键：在键盘上同时按下【Ctrl】键和【C】组合键，将需要的内容复制到剪贴板。

◈【Ctrl+V】组合键：在键盘上同时按下【Ctrl】键和【V】键，将复制的内容粘贴到所需的位置。

◈【Ctrl+X】组合键：在键盘上同时按下【Ctrl】键和【X】键，将需要的内容剪切到剪贴板。

◈【Ctrl+Shift】组合键：在键盘上同时按下【Ctrl】键和【Shift】键，可在各种输入法间切换。

◈【PrintScreen】组合键：在 Windows 系统中按下该键可以将当前屏幕画面以图片形式存储到剪贴板中，通过按【Ctrl+V】组合键可把该图片粘贴到文档编辑软件中。

◈【Alt+ PrintScreen】组合键：在键盘上同时按下【Alt】键和【PrintScreen】键，将当前窗口画面复制到剪贴板。

◈【Esc】键：取消输入或命令执行等。

◈【Shift+Tab】组合键：在键盘上同时按下【Shift】键和【Tab】键，可在对话框中切换到上一项。

◈【Tab】键：在对话框中切换到下一项。

◈【Alt+F4】组合键：在键盘上同时按

下【Alt】键和【F4】键，可关闭当前窗口。

◆【Delete】键：删除选择的对象。

◆【Ctrl+Esc】组合键：在键盘上同时按下【Ctrl】键和【Esc】键，打开"开始"菜单。

◆【Ctrl+Alt+Del】组合键：在键盘上同时按下【Ctrl】、【Alt】键和【Del】键，启动"任务管理器"对话框。

◆【Ctrl+.】键：在键盘上同时按下【Ctrl】键和【.】键，切换中英文标点。

◆【Alt+菜单项字母】键：打开窗口菜单。

◆【Win+D】组合键：可快速显示桌面，相当于单击快速启动栏中的 按钮。

◆【Win+R】组合键：可快速打开"运行"对话框，相当于选择【开始】→【运行】命令。

◆【Win+M】组合键：可最小化所有窗口。

◆【Win+E】组合键：可打开"我的电脑"窗口。

1.2.5　自测练习及解题思路

1．测试题目

第1题　双击鼠标，打开"我的电脑"窗口。

第2题　在"网上邻居"图标上单击鼠标右键，打开对应的快捷菜单。

第3题　通过快捷键关闭当前窗口。

第4题　在窗口中利用搜索，查找关于"键盘"的帮助信息。

2．解题思路

第1题　在"我的电脑"图标上双击鼠标左键即可。

第2题　在"网上邻居"图标上单击鼠标右键即可。

第3题　按【Alt+F4】组合键。

第4题　选择【开始】→【帮助和支持】命令，在打开的窗口中进行搜索。

1.3　中文输入法

考点分析：这一考点要求考生熟悉各种输入法的切换方式，考题中经常会要求考生连续执行两项以上操作，如同时输入文字和特殊符号等。另外，考试中常考的就是智能拼音输入法，如何通过它输入汉字常常也会和其他考点出现在同一道题中，如重命名文件名等。

学习建议：熟练切换输入法、使用动态键盘，以及了解中英文标点符号和全/半角字符的输入方法。

1.3.1　切换输入法

Windows XP提供了多种汉字输入法，包括智能ABC、微软拼音和全拼输入法等，这些拼音输入法都具有易学易用的特点，只要知道汉字的拼音就能通过它们将汉字输入计算机中。

Windows XP自带的输入法在系统安装成功后，便会自动显示在输入法列表中。通过下面几种方法可以切换输入法。

方法1：通过"选择输入法"图标 切换输入法。

单击"选择输入法"图标 ，在弹出的菜单中选择需要的中文输入法，这里选择"智能ABC输入法"命令，如图1-15所示。

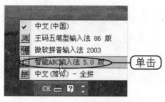

图 1-15 选择输入法

方法 2：通过快捷键切换输入法。

按【Ctrl+Shift】组合键，将切换成另一种中文输入法，如"微软拼音输入法 2003"。再按【Ctrl+Space】组合键则可将输入法的中文状态切换成英文状态。

📖 **考场点拨**

在考试中的任何时候如果需要使用输入法。应用鼠标单击试题界面右下角的输入法图标 **CH** 切换输入法，最好不要使用快捷键切换。否则可能会造成要答下一题时其题目要求面板。在屏幕上找不到的情况。

1.3.2　使用中文输入法状态条

当切换为中文输入法后，屏幕上会显示出对应的输入法状态条。下面以智能 ABC 输入法为例来讲解输入法状态条的使用，如图 1-16 所示。

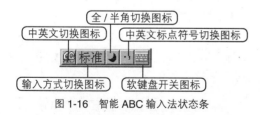

图 1-16　智能 ABC 输入法状态条

1．中英文切换图标

单击中英文切换图标可以在中文输入状态和英文输入状态之间进行切换。当该图标显示为 时，表示处于中文输入状态；该图标显示为 时，处于英文输入状态。

2．输入方式切换图标

输入方式切换图标用于切换汉字输入方式。智能 ABC 输入法包括标准和双打两种输入方式。

3．全／半角切换图标

单击全／半角切换图标可以切换输入法的全／半角状态。其中，在全角输入方式下，输入的字母、字符和数字均占一个汉字的宽度（即两个字节）；在半角输入方式下，输入的字母、字符和数字只占半个汉字的宽度。

4．中英文标点符号切换图标

用于在中文标点符号和英文标点符号之间切换。其中，当该图标显示为 时，可输入中文标点符号，即全角符号；当该图标显示为 时，可输入英文标点符号，即半角符号。

5．软键盘开关图标

软键盘也称为动态键盘。单击软键盘开关图标可打开软键盘，其具体使用方法详见 1.3.5 小节。

1.3.3　最小化/还原语言栏

语言栏默认悬浮在 Windows 桌面的右下角，有时为了操作方便，也可将其最小化到任务栏中。

◈ **最小化语言栏**：单击语言栏右上角的"最小化"按钮，如图 1-17 所示，可将语言栏最小化到任务栏中。

图 1-17　最小化语言栏

◈ **还原语言栏**：单击语言栏右上角的"还原"按钮，如图 1-18 所示，可将语言栏还原到桌面上。

图 1-18　还原语言栏

☀ **操作提示**

在实际应用中通常是将语言栏最小化到任务栏中。

1.3.4　输入汉字

目前比较常用的拼音输入法有很多，如智能 ABC 输入法、微软拼音输入法、搜狗拼音输入法等，其使用方法都大同小异。下面以智能 ABC 输入法为例讲解如何通过拼音输入汉字。主要有以下几种方法。

方法 1：全拼输入。

其录入规则与全拼输入法类似，即利用汉字的拼音字母作为输入代码，其具体操作如下。

1 打开"记事本"程序，将输入法切换到智能 ABC 输入法状态，如图 1-19 所示。

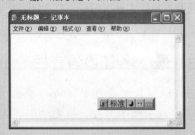

图 1-19　切换到智能 ABC 输入法

2 分别按下"计算机"的拼音"jisuanji"，如图 1-20 所示。

图 1-20　输入全拼拼音

3 依次按空格键出现所需的汉字，如图 1-21 所示。

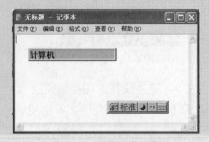

图 1-21　出现所需汉字

4 确认是所需的汉字后按空格键确认输入，如图 1-22 所示。

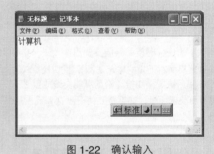

图 1-22　确认输入

方法 2：混拼输入。

其编码规则是对于两个音节以上的词语，使用全拼与简拼相结合的方法进行输入。它可以减少击键次数和重码率，从而提高输入速度，其具体操作如下。

1 在之前的文档中输入"职"的拼音"zhi"和"称"字拼音的前两个字母"ch"，如图 1-23 所示。

图 1-23　混拼输入

❷ 按空格键出现文字候选框，再按【5】键即可输入"职称"二字，如图1-24所示。

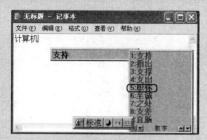

图1-24　选择所需的汉字

方法3：简拼输入。

将词语的各个音节的第一个字母组合起来输入汉字（如："应用"的字母组合"yy"），其具体操作如下。

❶ 在之前的文档中继续输入"考"字的拼音的第一个字母"k"和"试"字的声母"sh"，按空格键出现文字候选框，如图1-25所示。

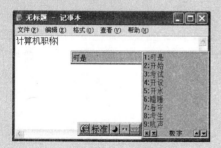

图1-25　简拼输入

❷ 按【3】键即可输入"考试"二字，如图1-26所示。

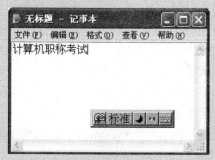

图1-26　最终效果

考场点拨

该考点的命题重点是输入汉字，所以考生只需熟练掌握一种汉字输入方式即可。一般考试时均提供多种拼音输入法和五笔输入法供选用。

1.3.5　软键盘的使用

单击软键盘开关图标▥，即可开启软键盘，通过它可输入一些特殊符号，再次单击该图标可关闭软键盘。若右击软键盘开关图标▥，则可选择一种符号类型，再输入具体的符号。

下面以在记事本中输入"★ αβ ★"为例讲解软键盘的使用，其具体操作如下。

❶ 选择【开始】→【所有程序】→【附件】→【记事本】命令，打开"记事本"程序，将输入法切换到智能ABC输入法状态，如图1-27所示。

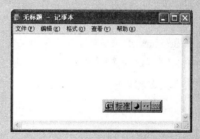

图1-27　切换到智能ABC输入法

❷ 在软键盘开关图标上单击鼠标右键，在弹出的快捷菜单中选择"特殊符号"命令，如图1-28所示。

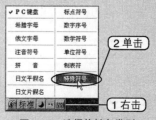

图1-28　选择软键盘类型

③ 打开如图 1-29 所示的软键盘，单击软键盘开关图标 可以关闭或再次打开该软 键盘。

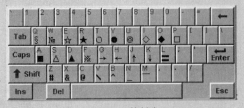

图 1-29　软键盘

④ 单击 按钮输入"★"，如图 1-30 所示。

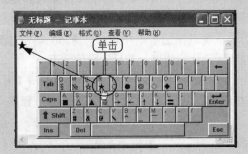

图 1-30　输入"★"

⑤ 在软键盘开关图标上单击鼠标右键，在弹出的快捷菜单中选择"希腊字母"命令。

⑥ 单击 和 按钮分别输入"α"和"β"，如图 1-31 所示。

图 1-31　输入"α"和"β"

⑦ 再按照前面步骤（2）至步骤（4）的方法输入"★"即可，最终效果如图 1-32 所示。

⑧ 再次单击软键盘开关图标 ，便可关闭

动态键盘。

图 1-32　最终效果

1.3.6　自测练习及解题思路

1．测试题目

第 1 题　通过语言栏将当前输入法切换成微软拼音输入法。

第 2 题　通过快捷键将当前输入法切换为智能 ABC 输入法。

第 3 题　将语言栏最小化到任务栏中。

第 4 题　在记事本中使用软键盘输入特殊符号"‰∈∮，ξδ。"，完成后关闭当前打开的软键盘。

第 5 题　将当前的智能 ABC 输入法改为半角、英文标点符号方式。

第 6 题　桌面上有打开的写字板窗口，在窗口中利用软键盘输入数学符号"∴≌"。

2．解题思路

第 1 题　单击输入法状态条上的选择输入法图标 ，在弹出的菜单中选择"微软拼音输入法"命令。

第 2 题　按【Ctrl+Shift】组合键。

第 3 题　单击语言栏右上角的 按钮。

第 4 题　参考 1.3.5 小节的内容。

第 5 题　依次单击输入法状态条上的 和 按钮。

第 6 题　参考 1.3.5 小节的内容。

1.4 使用Windows XP帮助系统

考点分析：这是一个常考的基础知识点，命题数量在同一套考题中也比较多，有时会有4～5道这方面的考题。考题中一般会指出采用哪种方式获取帮助，常见的考法有"在窗口中获取帮助"、"在对话框中查找帮助"和"用索引查找帮助"等。

学习建议：该考点属于考试大纲中需要掌握的知识点，因此，考生需要重点掌握各种获取Windows XP帮助的方法。

1.4.1 在"帮助和支持中心"获取帮助信息

打开"帮助和支持中心"窗口有以下两种方法。

方法1：通过窗口菜单打开。

当在窗口中需要帮助时，可选择【帮助】→【帮助和支持中心】命令，打开"帮助和支持中心"窗口，如图1-33所示。

图1-33 打开"帮助和支持中心"窗口

方法2：通过"开始"菜单打开。

在Windows XP桌面上选择【开始】→【帮助和支持】命令，即可打开"帮助和支持中心"

窗口，如图1-34所示。

图1-34 "帮助和支持中心"窗口

Windows XP操作系统的功能繁多，为了方便用户的使用，Windows XP提供了强大的帮助系统来解决各种疑难问题。启动帮助系统后，获取帮助信息有3种方法，下面一一讲解。

1. 利用"目录"获得帮助信息

通过单击相应的主题，可打开帮助内容窗口，单击其中的超级链接，还可以逐步打开相应的帮助窗口。帮助主题包括各种实践建议、教程和演示，都是用户计算机中的帮助文档。帮助主题从上到下分为4部分：第1部分主要是新功能介绍、Windows基础知识和一些集中的帮助主题；第2部分主要是关于网络、远程工作和系统管理方面的内容；第3部分主要是自定义计算机和辅助功能方面的内容；第4部分主要是有关硬件、性能维护和反馈方面的内容。

2．利用"索引"获得帮助信息

下面以查找和"背景"相关的帮助信息为例具体讲解如何利用"索引"获得帮助，其具体操作如下。

1 单击"帮助和支持中心"窗口工具栏中的"索引"按钮，在"键入要查找的关键字"文本框中输入关键字"背景"，在下面的列表框中即可找到与"背景"相关的帮助中题，选择"背景"选项，单击 显示(D) 按钮，如图1-35所示。

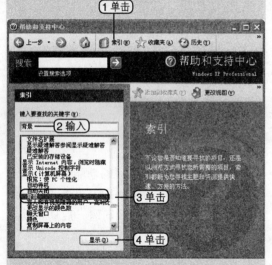

图 1-35　通过"索引"查找

2 打开"已找到的主题"对话框，在该对话框中双击要显示的主题"更改桌面背景"，如图1-36所示。

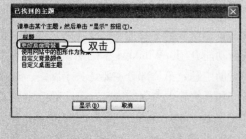

图 1-36 "已找到的主题"对话框

3 此时右侧窗口就会出现相关帮助信息，如图1-37所示。

图 1-37　找到帮助信息

3．利用"搜索"获得帮助信息

在 Windows XP 帮助系统中，还可通过搜索关键字获得帮助信息，以便能更快地找到所需的信息，其具体操作如下。

1 打开"帮助和支持中心"窗口，在其上方的"搜索"文本框中输入要获取帮助信息的关键字，如"鼠标"，然后单击→按钮，如图1-38所示。

图 1-38　输入关键字

⓶ 系统将搜索与关键字相关的所有主题，并在窗口左侧列表框中全部列出。单击所需主题的超级链接，在窗口右侧便会显示具体的信息，如图1-39所示。

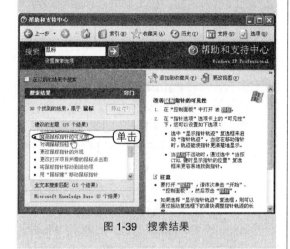

图1-39 搜索结果

1.4.2 在窗口中获取帮助信息

通过窗口菜单栏中的"帮助"菜单，可以在窗口中获取帮助信息。如在"我的电脑"窗口中选择【帮助】→【帮助和支持中心】命令，将打开如图1-34所示的"帮助和支持中心"窗口，然后即可搜索需要的帮助信息。

1.4.3 在对话框中获取帮助信息

下面以"日期和时间 属性"对话框为例讲解如何在对话框中获取帮助信息，其具体操作如下。

⓵ 双击任务栏最右端通知区的时间显示区域，打开"日期和时间属性"对话框，单击对话框右上角的 按钮，此时鼠标指针变为 形状，如图1-40所示。

⓶ 此时单击需要获得帮助的项目，这里单击"时间"栏，出现有关"时间"栏的帮助信息，如图1-41所示。

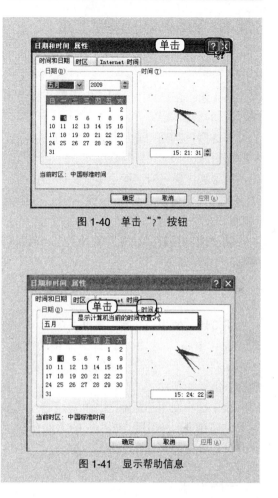

图1-40 单击"?"按钮

图1-41 显示帮助信息

操作提示

在对话框中直接在需要提供帮助的项目上单击鼠标右键，在弹出的快捷菜单中选择"这是什么？"命令，同样会显示对应的帮助信息。

考场点拨

该考点在命题时会指出要求打开的对话框或选项卡的名称，若考试环境中未打开相应的对话框，则考生必须先打开该对话框。打开对话框的操作方法将在本书第3.3节中介绍。

1.4.4 自测练习及解题思路

1. 测试题目

第1题 在窗口中利用"搜索"查找关于"键盘"的帮助信息。

第2题 利用"索引"查找关于"传真"的帮助信息。

第3题 显示对话框中某个具体项目的帮助信息，如"日期和时间 属性"对话框中的"日期"选项。

第4题 利用"目录"查找关于"复制"的帮助信息。

第5题 通过"开始"菜单打开"帮助和支持中心"窗口。

第6题 使用"开始"菜单直接进入"帮助和支持中心"，利用"选择一个帮助主题"的方法获取关于"更改'帮助和支持中心'的视图"方面的帮助。

第7题 使用"开始"菜单直接进入"帮助和支持中心"，利用"索引"的方法获取关于"打印机文件夹设置"方面的帮助。

2. 解题思路

第1题 选择【帮助】→【帮助和支持中心】命令，打开"帮助和支持中心"窗口，在"搜索"文本框中输入"键盘"，单击➡按钮即可搜索到相关的帮助信息。

第2题 单击"帮助和支持中心"窗口工具栏中的"索引"按钮，在"键入要查找的关键字"文本框中输入关键字"传真"即可出现相关的帮助主题，在主题中选择需要的帮助即可。

第3题 打开"日期和时间 属性"对话框，单击对话框右上角的"?"按钮，鼠标指针变为 形状，此时单击需要获得帮助的项目"日期"即会显示帮助信息。

第4题 参考1.4.1小节的第1小点。

第5题 选择【开始】→【帮助和支持中心】命令。

第6题 选择"开始"菜单中的"帮助和支持"命令，进入Windows"帮助和支持中心"，在"选择一个帮助主题"选项中选择"Windows基础知识"，在"Windows基础知识"列表中，选择"有关使用'帮助'的提示"，在"选择一个任务"列表中，选择"更改'帮助和支持中心'的视图"。

第7题 选择【开始】→【帮助和支持中心】命令，打开"帮助和支持中心"窗口，单击"窗口工具栏中的"索引"按钮，在"键入要查找的关键字"文本框中输入关键字"打印机文件夹设置"，即可出现相关的帮助主题，在主题中选择需要的帮助信息即可。

1.5 退出Windows XP操作系统

考点分析：该考点是 Windows XP 的基础考点，注销、切换用户以及关闭计算机都是考题中经常出现的考点，试题中有可能会交替出现。

学习建议：熟练掌握退出 Windows XP 操作系统的所有方法，尽量获得该考点的全部分数。

退出 Windows XP 包括注销和关闭计算机两种方式，下面分别进行讲解。

1.5.1　注销

　　若计算机中的其他用户需使用计算机，可以通过注销和切换用户两种方法来实现，其具体操作如下。

　　1 选择【开始】→【注销】命令，打开"注销Windows"对话框。单击"注销"按钮🔑或"切换用户"按钮🔄，如图1-42所示。

图1-42　"注销Windows"对话框

　　2 若单击"注销"按钮🔑，则Windows XP将关闭正在运行的程序，返回到选择登录用户的界面；若单击"切换用户"按钮🔄，则不关闭当前用户运行的程序，返回到选择登录用户的界面，如图1-43所示。单击一个账户图标，便可以该账户登录Windows XP。

图1-43　系统登录界面

1.5.2　关闭计算机

　　不再使用计算机时，应将其关闭，从而节省电能，延长计算机的使用寿命。正常关闭计算机的操作过程实际上就是退出Windows XP操作系统，其具体操作如下。

　　1 关闭所有已经打开的文件和应用程序。

　　2 选择【开始】→【关闭计算机】命令，如图1-44所示。

图1-44　"开始"菜单．

　　3 在打开的"关闭计算机"对话框中单击"关闭"按钮，如图1-45所示。Windows XP开始保存设置并关闭计算机，最后手动关闭显示器和电源总开关。

图1-45　"关闭计算机"对话框

☀ **操作提示**

关闭所有打开的程序后按【Alt+F4】组合键，也可打开"关闭计算机"对话框。

1.5.3　自测练习及解题思路

1．测试题目

第1题　关闭计算机。

第2题　将当前用户切换为 sunny。

第3题　注销当前用户。

第4题　通过快捷键打开"关闭计算机"对话框。

第5题　将计算机进入待机状态。

第6题　使系统处于"待机"状态，将计算机保持在低功耗状态，以使快捷恢复，退出等待状态。

第7题　注销当前用户，并使用用户名"小月"登录。

2．解题思路

第1题　选择 【开始】→【关闭计算机】→【关闭】命令。

第2题　选择【开始】→【注销】命令，单击"切换用户"按钮 ，在系统登录界面中选择"sunny"用户即可。

第3题　选择 【开始】→【注销】→【注销】命令。

第4题　按【Alt+F4】组合键。

第5题　选择 【开始】→【关闭计算机】→【待机】命令。

第6题　选择 【开始】→【关闭计算机】→【待机】命令。

第7题　选择 【开始】→【注销】→【注销】命令。然后单击"切换用户"按钮，选择"小月"用户登录。

第 **2** 章 ▸**Windows XP桌面操作**◂

桌面是用户与系统交流的平台。Windows XP 中的所有操作都从桌面开始，其中桌面图标、任务栏和"开始"菜单是 Windows XP 中的三大要素。本章详细讲解了与这三大要素相关的操作，包括创建系统图标、移动和排列桌面图标、重命名与更改桌面图标、删除与清理桌面图标、显示与隐藏桌面图标、锁定与解锁任务栏、改变任务栏的高度和位置、设置任务栏属性、设置任务栏的工具栏、认识"开始"菜单、使用"开始"菜单打开程序、切换"开始"

菜单的模式、设置"开始"菜单及在"开始"菜单中增加/删除快捷方式等。

2.1 桌面图标的操作

考点分析：该考点是考纲中要求了解的内容，但是出现考题的概率还是较大，而且涉及的操作较细，通常一套考题中会出现 1 ～ 2 题，考查的点也各不相同，这些操作都较简单，也易于掌握，所以一般不会丢分。

学习建议：掌握桌面图标的各种操作。

2.1.1 认识桌面图标

Windows XP 桌面上的各个小图片称为图标，它由图形和图标名称两部分组成，如图 2-1 所示。

图 2-1 桌面图标

双击桌面上的图标可方便、快捷地打开计算机中存储的文件或应用程序，因此也将这些图标统称为桌面快捷方式。桌面图标一般有系统桌面图标和快捷方式桌面图标两种。

1. 系统桌面图标

桌面上的"我的电脑"、"我的文档"、"回收站"、"网上邻居"和"Inertnet Explorer"图标是由系统自定义的，称为系统桌面图标。

◈ "我的电脑" ：用于管理计算机资源，用户的所有资料都可在"我的电脑"中找到。

◈ "我的文档" ：用于存储系统自建的图片、视频和音乐等文件夹，或用户自行创建的文档。

◈ "网上邻居" ：用于访问局域网中其他计算机中的共享资源。

◈ "回收站" ：用于暂时存放被用户删除的各种文件。

◈ "Internet Explorer" 图标 ：用于打开IE浏览器，浏览网页中的内容。

2．快捷方式桌面图标

有一些图标是用户自定义的快捷方式，其图像左下角有小箭头标识，称为快捷方式桌面图标，如图 2-2 所示。快捷方式桌面图标一般只是代表程序和文件的链接，并无实际意义。

图 2-2 快捷方式桌面图标

2.1.2 创建系统图标

刚安装完 Windows XP 操作系统时，桌面上通常只有一个回收站图标，将其他系统图标显示出来的具体操作步骤如下。

1 在桌面的空白区域单击鼠标右键，在弹出的快捷菜单中单击"属性"命令，如图 2-3 所示。

2 在打开的"显示 属性"对话框中单击"桌面"选项卡，再单击 自定义桌面(D)... 按钮，

如图 2-4 所示。

图 2-3 右键快捷菜单

图 2-4 "显示 属性"对话框

3 在打开的"桌面项目"对话框中选中"我的电脑"、"我的文档"、"网上邻居"、"Internet Explorer" 4 个复选框，如图 2-5 所示。

4 单击 确定 按钮，桌面上将出现这 4 个系统图标。

📖 考场点拨

打开"显示 属性"对话框的方法不止这一种，考题中如没有指定方法，考生可以采用最常用的方法打开（即右键菜单）。如不行再尝试其他方法，如通过控制面板打开。

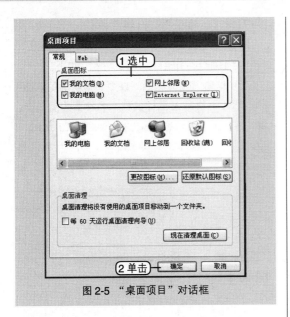

图 2-5 "桌面项目"对话框

2.1.3 移动与排列桌面图标

大量的桌面图标使桌面杂乱无章,既影响视觉效果,又不利于快速找到需要选择的对象,使工作效率降低。用户可以通过移动和排列图标,使桌面整洁美观。

1．移动桌面图标

若用户需要移动桌面图标,可先将鼠标指针移动到需要移动的图标上,按住鼠标左键拖动图标到需要的位置,然后释放鼠标左键即可。

2．排列桌面图标

若要排列桌面图标,可在桌面的空白处单击鼠标右键,在弹出的快捷菜单中选择"排列图标"命令,弹出其子菜单,如图 2-6 所示。

该菜单专门用来管理桌面图标,它包括"名称"、"大小"、"类型"、"修改时间"、"自动排列"、"对齐到网格"等命令。"自动排列"、"对齐到网格"是子菜单中的两个命令选项,

用户可以选定它,也可以不选定它。如果用户选择了其中一个选项,系统会在命令前加一个小勾作为选定标记,反之取消选择,小勾将去掉。

图 2-6 "排列图标"子菜单

各项命令含义如下。

◈ 名称：选择该命令后,系统将按图标名称的字母顺序排列图标。

◈ 大小：选择该命令后,系统将按文件大小的顺序排列图标。如果图标是某个程序的快捷方式,文件大小指的是快捷方式文件的大小。

◈ 类型：选择该命令后,系统将按图标类型的顺序排列图标。例如,如果在用户的桌面中有几张图片类型的图标,它们将排列在一起。

◈ 修改时间：选择该命令后,系统将按快捷方式最后所做修改的时间排列图标。

◈ 自动排列：选择该命令后,图标在屏幕中从左侧开始以列排列。

◈ 对齐到网格：在屏幕中由不可视的网格将图标固定在指定的位置。网格使图标相互对齐。

◈ 显示桌面图标：隐藏或显示所有桌面图标。当选中此命令时,桌面图标都显示在桌面中。

2.1.4 重命名与更改桌面图标

为了方便管理,可以重命名图标。如果想

要使自己的桌面更个性化还可以更换桌面图标的样式。

1. 重命名桌面图标

重命名桌面图标有两种方法。

方法1：通过右键快捷菜单。

下面以将"我的电脑"图标重命名为"电脑之家"为例进行讲解，其具体操作如下。

1️⃣ 在"我的电脑"图标上单击鼠标右键，在弹出的快捷菜单中选择"重命名"命令，如图2-7所示。

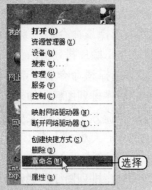

图2-7　右键快捷菜单

2️⃣ 图标名称变成蓝底白字，并且出现闪烁的编辑光标，如图2-8所示。

图2-8　名称呈可编辑状态

3️⃣ 输入新的名称"电脑之家"，按回车键即可，最终效果如图2-9所示。

图2-9　最终效果

方法2：通过鼠标左键修改。

下面以将"我的文档"重命名为"小艳的文档"为例进行讲解，其具体操作如下。

1️⃣ 单击"我的文档"桌面图标以选定该图标，然后再次单击图标名称，名称变为蓝底白字，并且出现闪烁的编辑光标，如图2-10所示。

图2-10　名称呈可编辑状态

2️⃣ 输入新的名称"小艳的文档"，按【Enter】键即可，如图2-11所示。

图2-11　最终效果

2. 更改桌面图标

更改桌面图标样式的具体操作如下。

1️⃣ 在桌面的空白区域单击鼠标右键，在弹出的快捷菜单中选择"属性"命令，如图2-12所示。

图2-12　右键快捷菜单

2️⃣ 在打开的"显示 属性"对话框中单击"桌面"选项卡，再单击 自定义桌面(D)... 按钮，如图 2-13 所示。

图 2-13 "显示 属性"对话框

❸ 在打开的"桌面项目"对话框中间的列表框中选择要更改的"网上邻居"选项，单击 更改图标(H)... 按钮，如图 2-14 所示。

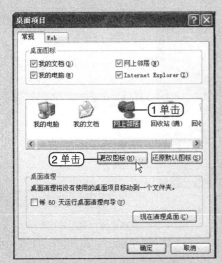

图 2-14 "桌面项目"对话框

❹ 在打开的"更改图标"对话框的"从以下列表选择一个图标"列表框中选择需要的图标 ，如图 2-15 所示。然后单击 确定 按钮，

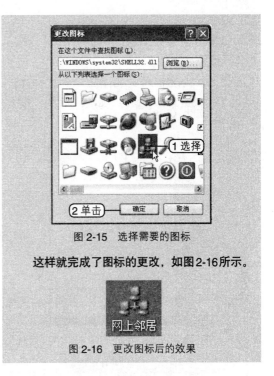

图 2-15 选择需要的图标

这样就完成了图标的更改，如图2-16所示。

图 2-16 更改图标后的效果

2.1.5 删除与清理桌面图标

对于一些无用的桌面图标用户可以将其删除，另外对于一些未使用过的桌面图标用户还可以使用清理桌面的方法来清除它。

1．删除桌面图标

删除桌面图标的方法有以下两种。

方法 1：通过按键盘上的【Delete】键。

如要删除桌面上的"ADSL"桌面图标，则先单击"ADSL"图标，然后按键盘上的【Delete】键，在打开的"确认文件删除"对话框中单击 是(Y) 按钮即可删除该图标，如图 2-17 所示。

图 2-17 "确认文件删除"对话框

方法2：通过右键快捷菜单。

如要删除桌面上的"明星志愿3"图标，其具体操作如下。

1 在"明星志愿3"图标上单击鼠标右键，在弹出的快捷菜单中选择"删除"命令，如图2-18所示。

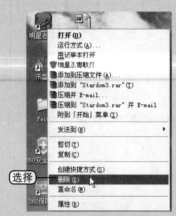

图 2-18　右键快捷菜单

2 在打开的"确认文件删除"对话框中单击 是(Y) 按钮即可删除"明星志愿3"图标，如图2-19所示。

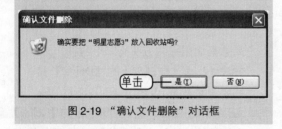

图 2-19　"确认文件删除"对话框

2．清理桌面图标

使用向导清理桌面的具体操作如下。

1 在"桌面项目"对话框中单击 现在清理桌面(C) 按钮，如图2-20所示。

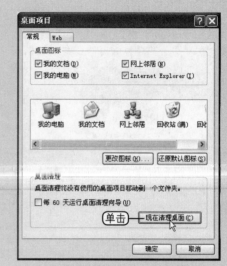

图 2-20　"桌面项目"对话框

2 在打开的"清理桌面向导"对话框中单击 下一步(N) 按钮，如图2-21所示。

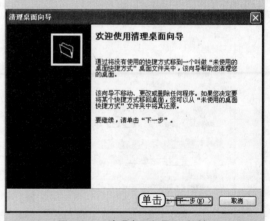

图 2-21　"清理桌面向导"对话框

3 在打开的对话框中的列表框中选择需要删除的桌面图标，单击 下一步(N) 按钮，如图2-22所示。

4 在打开的对话框中单击 完成 按钮完成清理，如图2-23所示。

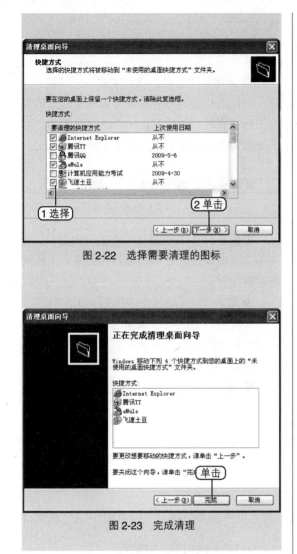

图 2-22　选择需要清理的图标

图 2-23　完成清理

2.1.6　显示与隐藏桌面图标

在 Windows XP 桌面空白处单击鼠标右键，在弹出的快捷菜单中选择"排列图标"命令，在弹出的子菜单中选择"显示桌面图标"命令，使其命令前出现"√"标记即可显示桌面图标。

若需要隐藏桌面图标则用相同的方法取消"√"标记即可。

2.1.7　自测练习及解题思路

1．测试题目

第 1 题　将桌面图标按照"名称"排列。

第 2 题　将桌面上的图标隐藏。

第 3 题　将"我的文档"图标名重命名为"水果"。

第 4 题　更改"我的电脑"图标样式。

第 5 题　将"网上邻居"桌面图标移动到桌面的右上角。

第 6 题　隐藏桌面上的"网上邻居"图标。

第 7 题　清理桌面上从不使用的图标。

第 8 题　通过右键菜单删除桌面上的"腾讯 QQ"应用程序图标。

2．解题思路

第 1 题　在桌面的空白处单击鼠标右键，在弹出的快捷菜单中选择"排列图标"命令，在弹出的子菜单中选择"名称"命令。

第 2 题　在桌面的空白处单击鼠标右键，在弹出的快捷菜单中选择"排列图标"命令，在弹出的子菜单中取消选中"显示桌面图标"选项。

第 3 题　参考 2.1.4 小节的第 1 小点。

第 4 题　参考 2.1.4 小节的第 2 小点。

第 5 题　参考 2.1.3 小节的第 1 小点。

第 6 题　参考 2.1.2 小节。

第 7 题　参考 2.1.5 小节的第 2 小点。

第 8 题　在要删除的"腾讯 QQ"应用程序图标上单击鼠标右键，在弹出的快捷菜单中选择"删除"命令，然后在弹出的对话框中确认删除。

2.2 任务栏的操作

考点分析：本节考点都是围绕任务栏的操作，也是常考的考点，有的考题可能会把几个知识点串到，考试时应注意看清题目要求。

学习建议：熟练掌握任务栏的各种操作，也将有助于学习后面的内容。

2.2.1 认识任务栏

任务栏位于屏幕的底端，它是桌面中最重要的对象。任务栏主要由"开始"按钮、快速启动栏、应用程序图标区和通知栏组成。

- ◈ "开始"按钮：单击该按钮可以弹出"开始"菜单，并可从"开始"菜单中启动应用程序，以及选择所需的菜单命令。通过"开始"菜单可以执行计算机中大多数任务。
- ◈ 快速启动栏：位于"开始"菜单按钮的右侧，单击其中的某个图标，可立即启动相应的程序。
- ◈ 应用程序图标区：当用户打开一个窗口后，将在应用程序图标区显示一个对应的任务图标按钮，其颜色为深蓝色时表示该窗口为当前操作窗口。单击其他任务按钮，即可切换到相应的窗口。
- ◈ 通知区：包括"时钟"图标，以及一些后台运行的程序图标。单击该区域的 ◀ 按钮，可以显示全部后台运行程序的图标。

下面着重介绍一下应用程序图标区。当一些程序在运行时，在这个区域中会出现对应的应用程序的按钮，通过这些按钮可以实现对窗口的操作。主要有以下 3 种情况。

◈ 实现活动窗口和非活动窗口的切换。

当任务栏中同时存在两个及两个以上的程序图标按钮时，通常只有一个为活动窗口，而其他的为非活动窗口，如图 2-24 所示。

图 2-24　任务栏的程序图标区

若需要将非活动窗口切换成活动窗口，直接单击需要切换的非活动窗口在任务栏上的对应按钮即可。

◈ 最大化 / 还原、最小化和关闭窗口。

在任务栏上的程序图标的按钮上单击鼠标右键，将会弹出快捷菜单，如图 2-25 所示，选择其中相应的命令，可以实现窗口的最大化 / 还原、最小化和关闭操作。

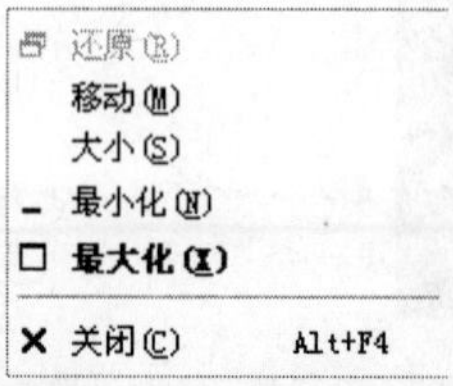

图 2-25　右键快捷菜单

◈ 组合图标按钮的操作。

在 Windows XP 中，若同时打开了同一应用程序的一定数量的窗口后，系统会将其归为一组，得到一个组合按钮。图 2-26 所示的是一个 Windows Explorer 程序的组合按钮。

图 2-26　程序组合按钮

单击该按钮，将弹出一个显示了所有窗口

的菜单，如图 2-27 所示。选择你所需要的窗口，可将其切换为活动窗口。

图 2-27　展开程序组合按钮

在某一程序的组合图标按钮上单击鼠标右键，弹出快捷菜单，如图 2-28 所示，其中包括了"层叠"、"横向平铺"、"纵向平铺"、"最小化组"和"关闭组"这几个命令，选择相应的命令即可实现相关操作。

图 2-28　右键快捷菜单

2.2.2　锁定与解锁任务栏

任务栏被锁定后将不允许对任务栏的大小、位置等进行调整，其具体操作如下。

1 在任务栏空白区域单击鼠标右键，在弹出的快捷菜单中选择"属性"命令，如图 2-29 所示。

2 打开"任务栏和「开始」菜单属性"对话框的"任务栏"选项卡，在"任务栏外观"栏中选中"锁定任务栏"复选框，单击 确定 按钮，如图 2-30 所示。

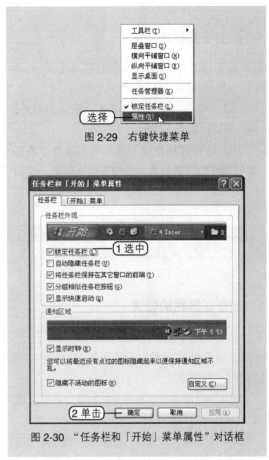

图 2-29　右键快捷菜单

图 2-30　"任务栏和「开始」菜单属性"对话框

若要对任务栏进行修改大小等设置就需要解锁任务栏，此时只需取消选中"锁定任务栏"复选框即可。

　　操作提示

通过"控制面板"经典视图中的"任务栏和「开始」菜单"图标或者分类视图中的"外观和主题"超级链接也可以打开"任务栏和「开始」菜单属性"对话框。

2.2.3　改变任务栏的高度和位置

用户可以根据自己的习惯更改任务栏的高度和位置。

1. 改变任务栏的高度

改变任务栏的高度即调整任务栏的大小，其具体操作如下。

1 将鼠标指针移到任务栏上侧的边缘处，使鼠标指针变成↕形状。

2 按住鼠标左键不放并向上拖动，将任务栏调整到需要的大小后释放鼠标即可，如图2-31所示。

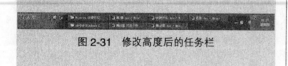

图 2-31　修改高度后的任务栏

2. 改变任务栏的位置

任务栏的位置并不是固定在桌面的下方不变的，可根据实际操作的需要将其移动到桌面的左侧、右侧或上方，具体操作如下。

1 将鼠标指针移至任务栏的空白区域（此时鼠标指针的形状不会发生改变）。

2 按住鼠标左键不放并拖动，将任务栏拖到所需位置后释放鼠标即可。图2-32所示为将任务栏移动到桌面上方时的效果。

图 2-32　将任务栏移至桌面上方

2.2.4　设置任务栏属性

下面详细讲解任务栏的属性设置。

1. 将任务栏置于其他窗口前端

若要将任务栏始终显示在所有窗口前端而不被任何窗口覆盖，其具体操作如下。

1 在任务栏空白区域单击鼠标右键，在弹出的快捷菜单中选择"属性"命令。

2 打开"任务栏和「开始」菜单属性"对话框的"任务栏"选项卡，在"任务栏外观"栏中选中"将任务栏保持在其他窗口的前端"复选框，单击 确定 按钮，如图2-33所示。

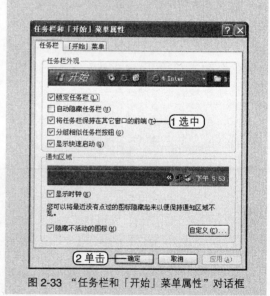

图 2-33　"任务栏和「开始」菜单属性"对话框

2. 显示 / 隐藏任务栏

如果要将桌面上的窗口以全屏方式显示或让桌面显得更大一些，可以隐藏任务栏，其具体操作如下。

1 在任务栏空白区域单击鼠标右键，在弹出的快捷菜单中选择"属性"命令。

② 打开"任务栏和「开始」菜单属性"对话框的"任务栏"选项卡,在"任务栏外观"栏中选中"自动隐藏任务栏"复选框,单击 确定 按钮,如图2-34所示。

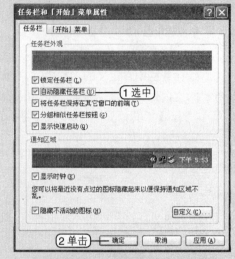

图 2-34　选中"自动隐藏任务栏"复选框

③ 此时若鼠标指针不在任务栏位置上,任务栏将自动在桌面上隐藏,如图2-35所示。将鼠标指针移至桌面下方的蓝色直线上即可使任务栏重新显示。

图 2-35　隐藏任务栏后的效果

3．任务栏的其他属性设置

在"任务栏和「开始」菜单属性"对话框

的"任务栏"选项卡中还可以对任务栏的其他属性进行设置,列举如下。

◆ "显示快速启动"复选框:选中该复选框,在任务栏上将显示快速启动栏。

◆ "显示时钟"复选框:选中该复选框,在任务栏的通知区将显示时钟。

◆ "隐藏不活动的图标"复选框:选中该复选框,可以将不使用的图标隐藏起来。

2.2.5　设置任务栏的工具栏

在任务栏的空白处单击鼠标右键,在弹出的快捷菜单中选择"工具栏"命令,将弹出子菜单,如图2-36所示。

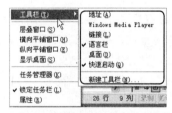

图 2-36　任务栏的"工具栏"子菜单

1．添加或删除自带的工具栏

添加或删除自带的工具栏的方法是在图2-36所示的子菜单中选择所需的工具栏,使其命令前显示或取消"√"标记即可。如选择"地址"命令,可将"地址"工具栏显示在任务栏中,如图2-37所示。

图 2-37　"地址"工具栏

若要删除某个工具栏,只需用相同的方法使其对应的菜单命令前的"√"标记取消即可。

2．添加或删除自定义的工具栏

用户可以将某个常用的文件夹自定义为

工具栏添加到任务栏中，这样就可以直接通过任务栏便捷地访问该文件夹，其具体操作如下。

1 在任务栏的空白处单击鼠标右键，在弹出的快捷菜单中选择【工具栏】→【新建工具栏】命令，如图2-38所示。

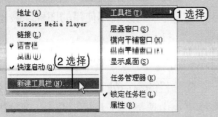

图2-38　选择"新建工具栏"命令

2 在打开的"新建工具栏"对话框的中间的列表框中单击"+"展开树形目录，选择要自定义为工具栏的文件夹，这里选择"F:"盘下的"mtv"文件夹，如图2-39所示。

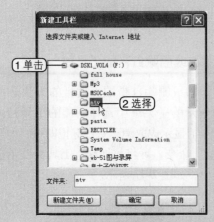

图2-39　选择需要的文件夹

3 单击 确定 按钮，自定义的工具栏将显示在任务栏中。单击 >> 按钮，在弹出的菜单中显示了该文件夹中的所有内容，单击需要播放的影片可以直接启动相应的应用程序播放它，如图2-40所示。

图2-40　自定义的工具栏

要删除任务栏中自定义的工具栏时，可以在任务栏的空白处单击鼠标右键，在弹出的快捷菜单中选择【工具栏】→【mtv】命令，取消"√"标记即可，如图2-41所示。

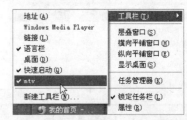

图2-41　删除自定义的工具栏

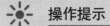 **操作提示**

系统自带的工具栏与用户自定义的工具栏的添加或删除的方法其实是类似的，能够掌握其中一种即可。

2.2.6　自测练习及解题思路

1．测试题目

第1题　请将任务栏的宽度变为现在的两倍。

第2题　在任务栏中添加"链接"工具栏，然后再删除它。

第3题　将任务栏隐藏。

第4题　将任务栏锁定后再解除锁定。

第5题　通过任务栏关闭打开的窗口。

第6题　将任务栏的位置调整到屏幕上方。

第 7 题　将任务栏保持在其他窗口的前端，并进行锁定。

第 8 题　在任务栏上创建"新建文件夹"工具栏，然后再删除它。

第 9 题　设置任务栏分组相似按钮。

第 10 题　设置任务栏隐藏不活动的图标。

第 11 题　在任务栏上添加 D 盘新工具栏。

2．解题思路

第 1 题　将鼠标指针移到任务栏上侧的边缘处，按住鼠标左键不放并向上拖动到两倍宽度即可。

第 2 题　在任务栏上单击鼠标右键，在弹出的快捷菜单中选择【工具栏】→【链接】命令，然后再进行同样的操作即可删除它。

第 3 题　参考 2.2.4 小节第 2 小点。

第 4 题　参考 2.2.2 小节。

第 5 题　参考 2.2.1 小节。

第 6 题　参考 2.2.3 小节第 2 小点。

第 7 题　参考 2.2.4 小节第 1 小点和 2.2.2 小节。

第 8 题　参考 2.2.5 小节第 2 小点。

第 9 题　在任务栏上单击鼠标右键，在弹出的快捷菜单中选择"属性"命令，在打开的对话框中选中"分组相似任务栏按钮"复选框。

第 10 题　在"任务栏和「开始」菜单属性"对话框中选中"隐藏不活动的图标"复选框。

第 11 题　在任务栏的空白处单击鼠标右键，在弹出的快捷菜单中选择【工具栏】→【新建工具栏】命令，在打开的对话框中选择 D 盘即可。

2.3　"开始"菜单的操作

考点分析："开始"菜单的操作是常考知识点，通常考题中会出现 2 ～ 3 题。命题时通常都是针对"开始"菜单做变化，如改变"开始"菜单的模式、在"开始"菜单中增加／删除快捷方式等。另外，从"开始"菜单运行程序的方法也是常考点。

学习建议：熟练掌握"开始"菜单的各种操作，了解"开始"菜单的各个组成部分，这对今后的学习会有帮助。

2.3.1　认识"开始"菜单

在 Windows XP 中，使用与管理计算机都是从"开始"菜单开始的。它是最重要的操作菜单，几乎是完成所有操作的起点。

单击任务栏左侧的 █ 开始 按钮，便可打开 Windows XP 的"开始"菜单。

1．"开始"菜单的组成

"开始"菜单大体可分为 8 个部分，如图 2-42 所示。下面详细介绍"开始"菜单的组成和它的主要菜单项。各部分的具体含义如下。

◆ 当前用户名：位于"开始"菜单最顶部，显示的是当前登录的用户名。

◆ Internet 栏：在默认情况下显示 Internet Explorer 浏览器和 Outlook Express 电子邮件收发程序的快捷启动按钮。

◆ 高频使用程序区：也称为"历史记录"栏，显示用户最近打开程序的快捷按钮。

◈ "所有程序"按钮：单击该按钮，将弹出所有应用程序的快捷启动图标菜单。

◈ 系统文件夹区：主要包括"我的电脑"、"我的文档"、"我的音乐"、"网上邻居"等常用文件夹的快捷启动菜单。

◈ 系统设置栏：包括"控制面板"和"打印机和传真"快捷启动命令项。通过它们可以打开控制面板设置系统，或添加设置打印机和传真机等。

◈ 帮助、搜索、运行栏：可以完成获取

帮助、搜索文件、运行程序等操作。

◈ 关闭、注销栏：用于关闭计算机、重新启动计算机、注销当前用户等操作。

操作提示

Windows XP 根据用户使用程序的频率，自动地将使用频率较高的程序显示在"高频使用程序区"中，以便用户下一次能快速地打开经常使用的程序。用户可以指定这个区域里显示的程序数量。

图 2-42 "开始"菜单

2．"开始"菜单的主要菜单项

在"系统文件夹区"中有以下几个菜单项。

◈ 我的文档：计算机默认的存取文档的文件夹。

◈ 图片收藏：可以保存照片、图形文件和其他文档。

◈ 我的音乐：可以保存音乐、音频和其

他文档。

◈ 我的电脑：用于管理计算机的资源，包括磁盘管理、文件管理、配置计算机软硬件环境等。

◈ 我最近的文档：里面包括了用户刚刚访问或编辑过的 15 个文档，用户可以通过它对这些文档进行快速访问。

◈ 网上邻居：通过它与局域网中的其他计算机交换信息。

在"系统设置栏"中有以下几个菜单项。

◈ 控制面板：对软、硬件进行添加、删除、设置属性等操作。

◈ 设定程序访问和默认值：选择该菜单项将打开"添加或删除程序"窗口，在其中可以添加、删除程序。

◈ 打印机与传真：显示安装的打印机和传真机，也可以在此添加新的打印机和传真机。

在"帮助、搜索、运行栏"中主要有以下几个菜单项。

◈ 运行：选择【开始】→【运行】命令，打开"运行"对话框，如图 2-43 所示。在 Windows XP 中，可以通过"运行"对话框启动应用程序、打开文件（文件夹）、使用 Internet 上的资源。用户在使用"运行"对话框启动程序之前，必须了解相应的 Windows 命令或可执行的文件名及其路径。

图 2-43 "运行"对话框

◈ 帮助和支持：选择该菜单项将打开"帮助和支持中心"窗口，其具体操作在第 1 章中已经作了详细讲解，这里不再赘述。

◈ 搜索："开始"菜单中的"搜索"命令可以帮助用户快速地查找需要的文件或文件夹、计算机或用户、Internet

信息等。在弹出的"开始"菜单中单击 搜索 按钮，打开"搜索结果"窗口，如图 2-44 所示，在窗口的左边可以选择需要搜索的内容。这个搜索向导可以帮助用户方便、快捷地完成搜索任务。

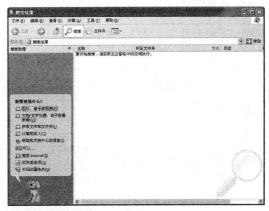

图 2-44 "搜索结果"窗口

"关闭、注销栏"主要有以下几个菜单项。

◈ 注销：Windows XP 是一个多用户操作系统，允许多个用户登录到同一个计算机系统中。为了让使用同一计算机的不同用户能方便快捷地进行系统登录，Windows XP 提供了注销功能。通过这种功能，用户可以在不重新启动计算机的情况下登录系统。该功能在第 1 章中已经作了详细的讲解，这里不再赘述。

◈ 关闭计算机：在第 1 章中也已经作了详细讲解，这里不再赘述。

另外，"所有程序"程序组中包括了系统自带和用户自行安装的所有应用程序，单击某一程序命令后将启动该程序，本章后面将详细介绍。

2.3.2 使用"开始"菜单打开程序

在计算机中安装了新程序后，通常系统都会在"开始"菜单中创建启动该程序的快捷方式。在 Windows XP 中，启动应用程序和打开文件窗口大多通过"开始"菜单来实现。如用户通过"开始"菜单，可以打开 Internet Explorer 浏览器浏览网页、打开文字处理软件编辑文字和打开新安装的应用程序。

下面以启动"空当接龙"应用程序为例讲解"所有程序"按钮的使用，其具体操作如下。

1 单击 开始 按钮，弹出"开始"菜单，如图 2-45 所示。

图 2-45 "开始"菜单

2 选择【所有程序】→【游戏】→【空当接龙】命令，如图 2-46 所示。

3 单击程序命令后，即可打开"空当接龙"程序，如图 2-47 所示。

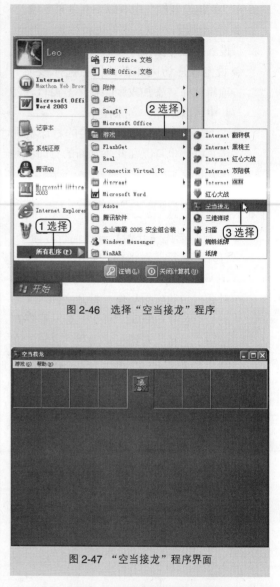

图 2-46 选择"空当接龙"程序

图 2-47 "空当接龙"程序界面

2.3.3 切换"开始"菜单的模式

Windows XP 的"开始"菜单有"「开始」菜单"模式和"经典「开始」菜单"模式。切换这两种模式的具体操作如下。

1 在任务栏空白处单击鼠标右键，在弹出的快捷菜单中选择"属性"命令，打开"任务栏和「开始」菜单属性"对话框，如图 2-48 所示。

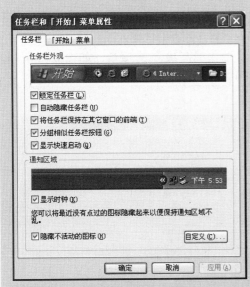

图 2-48 "任务栏和「开始」菜单属性"对话框

2 单击"「开始」菜单"选项卡，选中"经典「开始」菜单"单选按钮，如图 2-49 所示。

图 2-49 选中"经典「开始」菜单"单选按钮

3 单击 确定 按钮，效果如图 2-50 所示。

图 2-50 经典「开始」菜单

☀ **操作提示**

在"开始"按钮上单击鼠标右键，在弹出的快捷菜单中选择"属性"命令，可以直接打开"任务栏和「开始」菜单属性"对话框的"「开始」菜单"选项卡。

2.3.4 设置"开始"菜单

用户还可以对"开始"菜单进行属性设置，下面以将"开始"菜单的图标改为小图标，将程序数目设置为 9 个，并取消"Internet"和"电子邮件"的显示为例进行讲解，其具体操作如下。

1 在打开的"任务栏和「开始」菜单属性"对话框的"「开始」菜单"选项卡中单击 自定义(C)... 按钮，打开"自定义「开始」菜单"对话框。

2 在"常规"选项卡中选中"小图标"单选按钮，单击"程序"栏的数字增减框中的 ▲ 按钮，将程序数目设置为 9 个。在"在「开始」菜单上显示"栏中取消选中"Internet"和"电子邮件"复选框，如图 2-51 所示。

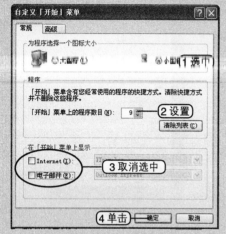

图 2-51　设置"开始"菜单

3 单击 确定 按钮完成设置，最终效果如图 2-52 所示。

图 2-52　最终效果

另外，在"常规"选项卡中单击 清除列表(C) 按钮将删除显示在"开始"菜单中使用最频繁的应用程序列表的快捷方式。

单击"高级"选项卡，如图 2-53 所示。其中各选项的含义如下。

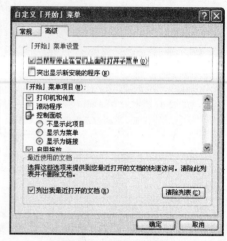

图 2-53　"高级"选项卡

◆"当鼠标停止在它们上面时打开子菜单"复选框：选中该复选框后，只要把鼠标指针停放在"开始"菜单中的上级菜单上就能打开其子菜单，而不用再单击鼠标。

◆"突出显示新安装的程序"复选框：选中该复选框，当安装了新程序后，打开"开始"菜单时会显示提示信息"新安装了程序"。将鼠标指针移至"所有程序"命令处，在显示的程序命令中，新安装的程序命令项会以黄色背景显示。

◆"「开始」菜单项目"列表框：在列表框中，可以指定当前"开始"菜单中显示的内容，如在"控制面板"项下选择"不显示此项目"，则在"开始"菜单中将不显示"控制面板"。

◈ "最近使用的文档"栏：当选中了"列出我最近打开的文档"复选框后，在"开始"菜单中的"我最近的文档"中将列出最近使用的文档，如图 2-54 所示。若取消该复选框的选择，那么在"开始"菜单中将不显示"我最近的文档"项。若单击 清除列表(C) 按钮，将清除"我最近的文档"项列出的最近使用的文档。

图 2-54　显示最近使用的文档

2.3.5　在"开始"菜单中增加/删除快捷方式

为了能快速启动程序，通常会在"开始"菜单中添加程序的快捷方式。当不再需要该程序的快捷方式时，也可以将其从"开始"菜单中删除，下面将详细讲解。

1. 在"开始"菜单中增加快捷方式

在"开始"菜单中增加快捷方式的方法有以下两种。

方法 1：在 Windows XP 模式下直接增加。

下面以在 Windows XP 模式下增加"飞速土豆"的快捷方式为例进行讲解，其具体操作如下。

1 在 开始 按钮上单击鼠标右键，在弹出的快捷菜单中选择"打开所有用户"命令，打开"「开始」菜单"窗口，如图 2-55 所示。

图 2-55　"「开始」菜单"窗口

2 复制"飞速土豆"的快捷方式到"「开始」菜单"窗口中。此时打开"开始"菜单的"所有程序"子菜单即可看到添加的"飞速土豆"快捷方式，如图 2-56 所示。

图 2-56　最终效果

操作提示

在 `开始` 按钮上单击鼠标右键，在弹出的快捷菜单中选择"浏览所有用户"命令，可打开"「开始」菜单"资源管理器窗口，用同样的方法也可增加快捷方式。

方法 2：通过"经典「开始」菜单"的方式增加。

下面以增加"Flashget"的快捷方式为例讲解通过"经典「开始」菜单"增加快捷方式的方法，其具体操作如下。

① 当"开始"菜单为经典模式时，在 `开始` 按钮上单击鼠标右键，在弹出的快捷菜单中选择"属性"命令，打开"任务栏和「开始」菜单属性"对话框，单击 `自定义(C)...` 按钮。

② 打开"自定义经典「开始」菜单"对话框，单击 `添加(D)...` 按钮，如图 2-57 所示。

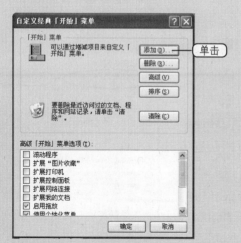

图 2-57 "自定义经典「开始」菜单"对话框

③ 打开"创建快捷方式"对话框，单击 `浏览(R)...` 按钮，如图 2-58 所示。

④ 打开"浏览文件夹"对话框，在中间的列表框中选择"flashget.exe"选项，单击

`确定` 按钮，如图 2-59 所示。

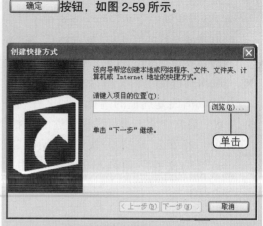

图 2-58 "创建快捷方式"对话框

图 2-59 "浏览文件夹"对话框

⑤ 返回"创建快捷方式"对话框，单击 `下一步(N) >` 按钮，在打开的"选择程序文件夹"对话框中间的列表框中选择快捷方式存放的位置，这里保持默认设置，单击 `下一步(N) >` 按钮，如图 2-60 所示。

⑥ 在打开的对话框中输入快捷方式的名称，这里保持默认设置，单击 `完成` 按钮返回"自定义经典「开始」菜单"对话框，如图 2-61 所示，单击 `确定` 按钮完成设置。

图 2-60　选择快捷方式存放的位置

图 2-61　输入快捷方式的名称

2. 在"开始"菜单中删除快捷方式

方法 1：在 Windows XP 模式下直接删除

在 Windows XP 模式下删除快捷方式只需在"「开始」菜单"窗口中选择要删除的快捷方式，直接按【Delete】键删除即可。

方法 2：通过"经典「开始」菜单"的方式删除。

下面以删除刚增加的"Flashget"快捷方式为例讲解通过"经典「开始」菜单"删除快捷方式的方法，其具体操作如下。

1 在"自定义经典「开始」菜单"对话框中单击 删除(R)... 按钮，打开"删除快捷方式 / 文

件夹"对话框，在其中选择"Flashget"快捷方式的名称，如图 2-62 所示。

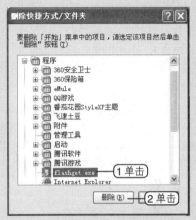

图 2-62　"删除快捷方式 / 文件夹"对话框

2 单击 删除(R)... 按钮，打开"确认快捷方式删除"对话框，如图 2-63 所示。

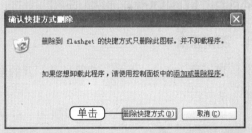

图 2-63　"确认快捷方式删除"对话框

3 单击 删除快捷方式(D) 按钮确认删除，返回"删除快捷方式 / 文件夹"对话框，可以看到"Flashget"快捷方式已被删除，如图 2-64 所示。

4 单击 关闭 按钮，返回"自定义经典「开始」菜单"对话框，单击 确定 按钮完成设置。

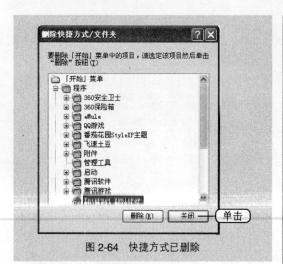

图 2-64　快捷方式已删除

操作提示

选择【开始】→【所有程序】命令，弹出子菜单，在要删除的快捷方式上单击鼠标右键，在弹出的菜单中选择"删除"命令，将打开"确认文件删除"对话框，单击 是(Y) 按钮即可删除。

2.3.6　自测练习及解题思路

1．测试题目

第1题　通过"开始"菜单打开"我的电脑"窗口。

第2题　将"开始"菜单切换为"经典「开始」菜单"模式。

第3题　将"开始"菜单的显示方式设置为小图标，并清除文档列表。

第4题　将"开始"菜单的显示方式设置为大图标，并将菜单上的程序数目设为8个。

第5题　将"电子邮件"命令显示在"开始"菜单上。

第6题　设置当鼠标指针停放在菜单上时将打开子菜单，并列出我最近打开的文档。

第7题　通过"经典「开始」菜单"的方式删除"Internet Explorer"的快捷方式，并重新排列"程序"菜单中的项目。

第8题　在 Windows XP 模式下的"开始"菜单中删除"记事本"的快捷方式。

第9题　在 Windows XP 模式下，将桌面上 Word 应用程序通过"「开始」菜单"窗口将 Word 快捷方式创建到"开始"菜单中，并查看"开始"菜单。

第10题　利用"经典「开始」菜单"，将"找的图片"的快捷方式创建到"开始"菜单中。

第11题　清除"开始"菜单中的最近频繁使用的程序列表。

第12题　设置在"开始"菜单中显示"控制面板"项目，并且设置为"显示为菜单"。

2．解题思路

第1题　参考 2.3.2 小节。

第2题　参考 2.3.3 小节。

第3题　参考 2.3.4 小节。

第4题　参考 2.3.4 小节。

第5题　参考 2.3.4 小节。

第6题　参考 2.3.4 小节。

第7题　参考 2.3.5 小节的第 2 小点。

第8题　打开"「开始」菜单"窗口，选择"记事本"的快捷方式，按【Delete】键删除。

第9题　参考 2.3.5 小节的第 1 小点。

第10题　参考 2.3.5 小节的第 1 小点。

第11题　在"自定义「开始」菜单"对话框中单击 清除列表(C) 按钮。

第12题　打开"任务栏和「开始」菜单属性"对话框，选择"「开始」菜单"选项卡，单击"自定义"按钮，选择"高级"选项卡，单击"控制面板"项目中的"显示为菜单"，单击"确定"按钮。

第 **3** 章 ▸ **Windows XP窗口操作** ◂

Windows XP 是基于图形化界面的操作系统，它的主要操作都是通过窗口、对话框和菜单完成的。本章详细讲解了窗口、菜单和对话框的操作以及应用程序的操作等，其中窗口的操作包括了窗口的打开、移动、切换、排列、关闭，以及设置窗口界面；菜单的操作包括打开和关闭窗口菜单以及快捷菜单的使用。

3.1 窗口的操作

考点分析：本节的考点集中在窗口的基本操作和设置窗口界面上。因为知识点都比较零散，所以考试中会将一些知识点串到一起考查，如打开窗口后再关闭窗口等。

学习建议：了解窗口的组成部分，熟练掌握窗口的各种基本操作。

3.1.1 认识窗口

在 Windows XP 中，启动应用程序或双击图标等操作都会打开一个窗口，打开的窗口中包含多个对象，一般以图标形式显示。在 Windows XP 中所有的窗口结构都相同，这里以"我的电脑"窗口为例具体介绍窗口的组成，包括标题栏、菜单栏、工具栏、地址栏、工作区、信息区和状态栏，如图 3-1 所示。

图 3-1 "我的电脑"窗口

用户可以同时打开多个窗口，显示在最上面的窗口为当前活动窗口。

1．标题栏

标题栏位于窗口的顶部，用于显示窗口的名称和对该窗口进行关闭、移动、最大化或最小化等操作，如图3-2所示。

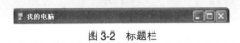
图3-2　标题栏

2．菜单栏

菜单栏位于标题栏的下方，由多个菜单组成，每一个菜单都包含一组子菜单命令，执行这些菜单命令可以完成不同的操作，如图3-3所示。

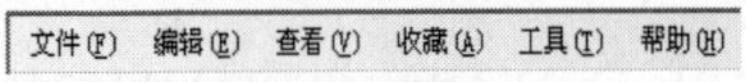

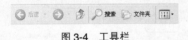
图3-3　菜单栏

3．工具栏

在工具栏中以小图标按钮的形式列出一些常用的命令，如"后退"按钮、"前进"按钮、"向上"按钮、"搜索"按钮等。单击某个按钮将执行相应的功能或命令，如图3-4所示。

图3-4　工具栏

4．地址栏

地址栏位于工具栏下方，如图3-5所示，用于显示当前打开窗口的路径，单击其右侧的 按钮，在其下拉式列表框中选择一个地址对象，或在地址栏中输入文件或文件夹的路径后单击"转到"按钮，可打开相应的窗口。

图3-5　地址栏

5．工作区

窗口中最大的区域就是窗口的工作区，用于显示操作的对象及操作结果。需要注意的是，在打开某些窗口时，工作区的左右两侧将出现垂直滚动条，单击滚动条两端的 或 按钮可使窗口中的内容做垂直方向的滚动，如图3-6所示。

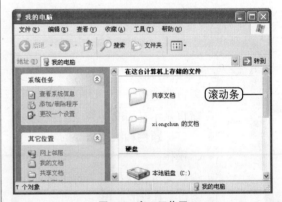
图3-6　窗口工作区

6．状态栏

状态栏位于窗口的最下方，如图3-7所示，其作用是显示当前工作状态和提示信息。在窗口中可以通过选择【查看】→【状态栏】命令来控制状态栏的显示和隐藏。

图3-7　状态栏

7. 信息区

信息区是 Windows XP 用户界面中的一大特色。它位于窗口的左侧，可以为用户提供信息及常用命令，如图 3-8 所示。窗格中的信息或命令分成若干组，单击命令组中的一个命令，系统将执行相应的命令或打开一个窗口，这样可以提高工作效率。

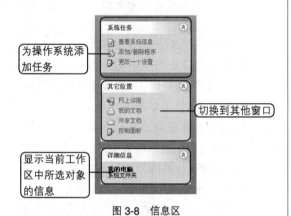

为操作系统添加任务

切换到其他窗口

显示当前工作区中所选对象的信息

图 3-8　信息区

3.1.2　窗口的基本操作

在使用计算机的过程中会碰到各种窗口操作，下面具体讲解。

1. 打开窗口

当需要打开某个窗口时，直接双击其图标或选择某个命令。如要打开"我的电脑"窗口，可以双击桌面中的"我的电脑"图标，或选择【开始】→【我的电脑】命令。

2. 移动窗口

在打开新窗口后，当前窗口会挡住其他窗口的内容，这时可以用移动窗口的方法来显示其他窗口。窗口处于最大化状态时，不能进行移动操作。移动窗口的具体操作如下。

❶ 将鼠标指针移动到窗口的标题栏中。

❷ 按住鼠标左键不放，将其拖动到适当的位置。

3. 切换窗口

在 Windows XP 中，可以同时打开多个窗口，但当前活动窗口只能有一个。若要对非活动窗口进行操作就必须切换窗口，切换窗口的方法有如下 3 种。

方法 1：单击标题栏进行切换。

通过标题栏切换窗口时，只需将鼠标指针移动到需要切换到的窗口的标题栏，单击鼠标，即可将该窗口切换为当前活动窗口。

方法 2：通过任务栏切换。

每打开一个窗口，都将在任务栏程序图标区中显示出该窗口对应的按钮，所以单击对应窗口的按钮即可将该窗口切换为当前活动窗口。

方法 3：利用快捷键【Alt+Tab】切换。

按住【Alt】键不放，再按【Tab】键，屏幕中将出现任务切换栏，如图 3-9 所示。系统当前打开的程序都以图标的形式排列其中，在此任务切换栏中按一下【Tab】键将切换到下一个程序，在切换到需要的窗口图标上后释放所有按键，即可完成切换窗口的操作。

图 3-9　任务切换栏

4. 改变窗口大小

改变窗口大小有以下两种方法。

方法 1：当窗口处于还原状态时，将鼠标指针移至窗口边缘，当其形状变为↖、↗、↕或↔时，按住鼠标左键不放并拖动，到适当位置时释放鼠标即可调整窗口大小。

方法 2：在窗口标题栏的空白处单击鼠标右键，在弹出的快捷菜单中选择"大小"命令，此时鼠标指针变成 ✥ 形状，然后按住鼠标左键拖动改变窗口到所需大小后释放鼠标左键即可。

5. 最大化、还原、最小化窗口

最大化指为了便于查看和编辑，将窗口满屏显示，单击窗口标题栏右侧的 按钮可以将窗口最大化显示。当窗口最大化显示时，单击 按钮可以还原窗口的大小。最小化就是将窗口以标题按钮的形式缩小到任务栏按钮区中，不在桌面中显示。单击窗口标题栏右侧的 按钮即可最小化窗口。

6. 排列窗口

Windows XP 操作系统提供了窗口的层叠、横向平铺和纵向平铺 3 种排列方式，以方便用户管理打开的多个窗口。排列窗口的方法是在任务栏的空白区域上单击鼠标右键，在弹出的快捷菜单中选择相应的排列窗口命令即可，如图3-10所示。

图 3-10　快捷菜单

3 种排列方式的含义介绍如下。

◈ 层叠窗口：当用户需在打开的多个窗口间进行切换时，只需选择"层叠窗口"命令，其效果如图 3-11 所示。

◈ 横向平铺窗口：选择该命令后，系统将适当地调整窗口大小并以横向的方式排列窗口，其效果如图 3-12 所示。

◈ 纵向平铺窗口：选择该命令后，系统将适当地调整窗口的大小并以纵向的方式排列窗口，其效果如图 3-13 所示。

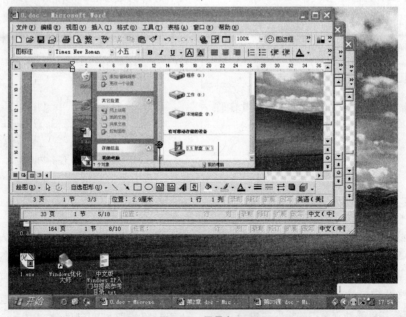

图 3-11　层叠窗口

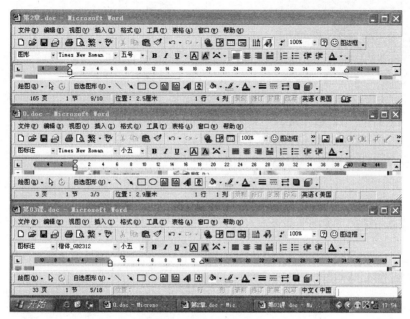

图 3-12　横向平铺窗口

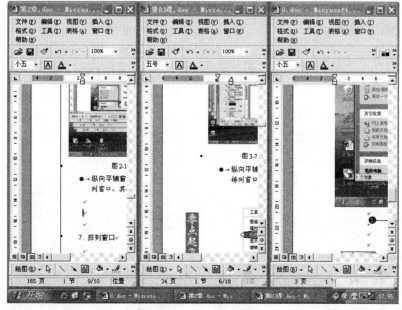

图 3-13　纵向平铺窗口

7．关闭窗口

关闭窗口常用的方法主要有如下几种。

方法 1：在需要关闭的窗口中选择【文件】→【关闭】或【文件】→【退出】命令。

方法 2：单击窗口标题栏右侧的⊠按钮。

方法 3：按【Alt+F4】组合键。

方法 4：在任务栏相应的窗口按钮上单击鼠标右键，在弹出的快捷菜单中选择"关闭"命令。

方法 5：单击窗口标题栏左侧的图标，在弹出的下拉菜单中选择"关闭"命令或直接双击该图标。

3.1.3 设置窗口界面

Windows XP 窗口的工具栏中有许多命令按钮，用户单击某个按钮就可以直接执行该命令。用户可以根据需要设置工具栏，下面将详细讲解。

1．显示 / 隐藏工具栏

选择【查看】→【工具栏】命令，弹出子菜单，如图 3-14 所示。

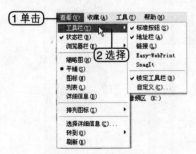

图 3-14 "工具栏"子菜单

显示 / 隐藏某个工具栏时，只需在该子菜单中选择相应的命令，使其前方的"√"显示 / 隐藏即可。

2．锁定工具栏

选择【查看】→【工具栏】→【锁定工具栏】命令，使其"锁定工具栏"命令前的"√"标记显示。此时菜单栏、工具栏和地址栏都被锁定。反之，拖动菜单栏、工具栏和地址栏前的虚线即可改变它们的位置。

3．定制工具栏

在工具栏中可以添加需要使用的其他按钮，其具体操作如下。

1 选择【查看】→【工具栏】→【自定义】命令，打开"自定义工具栏"对话框，如图 3-15 所示。

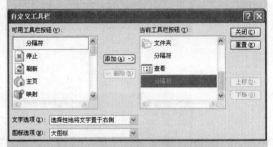

图 3-15 "自定义工具栏"对话框

2 在"可用工具栏按钮"列表框中选择要添加的按钮，如"历史"按钮，单击 添加(A) → 按钮，将该按钮添加到"当前工具栏按钮"列表框，如图 3-16 所示。

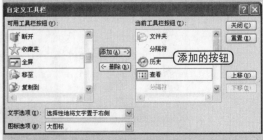

图 3-16 添加"历史"按钮

⑶ 单击 关闭ⓒ 按钮关闭对话框完成设置，最终效果如图 3-17 所示。

添加的按钮

图 3-17　最终效果

☀ **操作提示**

如果要将工具栏恢复到最初始的状态，只需选择【查看】→【工具栏】→【自定义】命令，在打开的"自定义工具栏"对话框中单击 重置ⓔ 按钮即可。

若要删除工具栏中的按钮，只需在"当前工具栏按钮"列表框中选择要删除的按钮，然后单击 ←删除ⓡ 按钮将其还原到"可用工具栏按钮"列表框，单击 关闭ⓒ 按钮即可完成删除操作。

4．显示／隐藏状态栏

选择【查看】→【状态栏】命令，显示／取消显示"状态栏"命令前的"√"标记，即可显示／隐藏状态栏。

3.1.4　自测练习及解题思路

1．测试题目

第 1 题　将所有窗口最小化。

第 2 题　在打开的多个窗口中把窗口切换到"画图"窗口。

第 3 题　打开"我的电脑"窗口，并隐藏地址栏，然后将其显示出来。

第 4 题　实现多个窗口的纵向平铺。

第 5 题　首先将当前窗口最大化，然后隐藏到任务栏上。

第 6 题　利用标题栏关闭当前打开的"我的文档"窗口。

第 7 题　在"我的电脑"窗口，通过滚动条的操作显示"本地磁盘（D:)"图标。

第 8 题　将已打开的多个窗口调节为横向平铺窗口。

第 9 题　将当前的"记事本"窗口移动到屏幕右边。

第 10 题　使处于"还原"状态的"网上邻居"窗口达到最大化。

第 11 题　利用窗口标题栏使最大化的"网上邻居"窗口还原为原来的状态。

第 12 题　删除工具栏中的分隔符工具。

第 13 题　锁定窗口的工具栏，然后再取消锁定。

第 14 题　设置工具栏恢复到其初始状态。

第 15 题　将"映射"按钮显示在工具栏上。

第 16 题　使用快捷键，切换到"记事本"应用程序。

2．解题思路

第 1 题　单击各个窗口标题栏右侧的 ▬ 按钮。

第 2 题　题目没有明确要求用何种方法，应从最常用的方法开始逐一试试。

第 3 题　双击桌面上的"我的电脑"图标，打开"我的电脑"窗口，在窗口的工具栏上单击鼠标右键，在弹出的快捷菜单中取消选中"地址栏"前的"√"标记，然后按照前面的操作步骤恢复"√"标记。

第 4 题　在任务栏的空白区域上单击鼠标右键，在弹出的快捷菜单中选择"纵向排列窗口"命令。

第 5 题　单击窗口标题栏右侧的 ▢ 按钮最大化，再单击窗口标题栏右侧的 ▬ 按钮将其最小化到任务栏。

第 6 题　单击"关闭"按钮 ✕。

第 7 题　按住鼠标左键不放单击，窗口中的滚动条进行拖动。

第8题　参考 3.1.2 小节的第 6 小点。

第9题　参考 3.1.2 小节的第 2 小点。

第10题　单击窗口标题栏右侧的 □ 按钮。

第11题　单击窗口标题栏右侧的 □ 按钮。

第12题　参考 3.1.3 小节的第 3 小点。

第13题　参考 3.1.3 小节的第 2 小点。

第14题　在"自定义工具栏"对话框中单击 重置(E) 按钮。

第15题　参考 3.1.3 小节的第 3 小点。

第16题　按【Alt+Tab】组合键切换。

3.2　菜单的操作

考点分析：菜单的操作是常考内容，考点主要集中在"菜单的基本操作"这一节，而且考试题目经常将其和窗口的操作综合在一起考查。如打开窗口然后再打开菜单。

学习建议：考生要非常熟悉这一部分的操作，尽量获得这类题目的全部分数。对于菜单的各个组成部分只需了解即可。

3.2.1　认识菜单

在 Windows XP 中，用户可通过菜单向计算机下达各种命令，计算机接收到命令后即可执行相应的操作，因此掌握菜单的基本操作对于使用 Windows XP 是非常重要的。

菜单中有各式各样的符号、标记等，下面具体介绍这些符号、标记的作用。

1．正常命令与灰色命令

菜单中的命令通常分为正常命令和灰色命令两种，如图 3-18 所示。正常命令为当前可用的命令，灰色命令则为当前不可用的命令。

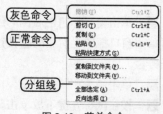

图 3-18　菜单命令

2．分组线

该标记的作用是将整个菜单中功能比较接近或相似的命令分为若干命令组，如图 3-18 所示。

3．前面有"✔"的命令

该标记为复选标记，选中某个命令后，其左侧将出现"✔"标记，表示该命令已被选中。如在"查看"菜单中选中"状态栏"命令，也可同时选中"工具栏"命令以及"浏览器栏"命令等。

4．前面有"●"的命令

该标记为单选标记，被分隔线划分为一组的菜单命令中只允许存在一个。选中某个命令后，其左侧将出现"●"标记，表示该命令已被选中。如选中"平铺"命令后，便不能同时选中该组中的其他命令。

5．后面有"…"的命令

该标记表示执行菜单命令后，系统将自动打开相应的对话框，当用户在对话框中进行相应的设置后，才算完成命令。如选择图 3-18 中的"复制到文件夹"命令，将打开"复制项目"对话框，如图 3-19 所示。

6．后面有"▶"的命令

将鼠标指针移至该标记上时，将弹出该标

记所在命令的子菜单，在其中可进一步选择所需的菜单命令。

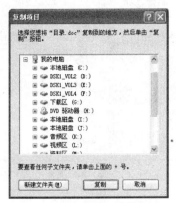

图 3-19 "复制项目"对话框

7．后面有字母组合键的命令

表示在打开菜单后直接按该组合键可以打开相应的菜单项或菜单命令。

8．后面有字母键的命令

有的菜单项或菜单命令后面有一个用括号括起来的带下划线的字母标记，该字母标记表示按【Alt＋字母】组合键可以打开相应的菜单。

3.2.2 菜单的基本操作

菜单的操作包括了菜单的打开和关闭，以及快捷菜单的使用。

1．打开窗口菜单

在 Windows XP 中选择下拉菜单命令的常用方法有两种，即键盘选择和鼠标选择。

方法 1：通过键盘选择菜单命令。

通过键盘选择下拉菜单命令不是指用快捷键选择，而是利用【Alt】键、方向键和回车键完成操作，其具体操作如下。

1 在窗口中按【Alt】键激活菜单栏中的第一个菜单项。

2 按【→】键切换到需选择的菜单项。

3 按【↓】键展开该菜单项，然后利用【↑】键和【↓】键选择需要的菜单命令。

4 按回车键即可执行选择的命令，完成下拉菜单命令的选择操作。

方法 2：通过鼠标选择菜单命令。

用鼠标选择菜单命令的具体操作如下。

1 在窗口中用鼠标单击"我的电脑"窗口中的"编辑"菜单项，如图 3-20 所示。

图 3-20 选择"编辑"菜单项

2 在弹出的下拉菜单中单击某个菜单命令，即可完成选择下拉菜单命令的操作。这里选择"全部选定"命令，执行该命令后，窗口中的所有磁盘选项将被选定，如图 3-21 所示。

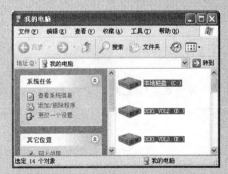

图 3-21 选择"全部选定"命令后的效果

2．关闭窗口菜单

关闭窗口菜单的方法为单击菜单以外的空

白处或者按【Esc】键即可。

3．使用快捷菜单

在 Windows XP 操作系统中，快捷菜单通常是指在某一对象上单击鼠标右键后弹出的菜单。适当地使用快捷菜单可提高选择菜单命令的速度。在不同的对象上，系统提供的快捷菜单内容也不尽相同，下面以排列"我的电脑"窗口中的磁盘为例，讲解快捷菜单的使用，其具体操作如下。

1 双击桌面上的"我的电脑"图标，打开"我的电脑"窗口。

2 在该窗口工作区的空白区域单击鼠标右键，弹出其快捷菜单。

3 选择【排列图标】→【类型】命令，如图 3-22 所示。

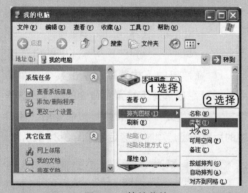

图 3-22　快捷菜单

4 系统自动将该盘符下的所有文件以各种类型进行重新排列，如图 3-23 所示。

操作提示

除了窗口菜单与快捷菜单外，在 Windows XP 中还包括"开始"菜单和窗口控制菜单，前面已有相关讲解，只是打开方法不同而已。

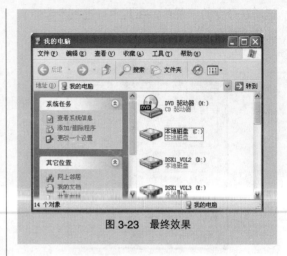

图 3-23　最终效果

3.2.3　自测练习及解题思路

1．测试题目

第 1 题　打开"网上邻居"窗口，然后打开"文件"菜单。

第 2 题　打开"查看"菜单中"浏览器栏"的子菜单。

第 3 题　在"我的电脑"窗口中使用右键菜单方式实现按可用空间大小排列图标。

第 4 题　在当前打开的窗口中，利用快捷菜单复制"程序"文件夹。

2．解题思路

第 1 题　题目没有明确要求用何种方法，应从最常用的方法开始逐一尝试。

第 2 题　解题思路同第 1 题，可参考 3.2.2 小节第 1 小点。

第 3 题　在"我的电脑"窗口中单击鼠标右键，在弹出的快捷菜单中选择【排列图标】→【大小】命令。

第 4 题　右键单击"程序"文件夹，在弹出的快捷菜单中选择"复制"命令。

3.3 对话框的操作

考点分析：在考试中本节的知识点主要都是在其他知识点的考题中得以体现，一般不会直接命题，而会将知识点融入到其他知识点一起考查，如在考查其他知识点时需要选中某个单选按钮等。

学习建议：熟练掌握对话框的操作，这是学习其他知识的基础。

3.3.1 认识对话框的种类

对话框与窗口不同，它不能通过右上角的控制按钮进行大小调整，而只能通过拖动的方式进行缩放，甚至有些对话框不允许对其大小进行调整。

对话框与窗口不同之处还包括，它的右上角新增了"帮助"按钮，利用该按钮可对对话框中的任意参数进行提示。

Windows XP 对话框主要分为设置对话框及警告、确认或提醒对话框两种，下面详细讲解。

1. 设置对话框

设置对话框通常在用户需要对某个功能进行设置时出现，如图 3-24 所示就是设置显示属性的对话框。

2. 警告、确认或提醒对话框

警告、确认或提醒对话框在需要警告、确认或者提醒时才出现，如图 3-25 所示。

◈ **警告对话框**：警告用户这样操作将会产生的后果。

◈ **确认对话框**：让用户确认是否执行某一操作。

◈ **提醒对话框**：提示用户某些信息。

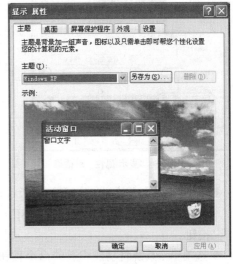

图 3-24 "显示 属性"对话框

图 3-25 确认对话框

3.3.2 对话框的基本操作

在 Windows XP 中，虽然每个对话框针对的任务不同，但其结构却大同小异，都是由一个或多个对话框元素组成的，如选项卡、复选框、单选按钮、下拉式列表框和命令按钮等。下面以"显示 属性"对话框和"本地磁盘(C:)属性"对话框为例，对对话框的各部分进行讲解。

如图 3-26 所示为"显示 属性"对话框，其中各部分的用法如下。

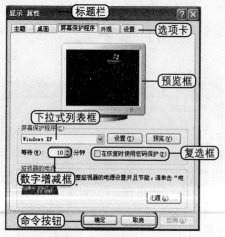

图 3-26 "显示 属性"对话框

◆ **标题栏**：标题栏的左侧是对话框的名称，右侧为"帮助" ? 和"关闭" ✕ 按钮。

◆ **选项卡**：系统将功能相近的命令按钮、复选框等组成为一个选项卡。一个对话框中有多个选项卡，单击其中一个选项卡，将会显示相应的对话框，如图 3-26 所示为"屏幕保护程序"选项卡。

◆ **预览框**：在对话框中进行设置后，在该栏中可看到应用后的效果，如图 3-26 所示的"预览框"中显示的即为预览效果。

◆ **下拉式列表框**：单击右侧的 ✓ 按钮，将弹出一个下拉式列表，从中可选择所需的选项。

◆ **复选框**：表示是否选择该选项。选中后其前面的方框呈 ✓ 标记，取消选中则方框呈 □ 标记。

◆ **命令按钮**：单击某一命令按钮，将执行相应的操作。

◆ **数字增减框**：使用数字增减框时既可直接在其中输入所需数值，也可单击 ▲ 按

钮或 ▼ 按钮按固定步长增加或减小数值。

◆ **单选按钮**：单选按钮在对话框中表示为一个小圆圈，当选中单选按钮时，在小圆圈内将出现一个绿色实心点 ◉ ；在没有选中单选按钮时，小圆圈为空 ○，如图 3-27 所示。

◆ **文本框**：文本框是对话框中的一个空白方框，用于输入文字，如图 3-27 所示的"共享名"与"注释"文本框（在"我的电脑"窗口中用鼠标右键单击 C 磁盘图标，选择"属性"命令可打开该对话框）。有时文本框中已有默认的文字，用户若想保留它，则不用改动；若想修改，可单击选取后再输入新字符。

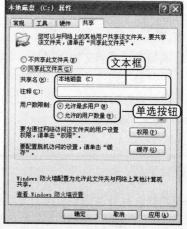

图 3-27 "本地磁盘（C:）属性"对话框

◆ **列表框**：列表框中有很多可供选择的项目，如图 3-28 所示。

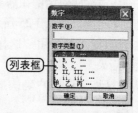

图 3-28 对话框中的列表框

◈ 滑动杆：用鼠标左键拖动滑动杆，可改变滑动杆在标尺上的位置，如图 3-29 所示。

图 3-29　滑动杆

3.3.3　自测练习及解题思路

1．测试题目

第 1 题　设置任务栏分组相似任务栏按钮，并显示时钟。

第 2 题　桌面上有打开的"我的电脑"窗口，利用工具栏的文件夹选项按钮，设置为显示所有的文件和文件夹。

2．解题思路

第 1 题　在任务栏空白处单击鼠标右键，在弹出的快捷菜单中选择"属性"命令，在打开的"任务栏和「开始」菜单属性"对话框中选中"分组相似任务栏按钮"和"显示时钟"复选框，单击"确定"按钮。

第 2 题　在"我的电脑"窗口中选择【工具】→【文件夹选项】命令，打开"文件夹选项"对话框，单击"查看"选项卡，在其下的列表框中选中"显示所有的文件和文件夹"单选按钮。

第 4 章 ▸Windows XP中的文件管理◂

Windows XP 中的文件管理主要包括打开、选择、新建、重命名、复制、移动、删除和搜索等，

而实现这些操作的场所就是"我的电脑"、"资源管理器"和"回收站"。本章将介绍文件和文件夹的各项操作方法，以及使用"我的电脑"、"资源管理器"和"回收站"来管理文件的方法。

4.1 文件基础知识

考点分析：本节的知识点在考题中不会出现具体的考题，但它是学习后面章节的基础。了解什么是文件、文件的命名规则、文件的图标和类型，以及文件的属性等知识，可以更好地理解文件及文件夹的操作。

学习建议：了解关于文件的基础知识。

4.1.1 认识文件

所有的计算机数据都是以"文件"的格式存储在计算机中。什么是"文件"？抽象地讲，文件是由一系列数据组成的一个有名称的集合，这些数据可以是一段声音、一张图片或一些文字等。

4.1.2 文件的命名规则

在 DOS 操作系统和 Windows XP 操作系统中文件的命名规则不太相同，下面分别介绍。

1. DOS 操作系统中的命名规则

DOS 操作系统的文件名由 1 ～ 8 个合法字符构成。合法字符是指 26 个英文大小写字

母、0～9的10个阿拉伯数字、个别特殊字符（＄、#、@、！、%、{、}、—、&）等，但是文件名中不可以有空格。

在中文环境下可以使用汉字，一个汉字占两个字符位置，所以如果用中文最多只能用4个字。文件扩展名由0～3个合法字符组成。

2．Windows XP 操作系统中的命名规则

Windows XP 中的命名规则包括以下几点。

◈ 文件或文件夹可以使用长文件名，名称最多可以有 255 个字符。

◈ 使用字母可以保留指定的大小写格式，但不能用大小写区分文件名。

◈ 文件名中可以使用汉字和空格，但空格作为文件名的开头字符或单独作为文件名不起作用。

◈ 文件的扩展名可以使用多个字符，可以使用多间隔符，但只有最后一个间隔符后的部分能作为文件的扩展名。

◈ 文件名中不能使用的字符有 \、/、：、*、？、"、<、> 和 |。

◈ 同一磁盘的同一文件夹中不能有同名的文件和文件夹。

◈ Windows XP 系统的长文件名在"命令提示符"窗口可以完全显示。

◈ Windows 的长文件名转换成 DOS "8.3"格式的文件名时，系统将滤掉空格和 DOS "8.3"格式中不允许的字符，取前 6 个字符加"～"，再加一个数字，共组成 8 个字符，然后取最后一个间隔符后的前 3 个字符作为扩展名。

根据以上规则，文件由文件名和文件属性（也称扩展名）两部分组成，两者之间用一个圆点（间隔符）分开。文件名和扩展名是区分一个文件的标志，如图 4-1 所示，扩展名 .aac 表示该文件为音频文件。

图 4-1　文件的命名

4.1.3　文件类型和图标

文件类型相当于将不同的文件进行归类后的一种文件属性。Windows XP 操作系统中有许多文件类型，了解一些常用的文件类型不仅能选择适合的程序将其打开，也便于对文件的管理。下面列出了 Windows XP 中一些常用的文件及其相应的扩展名和文件图标样式。

◈ 声音文件：扩展名为 .mp3、.wav、.wma 和 .mid 等，是记录了声音和音乐的文件，图标样式如图 4-2 所示。

图 4-2　声音文件的图标样式

◈ 图片文件：扩展名为 .jpg、.jpeg、.bmp、gif 和 .tiff 等，记录了图像信息，如扫描后存在计算机中的图片，图标样式如图 4-3 所示。

图 4-3　图片文件的图标样式

◈ 字体文件：扩展名为 .fon 和 .ttf 等，为系统和其他应用程序提供字体的文件，图标样式如图 4-4 所示。

图 4-4　字体文件的图标样式

◈ 文本文件：扩展名为 .txt，只记录文字的文件，图标样式如图 4-5 所示。

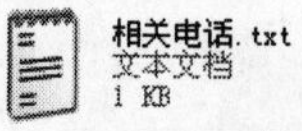

图 4-5　文本文件的图标样式

◈ 动态链接库文件：扩展名为 .dll，为多个程序共同使用的文件，图标样式如图 4-6 所示。

图 4-6　动态链接库文件的图标样式

◈ 可执行文件：扩展名为 .exe、.com 和 .bat，双击此类文件可执行程序，如游戏，图标样式如图 4-7 所示。

图 4-7　可执行文件的图标样式

◈ 网页动画文件：扩展名为 .swf，由 Flash 软件制作的网页动画文件，图标样式如图 4-8 所示。

图 4-8　网页动画文件的图标样式

◈ 压缩文件：扩展名为 .rar 和 .zip，由压缩软件将文件压缩后形成的文件，图标样式如图 4-9 所示。

图 4-9　压缩文件的图标样式

◈ 网页文件：扩展名为 .htm 和 .html，可用 IE 浏览器打开，是网络常用的文件，图标样式如图 4-10 所示。

图 4-10　网页文件的图标样式

◈ 影视文件：扩展名为 .avi、.rm、.mpeg、.asf 和 .mov，记录着动态变化的画面，同时支持声音，图标样式如图 4-11 所示。

图 4-11　影视文件的图标样式

☀ 操作提示

文件图标的样式会根据用户计算机中安装的软件不同而不同，比如用户计算机中安装的视频软件是"金山影霸"，那么影视文件的图标会随之改变，但扩展名始终不会改变。

4.1.4　文件的属性

文件的属性在 DOS 操作系统和 Windows XP 操作系统下不完全相同。

1．DOS 操作系统中文件的属性

DOS 系统文件的属性有以下 4 种。

◈ 只读（Read-Only）：简写为 R，这类文件只能被访问，不能被修改和删除。

◈ 隐藏（Hide）：简写为 H，这类文件被系统隐藏起来，其文件名不被显示，DOS 命令也不能对它操作。

◈ 系统（System）：简写为 S，这类文件是 DOS 的系统文件，其内容通常也不

能被修改。

◆ 存档（Archive）：简写为 A，这类文件是一般的文档类文件的属性。

2．Windows XP 操作系统中文件的属性

Windows XP 操作系统中文件的属性有以下 3 种。

◆ 只读（Read-Only）：这类文件只能被访问，不能被修改和删除。

◆ 隐藏（Hide）：这类文件可以通过"文件夹选项"对话框的设置隐藏起来。

◆ 存档（Archive）：这类文件是一般的文档类文件的属性。

> ☀ **操作提示**
>
> 在 NTFS 文件格式中的文件或文件夹还有索引、加密和压缩属性。

4.2 文件夹基础知识

考点分析：文件夹的基础知识在考试中也不会有明确的题目来考查。考生只需了解在 Windows XP 操作系统中采用树型目录结构管理文件及目录，并利用文件夹来管理文件或文件夹即可。双击某个文件夹图标，即可打开该文件夹浏览并编辑其中的所有文件及子文件夹。

学习建议：了解文件夹的基础知识。

4.2.1 认识文件夹

文件夹相当于一种容器，它主要用于存放文件或下一级的文件夹，是文件的载体。文件夹由图标和文件夹名组成，如图 4-12 所示。

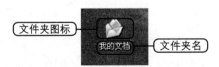

图 4-12 文件夹的组成

Windows XP 操作系统中的文件夹都采用树型文件结构，如图 4-13 所示。硬盘像树的"根"，不同硬盘分区像树的不同"树干"，"树干"上的"树枝"是不同硬盘分区中的文件夹，

"树枝"上的"叶"是一个个文件。同样，文件夹下面还可以有文件夹。

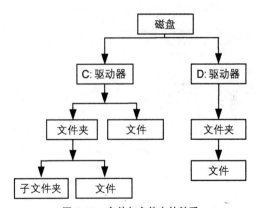

图 4-13 文件与文件夹的关系

4.2.2 路径

在地址栏中显示文件或文件夹位置时，会在上一级文件夹名和下一级文件夹或文件名之间加上一个"\"符号，如"C:\WINDOWS\ 文档 .doc"，这就是文件的路径，它表示 C 盘的"WINDOWS"文件夹中的"文档 .doc"文件。

4.3 认识"我的电脑"窗口

考点分析：本节知识点在考试时主要是考查图标的排列和查看方式。考题中通常会要求先打开"我的电脑"窗口，然后对图标的排列和查看方式进行考查。

学习建议：熟练掌握"我的电脑"窗口的打开方式，以及图标的排列和查看方式。

4.3.1 打开"我的电脑"窗口

文件或文件夹的操作大都是在"我的电脑"窗口中进行的。在使用"我的电脑"管理文件前，应先了解如何打开"我的电脑"窗口以及图标的排列与查看方法。

双击桌面上的"我的电脑"图标，即可打开"我的电脑"窗口，如图4-14所示。

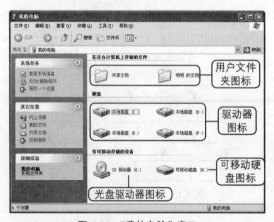

图4-14 "我的电脑"窗口

☀ **操作提示**

在"我的电脑"窗口中选择【工具】→【文件夹选项】命令，在打开的"文件夹选项"对话框的"查看"选项卡中选中"在我的电脑上显示控制面板"复选框，在"我的电脑"窗口中将出现"控制面板"图标，单击它可直接进入控制面板。

4.3.2 图标的排列与查看方法

为了方便查找和编辑文件，用户必须先了解文件图标的排列和查看方法，下面详细介绍。

1. 图标的类型

"我的电脑"窗口通常分为3个栏目，即"在这台计算机上存储的文件"栏、"硬盘"栏以及"有可移动存储设备"栏，这几个栏目中包括了以下几种类型的图标。

◆ 驱动器图标 ：通常显示在"硬盘"栏，双击任意一个驱动器图标，在打开的窗口中将显示该驱动器中的内容。

◆ 用户文件夹图标 ：通常显示在"在这台计算机上存储的文件"栏，用于保存用户的文件或文件夹。

◆ 光盘驱动器图标 ：通常显示在"有可移动存储设备"栏，在光驱中放入光盘，双击该图标，在打开的窗口中将显示光盘中的内容。如果计算机上安装的是 DVD 光驱，图标也会有相应变化。

◆ 可移动硬盘图标 ：通常显示在"有可移动存储设备"栏，当在计算机中插入 U 盘或移动硬盘时会显示该图标。使用方法与驱动器图标相同，双击，在打开的窗口中将会显示 U 盘或移动硬盘中的内容。

2. 图标的排列

在"我的电脑"窗口中选择【查看】→【排

列图标】命令，在弹出的子菜单中选择图标的排列方式，如图 4-15 所示。

图 4-15 "排列图标"子菜单

菜单分隔线以上的 5 个选项是单选选项，而分隔线以下的 3 个选项是多选选项。主要有以下 8 种方式，用户可根据需要选择。

◆ 名称：按照文件的名称进行排列。

◆ 类型：按照文件的类型进行排列。

◆ 大小：按照文件的大小进行排列。

◆ 可用空间：该选项只在"我的电脑"窗口中可用，是指按照磁盘上的可用空间的大小进行排列。

◆ 备注：按照每个图标的备注进行排列。

◆ 按组排列：按照分组进行排列。

◆ 自动排列：按照系统默认方式进行排列。

◆ 对齐到网格：按照每个图标都对齐网格的方式进行排列。

3. 图标的查看方式

在文件夹窗口中可用不同的方式查看文件，这样便于用户查阅文件。在文件夹窗口中选择"查看"命令，在弹出的下拉菜单中可以选择查看方式。Windows XP 提供了以下 6 种方式。

◆ 幻灯片：一般用于图片文件夹中。图

片以单行缩略图形式显示，可通过单击左右箭头按钮滚动图片，如图 4-16 所示。

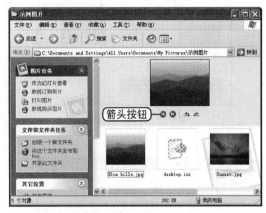

图 4-16 "幻灯片"方式

◆ 平铺：是系统默认的文件和文件夹显示方式，一般以图标形式显示文件和文件夹，文件名显示在图标右侧，如图 4-17 所示。

图 4-17 "平铺"方式

◆ 缩略图：将文件夹所包含的图像显示在文件夹图标中，从而可以快速识别该文件的内容，如图 4-18 所示。

◆ 图标：以图标形状显示文件和文件夹。文件名显示在图标之下，并且不显示分类信息，如图 4-19 所示。

图 4-10 "缩略图"方式

图 4-19 "图标"方式

◈列表：以文件或文件夹名列表显示文件夹内容，其内容前面为小图标。若文件夹中包含很多文件，列表显示有利于快速查找一个文件名，如图 4-20 所示。

图 4-20 "列表"方式

◈详细信息：列出已打开的文件夹的内容并提供有关文件的详细信息，包括名称、大小、类型和修改日期，如图 4-21 所示。

图 4-21 "详细信息"方式

考场点拨

图标的各种排列和查看方式的操作方法基本一样。考试时注意根据考题的不同要求选择对应的选项即可。

4.3.3 自测练习及解题思路

1．测试题目

第 1 题　打开"我的电脑"窗口。

第 2 题　设置在"我的电脑"窗口中显示"控制面板"选项。

第 3 题　按组排列当前窗口中的文件及文件夹。

第 4 题　按"详细信息"方式浏览当前文件夹中的内容。

第 5 题　显示已知文件类型的扩展名。

2．解题思路

第 1 题　参考 4.3.1 小节。

第 2 题　选择【工具】→【文件夹选项】

命令，在打开的"文件夹选项"对话框的"查看"选项卡中选中"在我的电脑上显示控制面板"复选框。

第3题　在"我的电脑"窗口中选择【查看】→【排列图标】命令，在弹出的子菜单中选择"按组排列"命令。

第4题　在"我的电脑"窗口中选择【查看】→【详细信息】命令。

第5题　选择【工具】→【文件夹选项】命令，在打开的"文件夹选项"对话框的"查看"选项卡中取消选中"隐藏已知文件类型的扩展名"复选框。

4.4　使用"我的电脑"管理文件

考点分析：该知识点的出题几率比较高，许多知识点可能出现在同一道题目中，如新建文件并重命名文件。各知识点都会有多种操作方法，如重命名文件就有几种方式。考题大部分会明确要求以哪种方式进行操作，若没有具体要求，则应先使用最常用的方式进行操作，如果常用方式不行，再逐一尝试其他方式。

学习建议：熟练掌握各种通过"我的电脑"管理文件的方法。

4.4.1　浏览文件和文件夹

浏览所需文件或文件夹之前，应先知道该文件或文件夹存放的路径。下面以浏览 D 盘下的"Program Files"文件夹中的文件为例进行讲解，其具体操作如下。

■ 打开"我的电脑"窗口，双击 **本地磁盘 (D:)** 图标，打开"本地磁盘 (D:)"窗口，如图4-22所示。

考场点拨

浏览文件和文件夹通常不会在考题中单独出现，一般是与其他考点一同考查。

■ 在打开的窗口中双击 **Program Files** 图标，打开"Program Files"窗口，在其中即可浏览所需的文件，如图4-23所示。

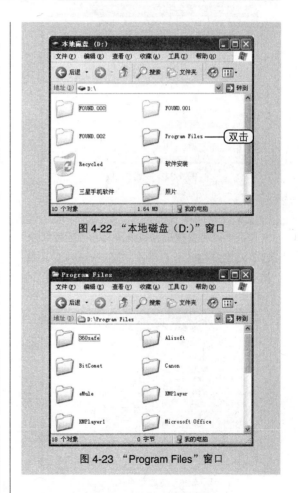

图 4-22　"本地磁盘（D:）"窗口

图 4-23　"Program Files"窗口

4.4.2　新建文件和文件夹

下面在 I 盘中新建一个名为"娱乐"的文件夹，在该文件夹下分别新建"电影"、"音乐"和"游戏"3个子文件夹，再在"电影"和"音乐"文件夹中分别创建一个名为"电影目录"和"歌曲目录"的文本文件，其具体操作如下。

1 打开"我的电脑"窗口，双击 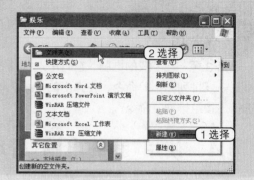 本地磁盘 (I:) 图标，在打开的窗口中选择【文件】→【新建】→【文件夹】命令，如图4-24所示。

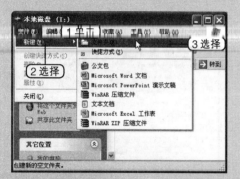

图 4-24　新建文件夹

2 系统新建一个名为"新建文件夹"的文件夹，此时文件夹名称呈蓝底白字的可编辑状态，直接输入"娱乐"，按回车键确认，如图4-25所示。

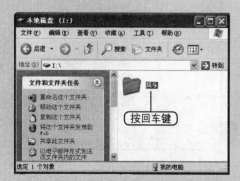

图 4-25　完成文件夹的新建

3 按回车键打开"娱乐"文件夹，在窗口的空白处单击鼠标右键，在弹出的快捷菜单中选择【新建】→【文件夹】命令，如图4-26所示。

图 4-26　快捷菜单

4 系统再次新建一个名为"新建文件夹"的文件夹，用相同方法将其名称改为"电影"，如图4-27所示。

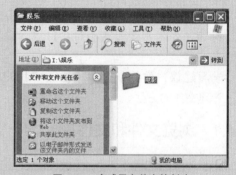

图 4-27　完成子文件夹的创建

5 在"娱乐"文件夹窗口的空白区域单击鼠标，然后在信息区中单击"创建一个新文件夹"超级链接，如图4-28所示。

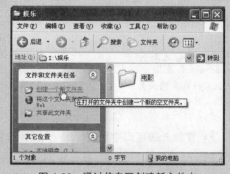

图 4-28　通过信息区创建新文件夹

6 将新建的文件夹名称更改为"音乐"，再新建一个名为"游戏"的文件夹，如图 4-29 所示。

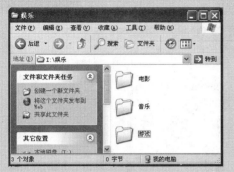

图 4-29　完成所有文件夹的创建

7 打开"电影"文件夹，在其窗口中选择【文件】→【新建】→【文本文档】命令，如图 4-30 所示。

图 4-30　新建文本文档

8 此时文本文件的名称呈可编辑状态，输入"电影目录"后按回车键，如图 4-31 所示。

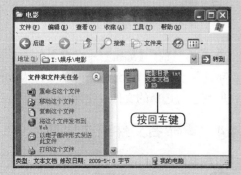

图 4-31　修改文本文档的名称

9 打开"音乐"文件夹，在其中的空白区域单击鼠标右键，在弹出的快捷菜单中选择【新建】→【文本文档】命令，如图 4-32 所示。

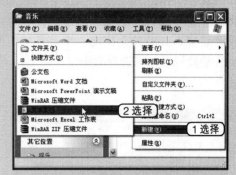

图 4-32　通过快捷菜单创建文本文档

10 将新建的文本文件以相同的方法命名为"音乐目录"，如图 4-33 所示，完成所有操作。

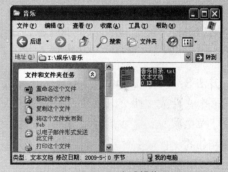

图 4-33　完成操作

4.4.3　选择文件或文件夹

如果要对文件或文件夹进行移动、复制和删除等操作时，首先应选择相应文件或文件夹。在 Windows XP 中选择文件或文件夹包括选择单个的文件或文件夹、框选文件或文件夹、选择相邻的文件或文件夹、选择不相邻的文件或文件夹以及选择窗口中所有文件或文件夹等多种操作。选择文件或文件夹的方法如下。

方法 1：在需选择的文件或文件夹上单击鼠标即可选择该文件或文件夹。在其以外的任意位置单击鼠标又可恢复到未选择的状态。

方法 2：在要选择的文件或文件夹之外按住鼠标左键不放，然后拖动鼠标到需要选择的文件位置，此时就会出现一个蓝色的矩形框，释放鼠标后即可选择多个文件或文件夹，如图 4-34 所示。

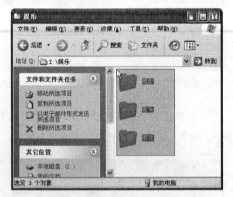

图 4-34　框选文件或文件夹

方法 3：按住【Shift】键不放，在需选择的第一个文件或文件夹以及最后一个文件或文件夹上单击鼠标，完成后释放【Shift】键，可选择相邻的文件或文件夹，如图 4-35 所示。

图 4-35　选择相邻的文件或文件夹

方法 4：按住【Ctrl】键不放，依次单击

需选择的文件或文件夹，完成后释放【Ctrl】键，可选择不相邻的文件或文件夹，如图 4-36 所示。

图 4-36　选择不相邻的文件或文件夹

方法 5：选择【编辑】→【全部选定】命令或按【Ctrl+A】组合键，可以选择当前窗口中的所有文件或文件夹，如图 4-37 所示。

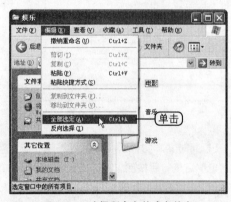

图 4-37　选择所有文件或文件夹

方法 6：选择【编辑】→【反向选定】命令，可选择当前窗口中没有选择的文件或文件夹，取消已经选择的文件或文件夹。

4.4.4　重命名文件或文件夹

当需要修改文件或文件夹名称时就要进行重命名操作，其具体操作如下。

1 在要重命名的文件或文件夹上单击鼠标右键，在弹出的快捷菜单中选择"重命名"命令，或者按【F2】键。

2 此时要重命名的文件或文件夹名称将呈蓝底白字显示，输入新的名称，完成后按回车键或在窗口的空白处单击即可。

4.4.5　打开文件

在编辑文件前需要先打开文件，打开文件的方式有直接打开文件和以某种打开方式打开文件两种。

1．直接打开文件

直接打开文件的方法有以下几种。

方法1：直接双击文件图标即可启动该文件对应的应用程序，打开该文件。

方法2：在要打开的文件图标上单击鼠标右键，在弹出的快捷菜单中选择"打开"命令，如图4-38所示。

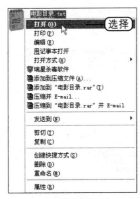

图4-38　使用快捷菜单打开文件

方法3：选择文件后，按回车键。

方法4：选择要打开的文件，再在菜单栏中选择【文件】→【打开】命令，如图4-39所示。

图4-39　通过菜单命令打开文件

2．选择打开方式

当需要以非系统默认的程序打开文件时，可以选择以其他的方式打开文件，其具体操作如下。

1 在要打开的文本文件"电影目录"上单击鼠标右键，在弹出的快捷菜单中选择【打开方式】→【选择程序】命令，如图4-40所示。

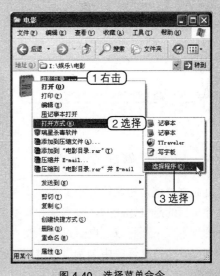

图4-40　选择菜单命令

2 在打开的"打开方式"对话框中选择"写字板"选项，如图 4-41 所示。

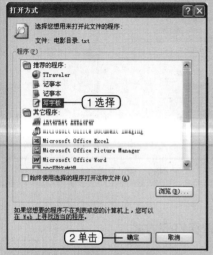

图 4-41 "打开方式"对话框

3 单击 确定 按钮，即可在"写字板"程序中打开该文件，如图 4-42 所示。

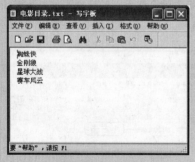

图 4-42 打开文件

4.4.6 复制文件或文件夹

复制文件就是指制作一个文件的副本，复制文件夹指的是制作此文件夹本身和其中所有文件的副本。下面将以"电影目录"文本文件复制到"游戏"文件夹中为例进行讲解，其具体操作如下。

1 打开"电影目录"文本文件所在的"电影"文件夹，在"电影目录"文件上单击鼠标右键，在弹出的快捷菜单中选择"复制"命令，如图 4-43 所示，也可选择【编辑】→【复制】命令。

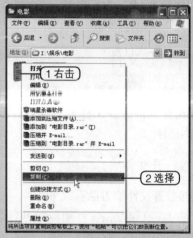

图 4-43 复制文件

2 打开"游戏"文件夹，在窗口空白处单击鼠标右键，在弹出的快捷菜单中选择"粘贴"命令，此时便将复制的"电影目录"文件粘贴到此处，如图 4-44 所示。也可选择【编辑】→【粘贴】命令进行粘贴。

图 4-44 粘贴文件

📖 **考场点拨**

复制粘贴操作是常考的考点，考生一定要非常熟练地掌握各种复制粘贴方法。

4.4.7　发送文件或文件夹

　　用户可以利用发送文件或文件夹的方法将其复制到需要的地方。在需要复制的文件或文件夹上单击鼠标右键，在弹出的快捷菜单中选择"发送到"命令，将会弹出其子菜单，其中有如下4个选项。

◆ 压缩（Zipped）文件夹：将文件或文件夹复制成压缩文件。

◆ 桌面快捷方式：作为文件或文件夹的快捷方式发送到桌面上。

◆ 邮件接收者：通过电子邮件发送该文件或文件夹到指定的电子邮箱中。

◆ 我的文档：文件或文件夹发送到"我的文档"文件夹中。

　　若计算机上安装了可移动存储器或者软驱的话，还会有以下两个选项。

◆ 3.5软盘（A:）：文件或文件夹被复制到软盘中。

◆ 可移动存储器所在盘符：文件或文件夹被复制到U盘或移动硬盘中。

4.4.8　移动文件或文件夹

　　移动文件是指把文件或文件夹从计算机中的一个位置移动到另一个位置。下面以将"音乐目录"文本文件移动到"娱乐"文件夹中为例进行讲解，其具体操作如下。

　　1 打开"音乐目录"所在的"音乐"文件夹，在其上单击鼠标右键，在弹出的快捷菜单中选择"剪切"命令，如图4-45所示，也可选择【编辑】→【剪切】命令。

考场点拨

复制的方法与移动的非常相似，考生一定要将它们区分开，不要混淆。

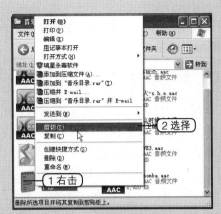

图4-45　剪切文件

　　2 打开"娱乐"文件夹，选择【编辑】→【粘贴】命令，此时便将剪切的"音乐目录"文件移动到此处，如图4-46所示。

图4-46　粘贴文件

操作提示

按【Ctrl+C】组合键可完成复制操作，按【Ctrl+X】组合键可完成剪切操作，按【Ctrl+V】组合键可完成粘贴操作。

4.4.9　搜索文件或文件夹

　　计算机中的文件或文件夹非常多，要查找

一些不常用的文件或文件夹时非常困难，用户可以通过 Windows XP 自带的搜索功能来查找所需的文件或文件夹。

1. 认识文件通配符

Windows XP 的搜索功能支持通配符的使用，所谓通配符就是指可以代表某一类字符的通用代表符。常用的通配符有星号（*）和问号（?），一个星号可代表一个或多个字符，一个问号只能代表一个字符。如"*.*"表示所有的文件和文件夹，"*.doc"表示所有扩展名为 .doc 的文件，"?a??.*"表示文件名为 4 个字符且第 2 个字符为 a 的所有文件。

2. 搜索文件或文件夹的方法

下面以在"我的电脑"中搜索有关任贤齐的音乐文件为例进行讲解，其具体操作如下。

❶ 选择【开始】→【搜索】命令或在"我的电脑"窗口中单击工具栏中的 🔍搜索 按钮，打开"搜索助理"信息区，如图 4-47 所示。

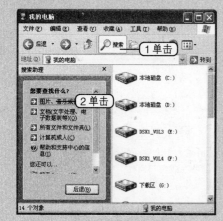

图 4-47 "搜索助理"信息区

❷ 在"您要查找什么"下方单击所需的

搜索选项，如单击"图片、音乐或视频"选项，提示进一步填写文件名等信息，如图 4-48 所示。

图 4-48 搜索图片、音乐或视频

❸ 选中"音乐"复选框，在"全部或部分文件名"文本框中输入文件的名称，如"任贤齐"，如图 4-49 所示。

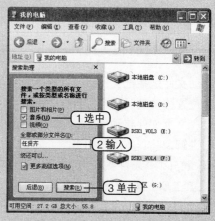

图 4-49 输入要搜索文件的信息

❹ 单击 搜索(R) 按钮，系统开始搜索所有符合条件的文件，文件搜索结束后，窗口中会显示搜索到的文件，此时还可以修改搜索条件搜索其他信息，如图 4-50 所示。

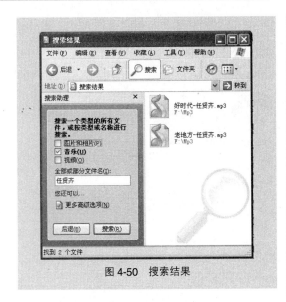

图 4-50 搜索结果

4.4.10 删除文件或文件夹

　　用户可以将不需要的文件或文件夹删除，以释放更多硬盘空间供其他文件使用。

　　删除文件或文件夹到回收站主要有以下几种方法。

　　方法 1：在要删除的文件或文件夹上单击鼠标右键，在弹出的快捷菜单中选择"删除"命令。

　　方法 2：选中文件或文件夹，然后将其拖动到桌面上的"回收站"图标 上，释放鼠标。

　　方法 3：选中文件或文件夹，按【Delete】键。

　　方法 4：选择要删除的文件或文件夹，然后选择【文件】→【删除】命令。

　　方法 5：选择要删除的文件或文件夹，单击窗口"信息区"中的"删除这个文件（文件夹）"超级链接。

　　用上述方法删除文件或文件夹时，系统会打开是否确定删除该文件或文件夹的对话框，如图 4-51 所示。单击 是(Y) 按钮，确定删除；单击 否(N) 按钮则放弃删除操作。

图 4-51 "确认文件删除"对话框

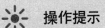 **操作提示**

　　选定文件或文件夹后，按【Shift】键的同时再按【Delete】键，可直接将文件或文件夹彻底删除。

4.4.11 设置文件和文件夹属性

　　文件和文件夹属性的设置方法相同，但设置它们属性的对话框不同，下面详细介绍。

1．设置文件属性

　　文件类型的不同，属性对话框的选项卡也不同，一般有常规、摘要、版本、安全、自定义等。常用的选项卡主要有以下两个。

　　◆"常规"选项卡：其中显示了文件的类型、打开方式、位置、大小、占用空间、创建时间、修改时间、访问时间和属性，如图 4-52 所示。

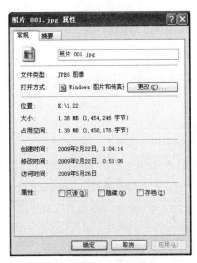

图 4-52 "常规"选项卡

◆"摘要"选项卡：其中可设置标题、主题、作者、类别、关键字、备注信息，如图 4-53 所示。将鼠标指针指向文件图标时，系统将显示包含以上主要内容的摘要信息。

图 4-53 "摘要"选项卡

操作提示

单击"打开方式"栏后的 更改(C)... 按钮可以打开"打开方式"对话框，在其中可以选择打开该文件的其他应用程序并将其设置为默认的打开方式。

2. 设置文件夹属性

文件夹的属性对话框中有以下 4 个选项卡。

◆"常规"选项卡：其中显示了文件夹的类型、位置、大小、占用空间、包含文件及子文件夹数、创建时间和属性，如图 4-54 所示。单击 高级(D)... 按钮，可打开"高级属性"对话框，如图 4-55 所示，在其中可以设置文件夹的"存档和编制索引属性"和"压缩或加密属性"。

◆"共享"选项卡：在其中可以设置是否共享该文件夹、网络用户访问该文件夹

的权限等属性，如图 4-56 所示。

图 4-54 "常规"选项卡

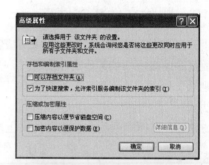

图 4-55 "高级属性"对话框

图 4-56 "共享"选项卡

❖ "安全"选项卡：在其中可以设置文件
属于的组或用户以及修改该文件的权
限，如图4-57所示。

图4-57 "安全"选项卡

❖ "自定义"选项卡：在其中可设置文件
夹及其子文件夹的模板，更改文件夹的
图片和图标样式，如图4-58所示。

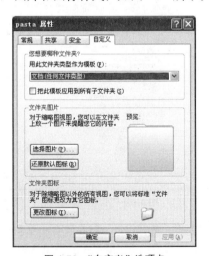

图4-58 "自定义"选项卡

对文件夹进行属性设置，该文件夹中的所
有文件属性也相应地跟着改变，而对文件进行
属性设置，只能将设置应用于所选文件。

下面以将F盘中的 "pasta" 文件夹的属性
设置为隐藏为例讲解文件或文件夹属性的设置
方法，其具体操作如下。

1 在 "pasta" 文件夹上单击鼠标右键，
在弹出的快捷菜单中选择 "属性" 命令，打开
"pasta 属性" 对话框，如图4-59所示。

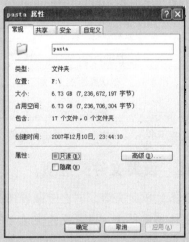

图4-59 "pasta 属性"对话框

2 在 "常规" 选项卡中的 "属性" 栏中
选中 "隐藏" 复选框，如图4-60所示，单击
[确定] 按钮。

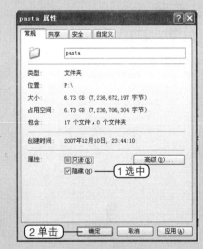

图4-60 设置属性

❸ 打开"确认属性更改"对话框，在该对话框中选中"将更改应用于该文件夹、子文件夹和文件"单选按钮，如图 4-61 所示。

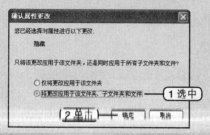

图 4-61 "确认属性更改"对话框

❹ 单击 确定 按钮，将"pasta"文件夹和文件夹下的子文件夹及子文件设为隐藏。

4.4.12 设置文件夹选项

设置文件夹选项，可方便地管理计算机中的文件与文件夹，设置文件夹选项的具体操作如下。

❶ 在 Windows XP 文件窗口中选择【工具】→【文件夹选项】命令，打开"文件夹选项"对话框的"常规"选项卡，如图 4-62 所示。

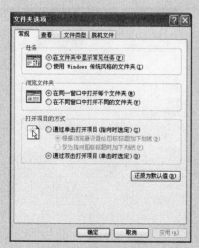

图 4-62 "常规"选项卡

❷ 在"任务"栏中选中"使用 Windows

传统风格的文件夹"单选按钮可使文件夹以 Windows 传统的风格显示。

❸ 选中"浏览文件夹"栏中的"在不同窗口中打开不同的文件夹"单选按钮可在浏览文件夹时以多个窗口的形式浏览不同的文件夹。

❹ 选中"打开项目的方式"栏中的"通过双击打开项目（单击时选定）"单选按钮后，双击文件或文件夹才能将其打开，这是 Windows XP 默认打开文件夹的方式。

❺ 单击"查看"选项卡，如图 4-63 所示。在"文件夹视图"栏中单击 应用到所有文件夹(L) 按钮可将当前文件夹的显示方式应用到所有文件夹。

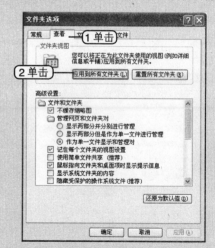

图 4-63 "查看"选项卡

❻ 在"高级设置"列表框中可对文件与文件夹进行具体设置，如选中"显示系统文件夹的内容"复选框后，将鼠标指针停留在某个文件夹上时将显示出该文件夹的内容信息；选中"不显示隐藏的文件和文件夹"单选按钮后，将不显示计算机中属性为隐藏的文件或文件夹等。

▇ 单击"文件类型"选项卡，如图 4-64 所示。

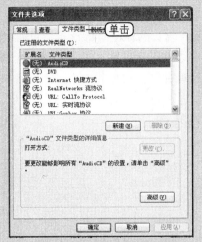

图 4-64　"文件类型"对话框

▇ 在其中可浏览已在计算机中注册的文件类型，单击 新建(N) 按钮可在打开的对话框中输入自定义的扩展名，从而新建文件类型。

▇ 单击"脱机文件"选项卡，如图 4-65 所示。在其中显示了有关脱机文件的信息。

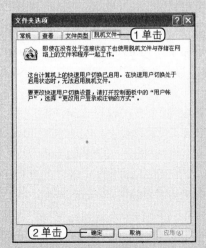

图 4-65　"脱机文件"选项卡

▇ 单击 确定 按钮使设置生效。

4.4.13　自测练习及解题思路

1. 测试题目

第1题　打开"我的电脑"窗口，在 E 盘中新建一个名为"暑期计划"的文件夹。

第2题　在 D 盘上通过快捷菜单新建一个名为"菜谱.txt"的文件。

第3题　选择窗口中的全部文件和文件夹。

第4题　依次取消对第1、第3、第5个文件夹的选择。

第5题　依次选择第1、第2、第6个文件夹。

第6题　反向选择窗口中的文件或文件夹。

第7题　在当前窗口中，将名为"凉菜"的文件用文本文件的方式打开。

第8题　在当前窗口中将名为"网页"的文件用 IE 浏览器打开。

第9题　在"我的文档"文件夹中新建一个名为"测验"的文件夹。

第10题　在 G 盘中新建一个名为"我的专业"的 Word 文档，并将它复制到 D 盘的"学业"文件夹中。

第11题　请将"我的文档"中的文件"电影.doc"复制到可移动磁盘中。

第12题　复制"我的文档"中的"旅游.txt"到 D 盘，并将 D 盘的文件名改为"游记.txt"。

第13题　将 D 盘"出游"文件夹的文件"名胜古迹.doc"改名为"路上心情.doc"。

第14题　将 D 盘下的"出游"文件夹移动到 E 盘，并将文件夹名改为"旅行日记"。

第15题　用拖动的方式将 C 盘上的"fonts"文件夹复制到 D 盘。

第16题　利用"我的电脑"窗口将"我

的文档"文件夹中的"尝试 .txt"复制到 D 盘"科研"文件夹中。

第 17 题　利用窗口菜单将"我的文档"文件夹复制到 F 盘中。

第 18 题　将当前窗口中"旅行日记"文件发送到桌面上。

第 19 题　将文件"D:\aa.txt"移动到 C 盘"我的文档"文件夹下。

第 20 题　搜索 C 盘中小于 10MB 的所有 exe 文件。

第 21 题　搜索 C 盘上第 3 个字符为 N 的文件和文件夹。

第 22 题　在"我的电脑"中搜索 D 盘中以 ABC 开头，第 4 个字符任意的所有文件。

第 23 题　请在"我的文档"中搜索名称包含"川菜"的文件和文件夹。

第 24 题　利用鼠标拖动的方法将桌面上的"水果"文件夹删除。

第 25 题　通过键盘将 F 盘中的文件"测验 .doc"彻底删除。

第 26 题　删除 D 盘中"测试"文件夹中的"计算机职称考试 .txt"文件。

第 27 题　将 D 盘中"测试"文件夹属性设置为"隐藏"。

第 28 题　将 F 盘上名为"只读文件夹"及其子文件夹中的文件都设置为"只读"。

第 29 题　通过"文件夹选项"对话框的设置使隐藏的文件夹显示出来。

第 30 题　通过"文件夹选项"对话框使鼠标指针指向文件夹和桌面项时不显示提示信息。

第 31 题　将 D 盘"菜谱"文件夹中的"川菜"文件的属性设置为"只读"。

第 32 题　在"我的电脑"中，设置在网络上共享"我的文档"文件夹，共享名为"小周的文档"。

第 33 题　设置浏览文件夹时，在不同窗口中打开不同的文件，并且通过双击打开项目。

第 34 题　桌面上有打开的 C 盘和 D 盘窗口，利用窗口的标题栏将 D 盘窗口向右移动，使其右边框靠近屏幕右边框，将 C 盘和 D 盘两个窗口并列，然后将 D 盘中的"学习"文件夹用拖动复制的方式复制到 C 盘窗口。

第 35 题　在"我的电脑"窗口中，将本地磁盘（E:）中"计算机应用技术资料"文件夹中的文件夹和文件按"列表"显示后，再按"类型"排列图标。

第 36 题　选择当前打开的"素材"文件夹下的"草地 .psd"、"Dog.tif"和"诗句 .word"文件，将选中的文件复制到 D 盘的（不允许使用鼠标直接拖曳方式，使用快捷菜单复制粘贴）。

第 37 题　利用工具栏在本地磁盘 C 中搜索文件的扩展名为 .jpg，文件的"大小"超过 1M 的文件，搜索完毕后将其改名为"我的图片 .jpg"，然后将其复制到 C 盘的"my works"文件夹中。

第 38 题　在"我的电脑"窗口中利用"文件夹选项"命令创建新的文件类型 work。并为 work 新文件类型设置图标，设置为第四行第三列的图标。

第 39 题　在"我的电脑"窗口中，利用菜单在 E 盘中搜索文件名以"我的 Word"开头、文件中包括文字"页眉和页脚"、且于 2010-1-1 ~ 2010-12-1 之间创建的文件，并将其重命名为"我的讲稿 .doc"。

第 40 题　将 C 盘根目录下的"考试"文件夹移动到 D 盘中的"计算机考试试题"文件夹中，然后将其设为网络共享，共享名为"计算机等级考试"（只允许使用快捷菜单进行操作）。

2．解题思路

第1题 题目没有明确要求用何种方法新建，应从最常用的方法开始逐一尝试。

第2题 参考4.4.2小节。

第3题 参考4.4.3小节的方法5。

第4题 按住【Ctrl】键不放，依次单击第1、第3、第5个文件夹，完成后释放【Ctrl】键。

第5题 解题思路同上。

第6题 选择【编辑】→【反向选定】命令。

第7题 参考4.4.5小节的第2小点（用记事本打开）。

第8题 解题思路同上。

第9题 参考4.4.2小节。

第10题 参考4.4.2小节和4.4.6小节。

第11题 参考4.4.6小节。没指定用什么方法，应从最常用的方法开始逐一尝试。

第12题 题目没有明确要求用何方法新建，应从最常用的方法开始逐一尝试。

第13题 解题思路同上，并参考4.4.4小节。

第14题 参考4.4.8小节。没指定用什么方法，应从最常用的方法开始逐一尝试。

第15题 考题指明用拖动的方法，所以其他方法都不可用。

第16题 参考4.4.6小节。

第17题 参考4.4.6小节。因为考题指明利用窗口菜单，所以其他方法都不可用。

第18题 参考4.4.7小节。

第19题 参考4.4.8小节。

第20题 参考4.4.9小节的第2小点。

第21题 参考4.4.9小节。解答此题需将关于通配符的知识结合起来。

第22题 解题思路同上。

第23题 参考4.4.9小节。注意需要指定搜索范围。

第24题 利用鼠标将桌面上的"水果"文件夹拖动到"回收站"图标上删除。

第25题 先选中F盘中的文件"测验.doc"，然后按【Shift+Delete】组合键。

第26题 题目没有明确要求用何种方法新建，应从最常用的方法开始逐一尝试。

第27题 参考4.4.11小节的第2小点。

第28题 参考4.4.11小节。

第29题 参考4.4.12小节。

第30题 选择【工具】→【文件夹选项】命令，在打开的对话框的"查看"选项卡中取消选中"鼠标指向文件夹和桌面项时显示提示信息"复选框。

第31题 参考4.4.11小节的第2小点。

第32题 参考4.4.11小节的第2小点。

第33题 参考4.4.12小节。

第34题 将鼠标移动至D盘窗口的标题栏上，然后按住鼠标左键不放拖动，将其拖动至与C盘窗口并列为止，选中"学习"文件夹，按住鼠标左键不放，将其拖动至C盘窗口中。

第35题 双击打开"计算机应用技术资料"文件夹，单击鼠标右键，在弹出的快捷菜单中选择【查看】→【列表】命令，继续单击鼠标右键，在弹出的快捷菜单中选择【排列图标】→【类型】命令。

第36题 按住"Ctrl"键不放依次单击"草地.psd"、"Dog.tif"和"诗句.word"文件，然后右击鼠标，在弹出的快捷菜单中选择"复制"命令，单击地址栏右侧的向下箭头，并在下拉列表中选择D盘，或选择工具栏中的"向上"按钮，或选择【查看】→【转到】命令，并在级联菜单中选择"向上一级"按钮，右击文件列表区空白处，并在快捷菜单中选择"粘贴"命令。

第 37 题　参考 4.4.9 小节的第 2 小点、4.4.4 小节和 4.4.6 小节。

第 38 题　在"我的电脑"窗口中选择【工具】→【文件夹选项】命令，单击"文件类型"选项卡中的"新建"按钮，输入"work"后单击"确定"按钮。再单击"高级"选项卡，在打开的对话框中单击"更改图标"按钮，在打开的对话框中选择第四行第三列的图标，单击"确定"按钮。

第 89 题　选中 E 盘后，在"文件"菜单中选择"搜索"命令，或右击 E 盘图标，在弹出的快捷菜单中选择"搜索"命令，在"全部或部分文件名"文本框中输入"我的 Word*"，在"文件中的一个字或词组"文本框中输入"页眉和页脚"单击"什么时候修改的?"右侧的向下箭头，并选择"指定日期"单选按钮。

单击"修改日期"右侧下箭头，并在下拉列表中选择"创建日期"。单击"从"文本框右侧的向下箭头，在弹出的日历中将日期修改为"2010-1-1"，单击"至"文本框右侧的下箭头，在弹出的日历中将日期修改为"2010-12-1"，单击"搜索"按钮，在搜索结果界面选择文件"我的 Word.doc"。

第 40 题　右键单击"考试"文件夹，在弹出的快捷菜单中选择"剪切"命令，在"计算机考试试题"文件夹中单击鼠标右键，在弹出的快捷菜单中选择"粘贴"命令，完成后右击"考试"文件夹，在弹出的快捷菜单中选择"属性"命令，在打开的对话框中选择"共享"选项卡，选中"在网络上共享这个文件夹"复选框，在其下的文本框中输入"计算机等级考试"文本，单击"确定"按钮。

4.5　认识"资源管理器"窗口

考点分析：这一部分的考查重点是打开"资源管理器"窗口的方法。虽然方法有很多种，但是都比较简单，考生应尽量获得这一部分的分数。"资源管理器"的组成及设置考查的几率较小，只需了解即可。

学习建议：熟练掌握各种打开"资源管理器"窗口的方法。

4.5.1　打开"资源管理器"窗口

"资源管理器"窗口与"我的电脑"窗口一样都是管理文件或文件夹的场所，使用"资源管理器"窗口可以进一步提高工作效率。打开"资源管理器"窗口有如下几种常用的方法。

方法 1：在"我的电脑"图标上单击鼠标右键，在弹出的快捷菜单中选择"资源管理器"命令。

方法 2：在 Windows XP 窗口中单击工具栏中的　　　　按钮。

方法 3：选择【开始】→【所有程序】→【附件】→【Windows 资源管理器】命令。

方法 4：在　　　　按钮上单击鼠标右键，在弹出的快捷菜单中选择"资源管理器"命令。

方法 5：在任意驱动器图标或者文件夹图标上单击鼠标右键，在弹出的快捷菜单中选择"资源管理器"命令。

方法 6：选择任意的驱动器或文件夹，在窗口菜单栏中选择【文件】→【资源管理器】命令。

打开的资源管理器窗口如图 4-66 所示。

图 4-66 "资源管理器"窗口

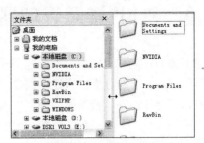

图 4-67 更改"文件夹"信息区大小

4.5.2 "资源管理器"窗口的组成及设置

用户可以改变"资源管理器"窗口的大小、添加或删除工具栏的工具按钮、显示或隐藏状态栏等，下面将进行详细介绍。

1．"资源管理器"窗口的组成

"资源管理器"窗口中除了与"我的电脑"窗口中相同的标题栏、菜单栏、工具栏、地址栏、状态栏外，其左侧将显示"文件夹"信息区，在其中以树形结构清晰地显示当前计算机中的所有文件夹结构及内容。

2．设置"资源管理器"窗口

"资源管理器"窗口的大部分设置都与"我的电脑"窗口基本相同，这里将不再赘述。比较特别的是，"资源管理器"将工作区分成了两个窗口，用户可以根据需要更改这两个窗口的大小。将鼠标指针移动到"文件夹"信息区的边缘，当鼠标指针变为 ↔ 形状时，拖动鼠标即可更改其大小，如图 4-67 所示。

4.5.3 自测练习及解题思路

1．测试题目

第1题 通过"我的电脑"图标打开"资源管理器"窗口。

第2题 通过"开始"按钮打开"资源管理器"窗口。

第3题 通过菜单打开"资源管理器"窗口。

第4题 将"资源管理器"窗口中的两个工作区调整为同样大小。

2．解题思路

第1题 在"我的电脑"图标上单击鼠标右键，在弹出的快捷菜单中选择"资源管理器"命令。

第2题 在 开始 按钮上单击鼠标右键，在弹出的快捷菜单中选择"资源管理器"命令。

第3题 选择【文件】→【资源管理器】命令。

第4题 将鼠标指针移动到"文件夹"信息区的边缘，当其变为 ↔ 形状时，拖动鼠标更改其大小。

4.6 使用"资源管理器"管理文件

考点分析：利用"资源管理器"同样可以对文件或文件夹进行查看、新建、重命名、复制和移动等操作。在"资源管理器"中对文件或文件夹的操作，与在"我的电脑"中的操作大致相同，考试时的考查方式也相似。

学习建议：采用对比学习的方法，熟练掌握各种在"资源管理器"中管理文件的特有方式。

4.6.1 查看计算机中的文件和文件夹

"资源管理器"中第一级目录即根目录"桌面"，根目录下默认有"我的文档"、"我的电脑"、"网上邻居"和"回收站"4 个子目录。子目录下还可设置子目录，依次为一级子目录、二级子目录、三级子目录……单击带 ⊞ 按钮的目录，可展开并显示下一级目录，并且该按钮将变为 ⊟ 按钮，在右侧的窗口中显示当前文件夹下的所有内容（文件或子文件夹）。

4.6.2 新建文件和文件夹

下面以在 J 盘的"川菜"文件夹中新建"菜谱"文件夹，并在该文件夹中新建"汤品"文本文件为例讲解如何在"资源管理器"中新建文件和文件夹，其具体操作如下。

1 在"我的电脑"窗口中单击工具栏中的 📁文件夹 按钮，打开"资源管理器"窗口，如图 4-68 所示。

2 在"文件夹"信息区中连续单击"本地磁盘 J"和"川菜"选项前的 ⊞ 按钮打开"川菜"文件夹，如图 4-69 所示。

3 在右侧窗口空白处单击鼠标右键，在弹出的快捷菜单中选择【新建】→【文件夹】命令，

如图 4-70 所示。

图 4-68 打开"资源管理器"窗口

图 4-69 "川菜"文件夹

图 4-70 新建文件夹

4 系统新建一个名为"新建文件夹"的文件夹，此时文件夹名称呈蓝底白字的可编辑状态，直接输入"菜谱"，按回车键确认，如图4-71所示。

图 4-71　完成文件夹的新建

5 在"文件夹"信息区中单击"川菜"选项前的 ⊞ 按钮展开该文件夹下的所有子文件夹，打开"菜谱"文件夹，如图4-72所示。

图 4-72　"菜谱"文件夹

6 在右侧窗口空白处单击鼠标右键，在弹出的快捷菜单中选择【新建】→【文本文件】命令，并将其文件名称命名为"汤品"，并按回车键确认，如图4-73所示。

图 4-73　新建文本文件

4.6.3　重命名文件和文件夹

在"资源管理器"窗口中重命名文件和文件夹的方法分别介绍如下。

◈ 重命名文件：其方法与在"我的电脑"窗口中重命名文件的方法相同。

◈ 重命名文件夹：在"文件夹"信息区中展开需要重命名的文件夹所在的目录，在该文件夹上单击鼠标右键，在弹出的快捷菜单中选择"重命名"命令，该文件夹名称呈蓝底白字显示，如图4-74所示。此时输入正确的文件名即可重命名该文件夹。

图 4-74　重命名文件夹

4.6.4 复制文件和文件夹

复制文件与复制文件夹的方法是相同的，下面以将"菜谱"文件夹中的"汤品"文本文件复制到"粤菜"文件夹中为例进行讲解，其具体操作如下。

1 打开"资源管理器"窗口，按住【Ctrl】键不放，拖动"汤品"文件到"文件夹"信息区中的"粤菜"文件夹上，此时"粤菜"文件夹名称变为蓝底白字并出现 ⊞ 图标，如图4-75所示。

图 4-75 复制文件

2 释放鼠标和 [Ctrl] 键，再单击"粤菜"文件夹，在右侧的窗口中可看到"汤品"文件已经被复制到其中了。

4.6.5 移动文件和文件夹

移动文件和文件夹的方法与复制类似，只是在操作时不需要按住【Ctrl】键，直接拖动要移动的文件或文件夹至左侧的资源管理器中需移动到的目录即可。

☀ **操作提示**

移动或复制文件时，只要拖动文件或文件夹到任意目录上，该目录会自动弹出下级目录，直到出现所需的目录为止。

4.6.6 自测练习及解题思路

1. 测试题目

第1题 通过"我的电脑"窗口打开资源管理器，再利用资源管理器浏览F盘，在F盘上新建一个名为"川菜"的文件夹，并在这个文件夹上新建一个名为"甜品.txt"的文件。

第2题 打开资源管理器，将C盘中的"fly"文件夹移动到D盘中的"旅行"文件夹中。

第3题 利用资源管理器将C盘下的"创意川菜"文件夹的前3个文件移动到D盘的"川菜"中。

第4题 在"资源管理器"中，使"我的文档"中的图标按组排列。

第5题 打开资源管理器，将C盘下的"fonts"文件夹整体复制到F盘。

第6题 利用资源管理器选择D盘下"国家资格考试"文件夹中除"试题.doc"文件外的所有文件和文件夹。

第7题 打开资源管理器，将其中的文件和文件夹按"详细信息"进行排列。

2. 解题思路

第1题 题目没有明确要求用何种方法，应从最常用的方法开始逐一尝试。参考第4.6.1小节及第4.6.2小节。

第2题 参考4.6.5小节。

第3题 参考4.6.5小节。

第4题 方法与在"我的电脑"窗口中的操作方法相同，使用同样方法即可。

第5题 参考4.6.4小节。

第6题 题目没有明确要求用何种方法，应从最常用的方法开始逐一尝试。

第7题 在"我的电脑"窗口中打开资源管理器，在其中单击鼠标右键，在弹出的快捷菜单中选择【查看】→【详细信息】命令。

4.7 使用"回收站"管理文件

考点分析：这一部分知识主要是针对"回收站"对文件的删除、还原等操作。删除、彻底删除、还原文件、"回收站"中对象的删除与清空这些都是常考的考点。"回收站"的属性设置偶尔也会考到，建议想拿高分的考生也要熟练掌握。

学习建议：熟练掌握用"回收站"管理文件的方式，对"回收站"属性的设置进行一定了解即可。

4.7.1 认识"回收站"

从磁盘上删除的文件或文件夹等都将放入回收站中，当用户确认这些文件或文件夹都不再需要了就可以彻底删除它们，若还有用，可以把它们还原到原来的位置。

4.7.2 查看"回收站"中的文件

执行删除操作后，双击桌面上"回收站"图标，在打开的"回收站"窗口中可看到被删除的文件或文件夹，如图 4-76 所示。

图 4-76 "回收站"窗口

操作提示

当回收站的空间满了以后，再删除的文件或文件夹将不会被放到回收站中，而是直接被彻底删除。

选择【查看】→【详细信息】命令，在其中可以看到每个文件或文件夹原来所在的位置、删除日期、大小等信息，如图 4-77 所示。

图 4-77 详细信息

4.7.3 还原被删除的文件或文件夹

对于误删除的文件或文件夹可以将其从"回收站"中还原，其具体操作如下。

1 打开"回收站"窗口，选中要恢复的文件或文件夹。

2 单击鼠标右键，在弹出的快捷菜单中选择"还原"命令或单击左侧信息区中的"还原此项目"超级链接，如图 4-78 所示，可将其还原到被删除前的位置。

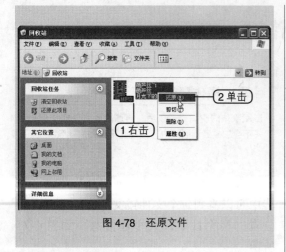

图 4-78　还原文件

4.7.4 "回收站"中对象的删除与清空

由于"回收站"中的文件并没有真正从硬盘中删除，因此，如果文件太多，仍会占用大量的磁盘空间。要真正从硬盘中删除文件，需要清空回收站。方法有如下两种。

方法 1：在"回收站"窗口中单击信息区中的"清空回收站"超级链接，即可彻底删除"回收站"中的文件。

方法 2：在桌面上的"回收站"图标上单击鼠标右键，在弹出的快捷菜单中选择"清空回收站"命令。

如果只删除"回收站"的部分文件或文件夹，则可在窗口中要删除的文件或文件夹上单击鼠标右键，在弹出的快捷菜单中选择"删除"命令即可，也可直接按【Delete】键进行删除。

4.7.5 设置"回收站"属性

用户可通过"回收站 属性"对话框对回收站进行属性设置。

下面以将"回收站"的空间设置为"15%"，且在删除文件时不显示确认删除文件的对话框

为例进行讲解，其具体操作如下。

1 在桌面上的"回收站"图标上单击鼠标右键，在弹出的快捷菜单中选择"属性"命令，如图 4-79 所示。

图 4-79　快捷菜单

2 在打开的"回收站 属性"对话框的"全局"选项卡中拖动中间的滑块至"15%"处，且取消选中"显示删除确认对话框"复选框，如图 4-80 所示。

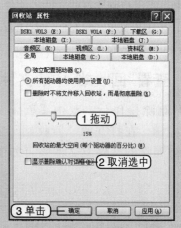

图 4-80　"回收站 属性"对话框

3 单击 确定 按钮完成设置。

☀ **操作提示**

若需要为每个磁盘设置不同的回收站空间，则在"全局"选项卡中选中"独立配置驱动器"单选按钮，然后再在各个驱动器选项卡中进行设置即可。

4.7.6 自测练习及解题思路

1．测试题目

第1题 将回收站中的"日记.doc"文件删除。

第2题 设置属性使文件夹在删除操作之后彻底清除，不再经过回收站。

第3题 设置回收站属性，使得它在本地磁盘C中最大占用的空间为30%。

第4题 将"回收站"中的文件还原。

第5题 将"回收站"清空。

第6题 设置回收站属性为"删除时不将文件移入回收站，而是彻底删除"。

第7题 在"回收站"中删除"国家资格考试培训网"文件夹和"成都创世有限公司.doc"文件。

第8题 还原"回收站"中的"飞跃.jpb"文件（快捷菜单操作）。

第9题 设置回收站属性为"独立配置驱动器"，并且显示删除确认对话框。

第10题 查看"回收站"中项目的详细信息。

2．解题思路

第1题 参考4.7.4小节。

第2题 参考4.7.5小节。

第3题 参考4.7.5小节。

第4题 参考4.7.3小节。

第5题 参考4.7.4小节。

第6题 右键单击"回收站"图标，在弹出的快捷菜单中选择"属性"命令，打开"回收站 属性"对话框，选中"删除时不将文件移入回收站，而是彻底删除"复选框，单击"确定"按钮，或者单击"应用"按钮之后再单击"确定"按钮。

第7题 按住"Ctrl"键不放依次单击"国家资格考试培训网"文件夹和"成都创世有限公司.doc"文件，然后单击鼠标右键，在弹出的快捷菜单中选择"删除"命令，或按"Delete"键。

第8题 选择"飞跃.jpb"文件，然后单击鼠标右键，在弹出的快捷菜单中选择"删除"命令。

第9题 右键单击"回收站"图标，在弹出的快捷菜单中选择"属性"命令，打开"回收站 属性"对话框，选中"独立配置驱动器"单选按钮，再选中"显示删除确认对话框"复选框，单击"确定"按钮，或者单击"应用"按钮之后再单击"确定"按钮。

第10题 双击"回收站"图标，打开"回收站"，在空白处单击鼠标右键，在弹出的快捷菜单中选择【查看】→【详细信息】命令。

第 5 章 ▸ 磁盘与应用程序管理

由于用户的各种数据都存放在磁盘中，若磁盘被损坏，可能会导致数据的丢失，因此对磁盘进行定期维护和管理是非常有必要的。用户可以使用 Windows XP 自带的工具对磁盘进行管理和维护，主要包括格式化磁盘、设置磁盘的常规属性、磁盘扫描、磁盘清理和磁盘碎片整理、备份 Windows XP 和还原 Windows

等。应用程序是运行于操作系统之上的计算机程序，因此，在运行程序之前需要安装应用程序。本章将对这些知识点进行详细讲解。

5.1 格式化磁盘

考点分析：本节主要熟悉格式化磁盘的方法，这个方法被考查的可能性比较大。考试时需要注意题目要求进行快速格式化还是格式化操作，这有细微差别。

学习建议：熟练掌握格式化磁盘的方法。

5.1.1 格式化磁盘

格式化磁盘就是将磁盘中的所有文件彻底删除，从而释放磁盘空间，因此在格式化之前要先确定磁盘中的所有文件或文件夹都不再需要。在"我的电脑"窗口和在资源管理器中格式化磁盘的方法是相同的，下面以格式化 F 盘为例介绍格式化磁盘的方法，其具体操作如下。

❶ 在"我的电脑"窗口中的 F 盘上单击鼠标右键，在弹出的快捷菜单中选择"格式化"命令，如图 5-1 所示。

❷ 打开"格式化 DSK1_VOL4（F:）"对话框，在"容量"下拉列表框中显示了该磁盘的大小，在"文件系统"下拉列表框中选择"NTFS"选项。

❸ 在"格式化选项"栏中选中"快速格式化"复选框可快速格式化磁盘，完成设置后单击 开始(S) 按钮，如图 5-2 所示。

❹ 完成操作后单击 关闭(C) 按钮即可。

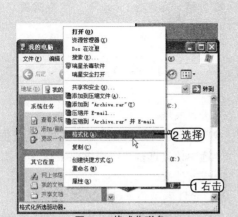

图 5-1　格式化磁盘

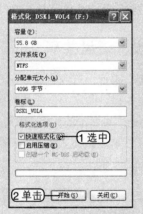

图 5-2　格式化对话框

☀ **操作提示**

在"我的电脑"窗口中选择【文件】→【格式化】命令也可以打开格式化对话框。

格式化对话框中各选项的含义介绍如下。

◆"容量"下拉列表框：在该下拉列表框中显示了当前磁盘的大小。

◆"文件系统"下拉列表框：对于硬盘来说有 FAT 系统和 NTFS 系统两种格式，而对于软盘来说只有 FAT 系统。

◆"分配单元大小"下拉列表框：在该下拉列表框中可以分配单元大小，但对于软盘来说只有"默认配置大小"。

◆"卷标"文本框：可在文本框中为磁盘添加卷标。

◆"快速格式化"复选框：选择该复选框将快速删除磁盘上的所有文件，但不扫描磁盘的坏扇区。

◆"启用压缩"复选框：格式化磁盘时可压缩磁盘上的所有文件或文件夹，该选项只有当文件系统为 NTFS 时才有效。

◆"创建一个 MS-DOS 启动盘"复选框：格式化完磁盘后，将 MS-DOS 系统文件复制到软盘上，该软盘可以用来启动计算机进入 MS-DOS 系统。

📖 **考场点拨**

考试时有可能会考查 U 盘和可移动硬盘的格式化，其实方法都是一样的，千万不要被一些不熟悉的字眼打乱思维。

5.1.2　自测练习及解题思路

1．测试题目

第 1 题　通过桌面上的"我的电脑"打开资源管理器，将 A 盘格式化。

第 2 题　将可移动硬盘进行快速格式化。

第 3 题　在"我的电脑"窗口中，将 A 盘格式化，并将"File"作为磁盘卷标。

2．解题思路

第 1 题　参考 5.1.1 小节。

第 2 题　参考 5.1.1 小节。注意必须选中"快速格式化"复选框。

第 3 题　参考 5.1.1 小节。注意修改"卷标"文本框。

5.2　设置磁盘属性

考点分析：这一节的考点主要集中在磁盘的共享上，共享方法并不复杂，但却是常考内容，而且是基础考点，建议考生要非常熟悉这一操作，尽量获得这类题目的全部分数。另外也会出现一些基础考题，比如查看磁盘的基本属性等。

学习建议：熟练掌握磁盘共享的方法。

5.2.1　设置磁盘的常规属性

在需要设置常规属性的磁盘图标上单击鼠标右键，在弹出的快捷菜单中选择"属性"命令，打开磁盘属性对话框的"常规"选项卡，如图 5-3 所示。

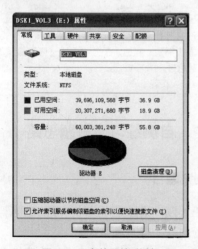

图 5-3　E 盘的属性对话框

该对话框中显示了该磁盘的各项基本数据，如磁盘名称、磁盘类型、文件系统、已用空间、可用空间等，其中一些按钮和选项的含义介绍如下。

◆ 磁盘清理(D)按钮：单击该按钮可以对磁盘进行清理。

◆ "压缩驱动器以节约磁盘空间"复选框：选中该复选框可以压缩该磁盘下的文件或文件夹。

◆ "允许索引服务编制该磁盘的索引以便快速搜索文件"复选框：提供该磁盘中文件的索引。通过该索引用户可以更快地搜索到磁盘中的文件或文件夹。

5.2.2　设置磁盘共享

通过共享磁盘，可以让其他用户访问其中的文件或文件夹。共享的方法是在磁盘的属性对话框中单击"共享"选项卡，在其中选中"共享此文件夹"单选按钮，如图 5-4 所示，单击 确定 按钮即可。

图 5-4　"共享"选项卡

其中各选项和按钮的含义介绍如下。

◆ "不共享此文件夹"单选按钮：选中该

单选按钮将不共享磁盘。

◆ "共享此文件夹"单选按钮：选中该单
选按钮将共享磁盘。

◆ "共享名"文本框：在该文本框中可以
输入与磁盘名称不同的共享名称。

◆ "注释"文本框：在此可输入共享磁盘
的注释，此选项可根据用户的具体情况
选择。

◆ "用户数限制"栏：在该栏中有两个单
选按钮和一个数字增减框。选中"允许
最多用户"单选按钮指允许该共享磁盘
同时连接到最大的用户数。若选中"允
许的用户数量"单选按钮，则需要在其
后的数字增减框中设置该磁盘可同时连
接到的用户数。

◆ 权限(P) 按钮：单击该按钮将打开相关
的权限对话框，如图5-5所示，在其中
可以设置该共享磁盘的权限。

图5-5 权限对话框

◆ 缓存(G) 按钮：单击该按钮将打开
"缓存设置"对话框，如图5-6所示。
在其中可以设置该共享磁盘的缓存
方式。

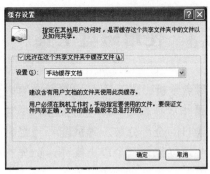

图5-6 "缓存设置"对话框

5.2.3 自测练习及解题思路

1. 测试题目

第1题 查看D盘的容量、可用空间和
已用空间。

第2题 利用属性对话框，为D盘设置
网络共享，共享名为"资料"，并设置为"允
许网络用户修改我的文件"。

第3题 在"我的电脑"窗口打开本地磁
盘（D:）的属性对话框进行磁盘清理。

第4题 利用资源管理器将本地磁盘（C:）
设置为共享，并设置为允许最多用户。

2. 解题思路

第1题 参考5.2.1小节。

第2题 参考5.2.2小节。

第3题 右键单击"本地磁盘(D:)"图标，
在弹出的快捷菜单中选择"属性"命令，在打
开的"本地磁盘(D:)属性"对话框中单击"磁
盘清理"按钮。

第4题 打开资源管理器，右键单击本地
磁盘（C:），在弹出的快捷菜单中选择"属性"
命令，在打开的对话框中单击"共享"选项卡，
选中"共享此文件夹"和"允许最多用户"单
选按钮。

5.3 使用磁盘工具

考点分析：这一考点是常考内容，建议考生要非常熟悉这一部分的操作，尽量获得这类题目的全部分数。考试题目还经常会要求考生连续执行两个以上操作，如先扫描再清理等。

学习建议：熟练掌握磁盘扫描、磁盘清理和磁盘碎片整理的方法。

5.3.1 磁盘扫描

通过磁盘扫描程序，可以检测磁盘是否有错误，如检测到错误，系统还可以进行修复。下面以对计算机中的 E 盘进行扫描为例进行讲解，其具体操作如下。

1 打开"我的电脑"窗口，单击"本地磁盘（E:)"，选择【文件】→【属性】命令，如图 5-7 所示。

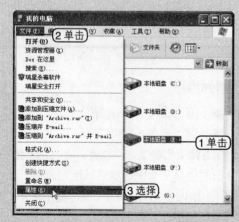

图 5-7 选择"属性"命令

2 打开"本地磁盘（E:)属性"对话框，单击"工具"选项卡，在"查错"栏中单击 开始检查（C）... 按钮，如图 5-8 所示。

3 在打开的对话框中选中"自动修复文件

系统错误"和"扫描并试图恢复坏扇区"复选框，表示在扫描磁盘时将自动修复文件系统和坏扇区，单击 开始（S） 按钮，如图 5-9 所示。

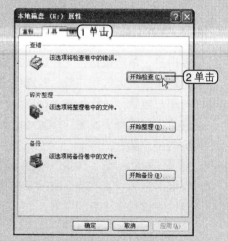

图 5-8 "本地磁盘（E:)属性"对话框

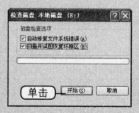

图 5-9 "检查磁盘本地磁盘（E:)"对话框

4 系统开始扫描磁盘，扫描结束后，打开如图 5-10 所示的提示对话框，单击 确定 按钮即可完成磁盘的检查。

图 5-10 完成扫描

5.3.2　磁盘清理

　　计算机在使用一段时间后，会产生一些无用的垃圾文件，利用 Windows XP 提供的磁盘清理功能可对磁盘进行清理，从而释放磁盘的一部分可用空间。清理磁盘的具体操作如下。

　　1 选择【开始】→【所有程序】→【附件】→【系统工具】→【磁盘清理】命令，打开"选择驱动器"对话框。

　　2 在"驱动器"下拉列表框中选择需清理的磁盘，这里选择"(C:)"选项，然后单击 确定 按钮，如图 5-11 所示。

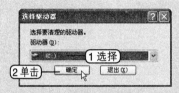

图 5-11　选择需清理的磁盘

　　3 打开"磁盘清理"对话框，此时正在计算清理所选磁盘后可释放出多少空间，如图 5-12 所示。

图 5-12　计算可释放的空间

　　4 扫描完成后，将打开相应的磁盘清理对话框，在"要删除的文件"列表框中可选择要删除的选项，这里选中"已下载的程序文件"、"Internet 临时文件"和"安装日志文件"复选框，然后单击 确定 按钮，如图 5-13 所示。

　　5 打开提示对话框，如图 5-14 所示，单击 是(Y) 按钮。

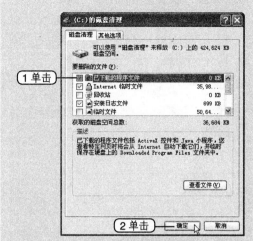

图 5-13　选择删除项目

图 5-14　确认是否进行清理操作

　　6 打开如图 5-15 所示的对话框，其中将显示磁盘清理的进度，完成后该对话框将自动关闭。

图 5-15　开始清理磁盘

☀　**操作提示**

在相应磁盘的属性对话框的"常规"选项卡中直接单击 磁盘清理(D) 按钮也可以打开"选择驱动器"对话框。

5.3.3　磁盘碎片整理

　　定期对磁盘进行碎片整理可以提高计算机

的整体性能，减少出错几率。下面以对E盘进行碎片整理为例讲解，其具体操作如下。

◾1 选择【开始】→【所有程序】→【附件】→【系统工具】→【磁盘碎片整理程序】命令，打开"磁盘碎片整理程序"对话框，如图5-16所示。

图5-16 "磁盘碎片整理程序"对话框

◾2 选择要整理的磁盘E，并单击 分析 按钮，开始对所选的驱动器进行分析，如图5-17所示。

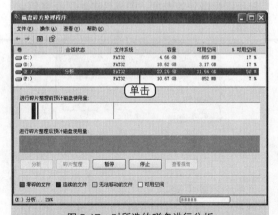

图5-17 对所选的磁盘进行分析

◾3 当分析结束后，打开"已完成分析"对话框，如图5-18所示。

◾4 单击 查看报告(B) 按钮打开"分析报告"对话框，如图5-19所示。

图5-18 已完成分析

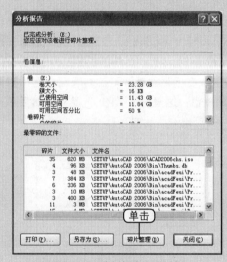

图5-19 "分析报告"对话框

◾5 在"卷信息"和"最零碎的文件"两个列表框中显示了详细的信息。单击 碎片整理(D) 按钮，开始对所选的磁盘进行碎片整理，如图5-20所示。

图5-20 正在对磁盘进行碎片整理

⑥ 当整理完磁盘后，将打开提示对话框提示碎片整理已完成，如图 5-21 所示。

图 5-21　提示完成整理

⑦ 单击 查看报告(R) 按钮，打开"碎片整理报告"对话框，如图 5-22 所示。

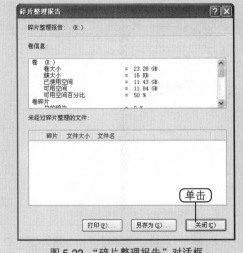

图 5-22　"碎片整理报告"对话框

⑧ 单击 关闭(C) 按钮，完成整理。

5.3.4　自测练习及解题思路

1．测试题目

第 1 题　通过"开始"菜单，对 D 盘进行磁盘清理。

第 2 题　利用资源管理器，对 C 盘进行磁盘清理，并删除 Internet 临时文件。

第 3 题　在当前窗口对 D 盘进行扫描，并自动修复文件系统错误。

第 4 题　在当前窗口对 E 盘进行扫描，

并恢复被损坏的扇区。

第 5 题　通过"开始"菜单，对 D 盘进行"磁盘碎片整理"。

第 6 题　在"我的电脑"窗口中对 C 盘进行"磁盘碎片整理"。

第 7 题　利用"资源管理器"对可移动磁盘 F 盘进行扫描并恢复被损坏的扇区（使用菜单命令操作）。

第 8 题　利用"我的电脑"窗口对本地磁盘进行扫描并修复。

2．解题思路

第 1 题　参考 5.3.2 小节。

第 2 题　参考 5.3.2 小节。注意必须通过资源管理器打开磁盘属性对话框进行清理磁盘的操作。

第 3 题　参考 5.3.1 小节。注意考题要求要修复文件系统错误。

第 4 题　参考 5.3.1 小节。注意考题要求的是恢复被损坏的扇区。

第 5 题　参考 5.3.3 小节。注意考题指定的是通过"开始"菜单进行操作。

第 6 题　参考 5.3.3 小节。注意考题指定要通过"我的电脑"窗口进行操作。

第 7 题　右键单击"我的电脑"窗口中的"可移动磁盘 (F:)"，选择【文件】→【属性】命令，打开"可移动磁盘 (F:) 属性"对话框，单击"工具"选项卡，在其中单击"开始检查"按钮，出现"检查磁盘 可移动磁盘 (F:)"对话框，选中"扫描并试图恢复坏扇区"复选框，并单击"开始"按钮开始扫描和恢复操作，当出现"已完成磁盘检查"消息框时，单击"确定"按钮，返回"可移动磁盘 (F:) 属性"对话框，然后单击"确定"按钮。

第 8 题　操作思路同上，并可采用不同的方法进行操作。

5.4 备份与还原系统

考点分析：Windows XP 的备份和还原是基础考点，考题中通常会出现 1 ～ 2 题。其中还原的方法考得较多，考生应该掌握该知识点，尽量获得这类考题的全部分数。备份 Windows XP 的方法要简单得多，考生也务必掌握。

学习建议：了解备份和还原 Windows XP 的方法。

5.4.1 备份Windows XP

要还原系统就要先创建一个还原点（即备份），若以后系统出现问题，用户便可以利用系统的还原功能，让 Windows XP 恢复到创建还原点时的参数设置。

备份 Windows XP 操作系统就是指创建还原点，它包括自动创建还原点和手动创建还原点两种方式。

在使用 Windows XP 时，有时系统会自动为用户创建还原点，主要表现在下列情况中。

◈ 当 Windows XP 安装完成后的第一次启动。

◈ 当 Windows XP 连续开机时间达到 24 小时，或关机时间超过 24 小时再开机时。

◈ 通过 Windows Update 安装软件。

◈ 软件的安装程序运用了 Windows XP 所提供的系统还原技术，在安装过程中也会创建还原点。

◈ 当在安装未经微软签署认可的驱动程序时。

◈ 当用户使用制作备份程序还原文件和设置时。

◈ 当在运行还原命令，要将系统还原到以前的某个还原点时。

除了 Windows 系统自动创建还原点外，用户还可以手动创建还原点，其具体操作如下。

1 选择【开始】→【所有程序】→【附件】→【系统工具】→【系统还原】命令，打开"系统还原"窗口，如图 5-23 所示。

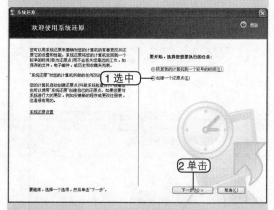

图 5-23 "系统还原"窗口

2 选中"创建一个还原点"单选按钮，单击 下一步(N) > 按钮，打开"创建一个还原点"窗口，如图 5-24 所示。

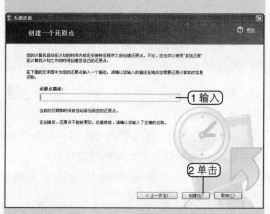

图 5-24 "创建一个还原点"窗口

③ 在"还原点描述"下的文本框中输入还原点的说明，然后单击 创建(R) 按钮，开始创建还原点。

④ 创建完成后，打开"还原点已创建"窗口，如图 5-25 所示。

⑤ 单击 关闭(C) 按钮，结束创建还原点。

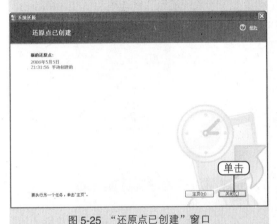

图 5-25 "还原点已创建"窗口

5.4.2 还原Windows XP

还原系统是指当 Windows XP 操作系统出现问题时，通过系统还原窗口，把 Windows XP 操作系统恢复到创建还原点时的配置，其具体操作如下。

① 选择【开始】→【所有程序】→【附件】→【系统工具】→【系统还原】命令，打开"系统还原"窗口。

② 选择"恢复我的计算机到一个较早的时间"项，单击 下一步(N) > 按钮，打开"选择一个还原点"窗口，如图 5-26 所示。

③ 在"选择一个还原点"窗口中，选择要还原的日期和还原点，单击 下一步(N) > 按钮，打开"确认还原点选择"窗口，如图 5-27 所示。

④ 单击 下一步(N) > 按钮，开始进行还原。当重新启动计算机后，系统将会打开"系统还原"窗口，单击 确定 按钮，系统配置便还原了。

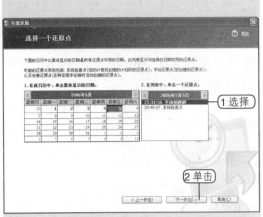

图 5-26 "选择一个还原点"窗口

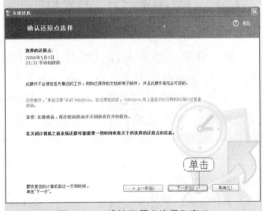

图 5-27 "确认还原点选择"窗口

☀ **操作提示**

在"我的电脑"图标上单击鼠标右键，在弹出的快捷菜单中选择"属性"命令，在打开的"系统属性"对话框的"系统还原"选项卡中选中"在所有驱动器上关闭系统还原"复选框可以关闭驱动器的还原功能。

5.4.3 自测练习及解题思路

1. 测试题目

第 1 题 为系统创建一个还原点，以便系统被破坏时将系统还原。

第2题 恢复"我的计算机"系统到较早的一个时间。

第3题 利用"开始"菜单打开还原程序，将"要还原的项目"中的第二个项目中的文件进行还原。

第4题 设置所有驱动器关闭系统还原功能。

2．解题思路

第1题 参考5.4.1小节。

第2题 参考5.4.2小节。

第3题 参考5.4.2小节，另外需要注意考题的特殊要求。

第4题 在"我的电脑"图标上单击鼠标右键，选择"属性"命令，在打开的"系统属性"对话框的"系统还原"选项卡中选中"在所有驱动器上关闭系统还原"复选框。

5.5 应用程序的操作

考点分析：本节内容主要针对应用程序。考生要特别注意与5.5.1小节和5.5.2小节相关的题目指定使用的是哪种方法，因为考题通常不会将几种方法串在一起。关于任务管理器的考题出现得比较少，但由于操作简单，考生还是应争取拿到这类题目的分数。

学习建议：熟练掌握通过"开始"菜单运行应用程序、建立应用程序的快捷方式和任务管理器的使用。

应用程序是指在操作系统下运行的、辅助用户完成日常工作的各种可执行程序。这些程序的功能可能各不相同，但其操作方法大致相同。

5.5.1 通过"开始"菜单启动应用程序

启动应用程序的方法有通过"开始"菜单的"所有程序"选项或通过"运行"选项启动两种。

1．通过"所有程序"选项启动

通过"开始"菜单启动应用程序是Windows推荐的方式，绝大多数应用程序在安装之后都会在"开始"菜单中建立相应的快速启动选项以方便使用。

通过"开始"菜单启动应用程序的方法为：单击 开始 按钮，选择"所有程序"命令，在弹出的子菜单中单击相应的程序命令即可启动程序，如图5-28所示。

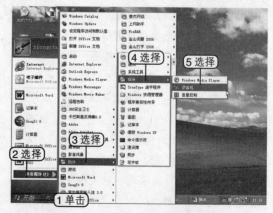

图5-28 通过"开始"菜单启动应用程序

2. 通过"运行"选项启动

选择【开始】→【运行】命令，打开"运行"对话框，如图 5-29 所示。在 Windows XP 中，可以通过"运行"窗口启动应用程序、打开文件或文件夹、使用 Internet 上的资源。

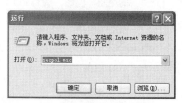

图 5-29 "运行"对话框

☀ **操作提示**

用户在使用"运行"窗口启动程序之前，必须了解相应的 Windows 命令和可执行的文件名及其路径。

5.5.2 创建应用程序快捷方式

创建应用程序快捷方式有使用快捷方式向导创建、直接拖放创建和利用"发送到"命令创建 3 种方法，用户可以根据实际情况选择使用。

1. 使用快捷方式向导创建

有些程序需要用户手动为其在桌面创建快捷方式，下面以为 F 盘中的"照片备份"文件夹创建快捷方式为例进行讲解，其具体操作如下。

1 在桌面空白处单击鼠标右键，在弹出的快捷菜单中选择【新建】→【快捷方式】命令，如图 5-30 所示。

2 打开"创建快捷方式"对话框，单击 浏览(R)... 按钮，如图 5-31 所示。

3 在打开的"浏览文件夹"对话框中找到

F 盘中的"照片备份"文件夹，单击 确定 按钮，如图 5-32 所示。

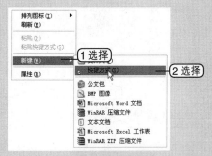

图 5-30 快捷菜单

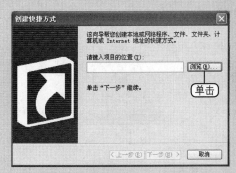

图 5-31 "创建快捷方式"对话框

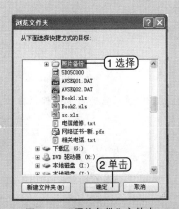

图 5-32 "照片备份"文件夹

4 返回"创建快捷方式"对话框，单击 下一步(N) > 按钮，如图 5-33 所示。

图 6-33 "创建快捷方式"对话框

⑤ 在"键入该快捷方式的名称"文本框中输入快捷方式的名称，这里保持默认设置，单击 完成 按钮，如图 5-34 所示。

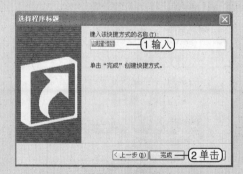

图 5-34 "选择快捷方式名称"对话框

⑥ 完成创建快捷方式的操作，桌面上将出现刚才所创建的快捷方式图标，如图 5-35 所示。

图 5-35 最终效果

2．直接拖放创建

下面以为"D:\Program Files\Tudou\ 飞速 Tudou"文件夹中的"TudouVa.exe"应用程序图标在桌面上创建快捷方式为例讲解直接拖放创建的方法，其具体操作如下。

1️⃣ 打开"我的电脑"窗口，找到"D:\Program Files\Tudou\ 飞速 Tudou"文件夹，在其中找到要创建快捷方式的应用程序图标"TudouVa.exe"，如图 5-36 所示。

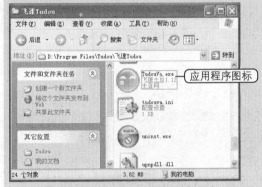

图 5-36 "飞速 Tudou"文件夹

2️⃣ 用鼠标右键将"TudouVa.exe"图标拖动到桌面上，如图 5-37 所示。

图 5-37 右键拖动

3️⃣ 此时释放鼠标右键，在弹出的快捷菜单中选择"在当前位置创建快捷方式"命令，如图 5-38 所示。完成快捷方式的创建，如图 5-39 所示。

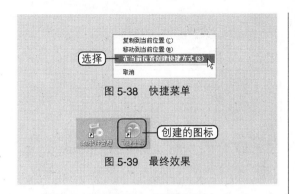

图 5-38　快捷菜单

图 5-39　最终效果

3．利用"发送到"命令创建

　　Windows XP 把大量的操作命令放置在"开始"菜单的"所有程序"子菜单中，用户可将"开始"菜单中的常用命令以快捷图标的方式放置在桌面中。下面以将"开始"菜单中"记事本"程序的快捷方式添加到桌面为例介绍创建的方法，其具体操作如下。

　　1 单击 *开始* 按钮，选择【所有程序】→【附件】命令，弹出子菜单，如图 5-40 所示。

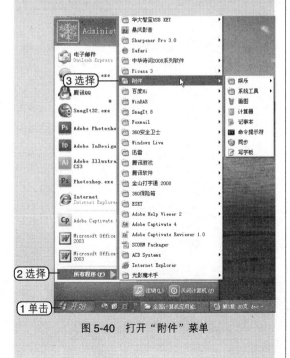

图 5-40　打开"附件"菜单

　　2 在"记事本"命令上单击鼠标右键，在弹出的快捷菜单中选择【发送到】→【桌面快捷方式】命令即可完成创建，如图 5-41 所示。

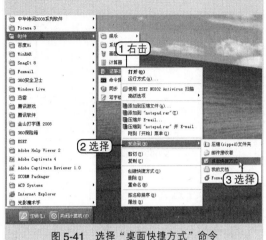

图 5-41　选择"桌面快捷方式"命令

　　当创建好快捷方式后，直接双击桌面中的快捷方式图标就可以打开对应的应用程序或文件夹。

5.5.3　任务管理器的使用

　　任务管理器为用户提供了当前运行的程序和进程的情况，以及 CPU、内存的使用情况和网络连接方面的信息。通过以下两种方法可以打开任务管理器。

　　方法 1：通过组合键启动。

　　同时按【Ctrl+Alt+Delete】组合键或【Ctrl+Shift+Esc】组合键，系统会打开"Windows 任务管理器"窗口，如图 5-42 所示。

　　方法 2：通过快捷菜单。

　　在任务栏的空白处单击鼠标右键，在弹出的快捷菜单中选择"任务管理器"命令，也可打开"Windows 任务管理器"窗口。

图 5-42 "Windows 任务管理器"窗口

任务管理器中有多个选项卡，下面分别进行介绍。

1."应用程序"选项卡

"应用程序"选项卡中显示了当前运行的应用程序，用户可以查看系统中各应用程序的状态、关闭正在运行的应用程序、切换到其他应用程序和启动新的应用程序。

当系统中运行的某一应用程序出错时，系统会长时间处于未响应的状态，在操作界面中无法进行任何操作。对于这种情况，用户可以通过"Windows 任务管理器"来关闭该应用程序，其具体操作如下。

1 按【Ctrl+Alt+Del】组合键，打开"Windows 任务管理器"窗口，选择未响应的应用程序。

2 单击 结束任务(E) 按钮，打开"结束程序"对话框，单击 立即结束(E) 按钮，关闭选中的应用程序。

在"Windows 任务管理器"窗口的"应用程序"选项卡中，还可以启动新任务，其具体操作如下。

1 在"应用程序"选项卡中，单击 新任务(N)... 按钮，打开"创建新任务"对话框，单击 浏览(B)... 按钮，如图 5-43 所示。

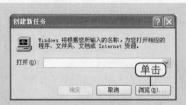

图 5-43 "创建新任务"对话框

2 打开"浏览"对话框，如图 5-44 所示，在该对话框中找到要启动的程序，单击 打开(O) 按钮。

图 5-44 "浏览"对话框

3 返回"创建新任务"对话框，如图 5-45 所示，显示要启动程序的路径，单击 确定 按钮，启动该程序。

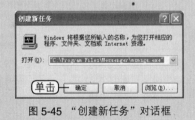

图 5-45 "创建新任务"对话框

2."进程"选项卡

在"进程"选项卡中可以看到各个进程的名称及进程的一些详细信息，如图 5-46 所示。

在查看进程时，如果某一进程已停止响应或者是不需要的，可以将该进程关闭，这样可以提高系统的运行速度。结束进程有如下两种方法。

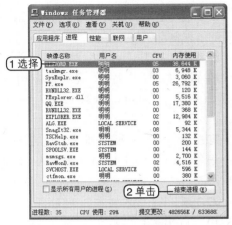

图5-46 "进程"选项卡

方法1：单击要结束的进程，再单击窗口右下角的 结束进程(E) 按钮，在打开的警告对话框中单击 是(Y) 按钮结束选中的进程。

方法2：在要结束的进程上单击鼠标右键，在弹出的快捷菜单中选择"结束进程"命令，在打开的警告对话框中单击 是(Y) 按钮结束选中的进程。

在默认情况下，"进程"选项卡中只向用户提供映像名称、用户名、CPU占用时间和内存使用情况等几个信息。

3. "性能"选项卡

在"Windows任务管理器"中，还能查看到计算机的系统资源。单击"性能"选项卡，如图5-47所示。

"性能"选项卡的上半部分显示了CPU和内存的使用百分比图，用户可以在这里查看计算机在当前和过去一段时间内，CPU和内存的资源占用情况。在其下半部分是计算机当前时间的一些关键数据，包括句柄数、线程数、进程数等。

在选项卡的最下面，显示了当前计算机的整体情况，包括总的进程数、CPU的使用百分比以及内存的使用情况。

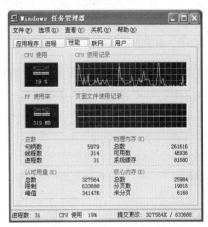

图5-47 "性能"选项卡

4. "联网"选项卡

在Woindows任务管理器中可以显示网络连接性能，这是Windows XP任务管理器的新增功能。要查看这些信息，可选择"联网"选项卡，如图5-48所示。

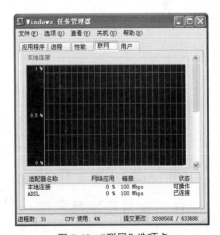

图5-48 "联网"选项卡

在该选项卡中，可以看到网络的连接速度、使用情况及其状态。在选项卡的下面列出了当前可以使用的所有网络连接，以及相关数据。选择其中的连接后，在上方的图表框中就会显示此连接在最近一段时间内的数据百分比。

5. "用户"选项卡

使用 Windows XP 时，还能通 "Windows 任务管理器" 对用户情况进行监视。单击 "用户" 选项卡，如图 5-49 所示，在这里可以对用户进行管理。

"用户" 选项卡的列表框中列出了当前连接的所有用户，以及它们的标识、状态、客户端名和会话等信息。

在列表框中选择相应的用户名后，单击 断开(D) 按钮，可以断开连接；单击 注销(L) 按钮，可以注销用户；单击 发送消息(S) 按钮，则可以发送消息。

图 5-49 "用户"选项卡

5.5.4 自测练习及解题思路

1. 测试题目

第 1 题 通过 "开始" 菜单启动 "扫雷" 游戏。

第 2 题 将 E 盘文件 "mspaint.exe" 改名为 "画图 .exe"。

第 3 题 利用 "任务管理器"，显示正在运行的进程信息。

第 4 题 通过 "运行" 对话框上的 "浏览" 按钮，打开 "画图" 程序，应用程序的标识名为：C:\windows\system32\mspaint.exe。

第 5 题 请在桌面上新建快捷方式，指向位于 "D:\Program Files" 目录下的 "Microsoft Office"。

第 6 题 将 "记事本" 程序添加到任务栏中，应用程序的标识名为：C:\windows\system32\notepad.exe。

第 7 题 结束打开的 "画图" 程序任务。

第 8 题 删除进程中的 Excel 应用程序。

第 9 题 查看当前计算机的联网状态。

第 10 题 请使用鼠标右键调用任务管理器重新启动计算机。

第 11 题 通过 "开始" 菜单中的 "所有程序" 选项运行应用程序 "Microsoft Word"。

第 12 题 利用 "显示 属性" 对话框，设置屏幕保护程序为 "飞越星空"，着色为 "棋盘" 和 "循环"。

第 13 题 利用 "我的电脑" 窗口，为 D 盘根文件夹下的 "计算机" 文件夹中的文件 "jsj.sdf" 选择 "打开方式" 为 "记事本" 应用程序，对该类型的文件描述为 "记事本文件"，且要求 "始终使用选择的程序打开这种文件"。

第 14 题 利用快捷方式向导，在桌面上为文件夹 "E:\IPMsg" 中的应用程序 "IPMsg.exe" 创建名为 "" 的快捷方式。

第 15 题 利用 "任务管理器" 结束 "画

图"，运行"显示属性"设置桌面上显示"我的电脑"和"我的文档"图标（使用快捷菜单操作）。

2．解题思路

第1题　参考5.5.1小节的第1小点。

第2题　题目没有明确要求用何种方法，应从最常用的方法开始逐一尝试。

第3题　题目没有明确要求用何种方法，应从最常用的方法开始逐一尝试。

第4题　参考5.5.1小节的第2小点。

第5题　题目没有明确要求用何种方法，应从最常用的方法开始逐一尝试。

第6题　参考5.5.3小节的第1小点。

第7题　参考5.5.3小节的第1小点。

第8题　参考5.5.3小节的第2小点。

第9题　参考5.5.3小节的第4小点。

第10题　在任务栏空白处单击鼠标右键，在弹出的快捷菜单中选择"任务管理器"命令，然后选择【关机】→【重新启动】命令。

第11题　选择【开始】→【所有程序】→【Office 2003】→【Microsoft Word 2003】命令。

第12题　选择"屏幕保护程序"选项卡，在"屏幕保护程序"下拉式列表框中选择"三维花盒"选项，单击"设置"按钮，在其中选中"棋盘"单选按钮，选中"循环"复选框，单击"确定"按钮。

第13题　打开D盘窗口，双击"计算机"文件夹将其打开，右键单击"jsj.sdf"文件，在弹出的快捷菜单中选择【打开方式】→【选择程序】命令，在打开的"打开方式"对话框中选择记事本程序，然后选中"始终使用选择的程序打开这种文件"复选框，单击"确定"按钮。

第14题　参考5.5.2小节的第1小点。

第15题　在任务栏的空白处单击鼠标右键，在弹出的快捷菜单中选择"任务管理器"命令，在打开的窗口中选择"画图"程序，然后单击"结束任务"按钮。在桌面上单击鼠标右键，在弹出的快捷菜单中选择"属性"命令，打开"显示 属性"对话框，单击"桌面"选项卡，单击"自定义桌面"按钮，在打开的对话框中选中"我的电脑"和"我的文档"复选框，依次单击"确定"按钮。

5.6　添加与删除程序

考点分析：这是一个常考知识点，在日常生活和工作中也是常用的。命题时主要考查应用程序和Windows组件的添加和删除。

学习建议：熟练掌握添加和删除应用程序和Windows组件的各种操作方法。

5.6.1　添加新程序

Windows XP操作系统中分为应用程序和Windows组件两种程序。不论哪种程序用户都可以在Windows中根据需要进行添加和删除。

通常安装程序的目录中都有一个名为"Setup.exe"或"Install.exe"的可执行文件。将应用程序的安装光盘放入光驱后，安装程序一般都将自动运行并打开安装向导界面，用户可以根据这个安装向导顺利地安装程序。

下面以安装"芒果TV"为例进行讲解，其具体操作如下。

❶ 双击"芒果TV"的安装程序Setup.exe，在打开的对话框中单击 下一步(N) 按钮，如图5-50所示。

图 5-50　安装向导

2 在打开的对话框中提示需要关闭所有浏览器，单击 下一步(N)> 按钮，如图 5-51 所示。

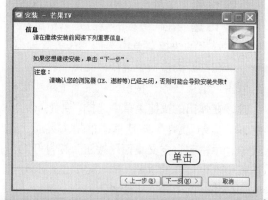

图 5-51　提示关闭浏览器

3 在打开的对话框中选择程序的安装路径为"d:\Program Files\芒果 TV"，单击 下一步(N)> 按钮，如图 5-52 所示。

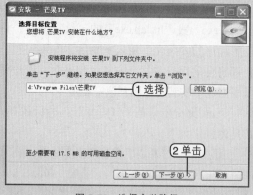

图 5-52　选择安装路径

操作提示

若要选择其他安装路径，则在如图 5-52 所示的对话框中单击 浏览(B)... 按钮，在打开的对话框中选择需要的路径。

4 在打开的对话框中选择需要创建快捷方式的文件夹，这里保持默认设置，单击 下一步(N)> 按钮，如图 5-53 所示。

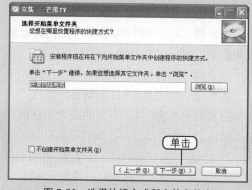

图 5-53　选择快捷方式所在的文件夹

5 在打开的对话框中单击 安装(I) 按钮开始安装，如图 5-54 所示。

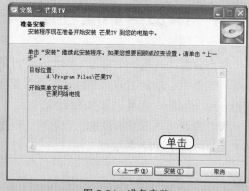

图 5-54　准备安装

6 在打开的对话框中显示安装进度，如图 5-55 所示。

图 5-55　安装进度

⑦ 待安装完成后，打开显示完成安装的对话框，单击 [完成(F)] 按钮，如图 5-56 所示。

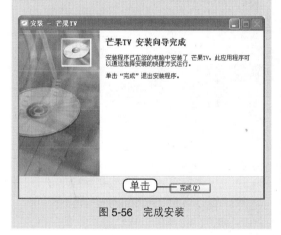

图 5-56　完成安装

5.6.2　更改程序

　　更改程序就是在安装好程序之后，仍然可以再添加或删除其中的某些组件，而不必将整套软件删除。更改程序的具体操作如下。

① 在"控制面板"窗口中单击"添加 / 删除程序"超级链接，打开"添加或删除程序"窗口，如图 5-57 所示。

图 5-57　"添加或删除程序"窗口

② 在其中选择"Microsoft Office Professional"选项，单击其中的 [更改] 按钮，如图 5-58 所示。

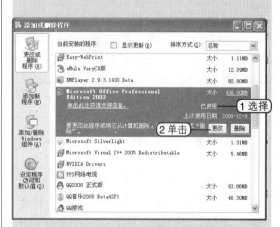

图 5-58　选择要更改的程序

③ 在打开的窗口中就可以根据需要更改该程序，如图 5-59 所示。如选中"添加或删除功能"单选按钮，用户则可添加或删除Office的各组件。

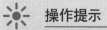　操作提示

当选择某些程序后，显示的是 [更改/删除] 按钮，单击该按钮，同样可以更改程序。

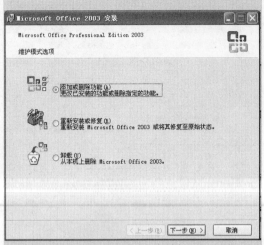

图 5-59　Office 的安装程序窗口

图 5-60　"添加或删除程序"窗口

5.6.3　删除程序

删除程序就是将不用的程序从计算机中删除，以释放出硬盘空间。删除 Windows 组件以外的其他程序时，可通过控制面板、程序自带的卸载程序和手动删除 3 种方法进行删除。

1．通过控制面板删除

通过控制面板卸载应用程序的具体操作如下。

1 选择【开始】→【控制面板】命令，打开"控制面板"窗口，单击"添加 / 删除程序"超级链接，打开"添加或删除程序"窗口，如图 5-60 所示。

2 在"当前安装的程序"列表框中选择需删除的程序选项"快车（FlashGet）2-Beta4"，然后单击 更改/删除 按钮，如图 5-61 所示。

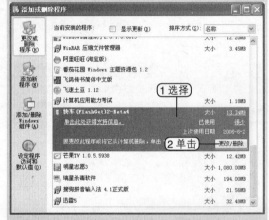

图 5-61　选择要删除的程序

3 在打开的解除安装窗口中单击 下一步(N) > 按钮，如图 5-62 所示。

图 5-62　解除安装窗口

操作提示

在图 5-61 中选中要删除的程序后，有的程序显示的是 更改/删除 按钮，有的程序显示的是 删除 按钮，根据程序的不同而不同，但方法是一样的。

4 在打开的解除安装窗口中单击 卸载(U) 按钮，如图 5-63 所示。

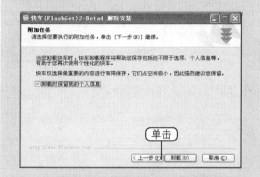

图 5-63 选择是否删除个人信息

5 开始删除程序，并显示删除进度，如图 5-64 所示。

图 5-64 显示删除进度

6 程序删除完成后，单击 完成(F) 按钮完成程序的删除，如图 5-65 所示。

图 5-65 完成程序的删除

2．通过自带的卸载程序删除程序

绝大多数应用程序在安装后，都会提供自带的卸载程序。通过该卸载程序，可非常方便地卸载相应的程序。如通过程序"网际快车"自带的卸载程序删除程序的方法是选择【开始】→【所有程序】→【FlashGet】→【Uninstall FlashGet】命令，将打开如图 5-62 所示的窗口，之后的操作与通过控制面板删除的第 3 步至第 6 步完全相同，这里不再赘述。

3．手动删除程序

手动卸载应用程序也叫直接删除程序文件，是指当应用程序自带的卸载程序遭到损坏，且通过控制面板也不能卸载时，选择该程序安装位置的所有安装文件后，按【Delete】键进行删除。

📖 **考场点拨**

命题重点往往是通过控制面板删除程序以及通过自带的卸载程序删除程序这两种方法。

5.6.4 添加/删除Windows组件

Windows XP 组件是指系统自带的一些小程序，如记事本、游戏等。下面以安装 Windows XP 操作系统中的"蜘蛛纸牌"游戏组件为例，讲解添加 Windows XP 组件的方法，其具体操作如下。

1 将 Windows XP 安装光盘放入光驱中。选择【开始】→【控制面板】命令，打开"控制面板"窗口，单击"添加 / 删除程序"超级链接，如图 5-66 所示。

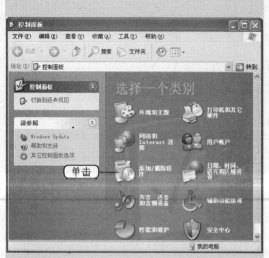

图 5-66 "控制面板"窗口

② 打开"添加或删除程序"窗口，如图 5-67 所示，单击窗口左侧的"添加 / 删除 Windows 组件"按钮 ⑭。

图 5-67 "添加或删除程序"窗口

③ 稍后打开"Windows 组件向导"对话框，在该对话框中的"组件"列表框中选中的复选框 ✔ 表示该程序已安装在计算机中，没有选中的则表示还没有安装，用户可根据实际情况选择安装。这里选中"附件和工具"

复选框，然后单击 详细信息(D)... 按钮，如图 5-68 所示。

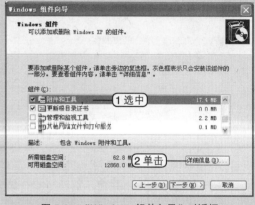

图 5-68 "Windows 组件向导"对话框

☀ **操作提示**

在添加 Windows 组件时，有时候会要求用户插入 Windows 操作系统的安装光盘。

④ 打开"附件和工具"对话框，选中"游戏"复选框，然后单击 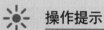 按钮，如图 5-69 所示。

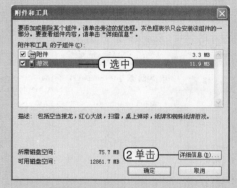

图 5-69 "附件和工具"对话框

⑤ 打开"游戏"对话框，选中"蜘蛛纸牌"复选框，单击 确定 按钮，如图 5-70 所示。

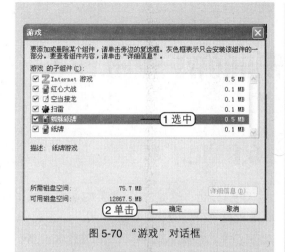

图 5-70 "游戏"对话框

⑥ 返回"附件和工具"对话框，单击 确定 按钮，返回"Windows 组件向导"对话框，单击 下一步(N) > 按钮，打开显示安装进度的对话框，如图 5-71 所示。

图 5-71 显示安装进度

⑦ 完成后打开显示完成组件安装的窗口，单击 完成 按钮，完成 Windows XP 组件的安装，如图 5-72 所示。

⑧ 选择【开始】→【所有程序】→【游戏】命令，在弹出的子菜单中可以看到"蜘蛛纸牌"游戏。

图 5-72 完成组件的添加

删除 Windows XP 组件只需取消选中该组件所对应的复选框，再按照安装 Windows 组件的方法操作即可，这里不再赘述。

5.6.5 自测练习及解题思路

1．测试题目

第 1 题　将安装的"搜狗拼音输入法"程序进行更改。

第 2 题　卸载安装的"搜狗拼音输入法"程序。

第 3 题　利用控制面板删除"HP Software Update"应用程序。

第 4 题　删除 Windows 组件"红心大战"。

第 5 题　添加 Windows 组件"扫雷"。

2．解题思路

第 1 题　参考 5.6.2 小节。

第 2 题　参考 5.6.3 小节，未指明用何种方法，可先尝试用控制面板进行卸载，如失败再逐一尝试其他方法。

第 3 题　参考 5.6.3 小节下的第 1 小点。

第 4 题　参考 5.6.4 小节。

第 5 题　参考 5.6.4 小节。

第 **6** 章 ▸ 使用**Windows XP**附件 ◂

Windows XP 附件中的程序是系统自带的，除了前面所讲的管理磁盘的系统工具外还包括很多其他小程序可供用户使用，其中有不少程序是很实用的。例如可以对文字进行简单编辑的记事本、可以进一步编辑文字的写字板、绘制图画的画图程序、计算数据的计算器、可以录制声音的录音机、造字程序、剪贴板、放大镜、屏幕键盘、命令提示符等。本章将对其中一些常用的程序进行详细介绍。

6.1 记事本

考点分析：这是一个重要的基础考点，命题通常都会涉及多个知识点，如先新建文本文件，再输入文本，然后进行保存等。出题几率也比较大，考生应尽量获得这部分的全部分数。

学习建议：熟练掌握新建、保存、关闭、打开和打印文本文件，以及在记事本中对文本的剪切、粘贴、复制和查找等操作。

6.1.1 认识记事本

记事本是 Windows XP 操作系统提供的一个简单的文本文件编辑器，用户可以利用它来对日常事务中使用到的文字和数字进行处理，如剪切、粘贴、复制、查找等。它还具有最基本的文件处理功能，如打开与保存文件、打印文档等。

选择【开始】→【所有程序】→【附件】→【记事本】命令，即可打开记事本窗口，如图 6-1 所示。

在记事本窗口中包含以下 5 个菜单项，各项的功能介绍如下。

◈ 文件：对记事本文件进行操作，在其中还可对记事本的页面进行设置。

◈ 编辑：对内容进行剪切、粘贴等操作。

◈ 格式：通过该菜单可对段落和字体进行设置。

◈ 查看：用于设置状态栏是否被显示。

◈ 帮助：为用户提供帮助信息。

图6-1　记事本窗口

由于记事本的编辑与写字板中文字的编辑方法一样，这里就不再讲解编辑操作。

☀ **操作提示**

在记事本程序中不能插入图形，也不能进行段落排版。记事本保存的文件格式只能是纯文本格式。

6.1.2　记事本文件操作

记事本中的文件操作包括新建文件、保存文件、打开文件和关闭文件，下面详细介绍。

1. 新建记事本文件

每次打开记事本时，记事本都会自动新建一个文本文档。用户也可以手动新建文本文档，方法是在记事本窗口中选择【文件】→【新建】命令或按【Ctrl+N】组合键，如图6-2所示。

2. 保存记事本文件

用户编辑文档后可将其保存起来，以便查

看或编辑。选择【文件】→【保存】命令，打开"另存为"对话框，如图6-3所示。

图6-2　新建文件

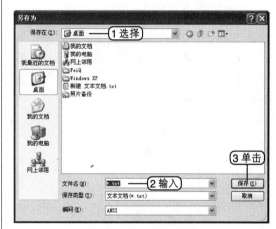

图6-3　"另存为"对话框

在该对话框的"保存在"下拉列表框中选择要保存的位置，在"文件名"下拉列表框中输入文件名，单击 保存(S) 按钮。

3. 打开记事本文件

对于已保存的文档，用户可以通过记事本打开它。在记事本窗口中选择【文件】→【打开】命令或按【Ctrl+O】组合键，打开"打开"对话框，如图6-4所示，在该对话框中选择要打开的文件，单击 打开(O) 按钮。

图 6-4 "打开"对话框

4．关闭记事本文件

当对记事本中的文档完成操作后，便可退出记事本。选择【文件】→【退出】命令，关闭"记事本"窗口，即退出记事本程序，如图 6-5 所示。

图 6-5 关闭文件

☀ **操作提示**

单击标题栏右侧的☒按钮，也可关闭记事本文档。

6.1.3 在记事本中输入文本

打开记事本，切换到所需的输入法，将光标定位到记事本中，即可输入文本了。

在输入文本的过程中可以设置自动换行、使用快捷键移动插入点、快速输入日期和时间

等，下面将详细讲解。

1．设置自动换行

在记事本中输入文本时如需自动换行，可选择【格式】→【自动换行】命令，使其前面的"√"标记显示，如图 6-6 所示。

图 6-6 设置自动换行

2．使用快捷键移动插入点

在记事本中除了可以使用滚动条来浏览文本内容外，还可以使用以下快捷键来移动插入点。

◆ Home：插入点移动到一行文本的行首。

◆ End ：插入点移动到一行文本的行尾。

◆ Ctrl+Home ：插入点移动到文件的开头。

◆ Ctrl+End：插入点移动到文件的最尾部。

◆ PgUp：插入点上移一页。

◆ PgDn：插入点下移一页。

3．快速输入日期和时间

将插入点定位到记事本中，选择【编辑】→【时间 / 日期】命令，如图 6-7 所示，即可插入当前系统的日期和时间。

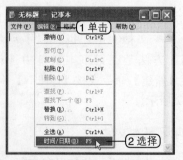

图 6-7 快速插入日期和时间

6.1.4　编辑记事本中的文本

在记事本中输入文本后还可对其进行编辑操作，如选择文本、删除文本、插入文本、剪切和复制文本、查找和替换文本等，下面详细讲解。

1．选择文本

对文本进行编辑之前首先需要选择文本，方法有如下几种。

方法 1：利用鼠标选择文本。按住鼠标左键不放从需要选择的文本开始处拖动到需要选择的文本的最后一个字符即可，如图 6-8 所示。

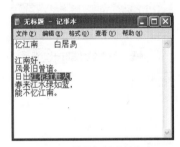

图 6-8　利用鼠标选择文本

方法 2：利用鼠标和键盘选择文本。按住鼠标左键不动先选择文本开始位置的一个或几个字符后，按住【Shift】键不放，将光标移动到需要选择的文本的最后一个字符单击即可。

方法 3：选择【编辑】→【全选】命令或按【Ctrl+A】组合键可以选择全部文本，如图 6-9 所示。

2．删除文本

删除文本的方法有以下几种。

方法 1：删除光标后面的字符按【Delete】键。

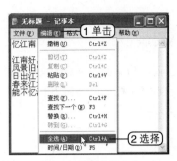

图 6-9　选择全部文本

方法 2：删除光标前面的字符按【Back Space】键。

方法 3：选择需要删除的文本后，选择【编辑】→【删除】命令或按【Delete】键或【BackSpace】键，如图 6-10 所示。

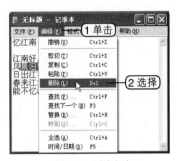

图 6-10　删除文本

方法 4：选择需要删除的文本后，选择【编辑】→【剪切】命令或按【Ctrl+X】组合键，如图 6-11 所示。

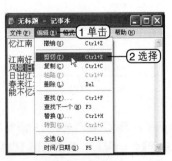

图 6-11　删除文本

3. 插入文本

在已输入的文本中再插入文本的方法很简单，只需要将光标定位到需要的位置即可插入所需的文本。

4. 剪切和复制文本

下面以将文本"白居易"剪切到第2行中为例讲解剪切操作，其具体操作如下。

1 在记事本窗口选择文本"白居易"，如图6-12所示。

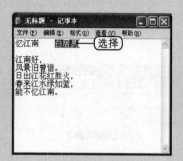

图6-12　选择文本

2 选择【编辑】→【剪切】命令或按【Ctrl+X】组合键，如图6-13所示。

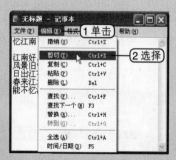

图6-13　剪切文本

3 将鼠标光标定位到第2行中所需的位置，选择【编辑】→【粘贴】命令或按【Ctrl+V】组合键，如图6-14所示，完成操作。

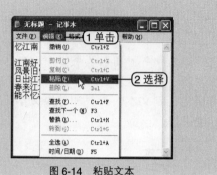

图6-14　粘贴文本

复制文本的方法与剪切文本的方法类似，不同的是复制文本时是选择【编辑】→【复制】命令或按【Ctrl+C】组合键，如图6-15所示。

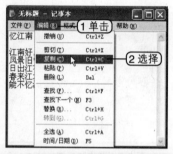

图6-15　复制文本

📖 **考场点拨**

不管是文字、文件，还是文件夹，它们的剪切和复制操作的原理和方法基本一样，都经常在考试中出现。

5. 查找和替换文本

当文本内容较多时可使用查找和替换文本的方法提高编辑速度。下面以查找文档中的文本"李白"确定其个数，并将其替换为"白居易"为例进行讲解，其具体操作如下。

1 选择【编辑】→【查找】命令，如图6-16所示。

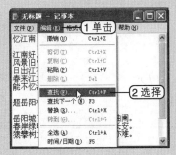

图6-16　查找文本

2 在打开的"查找"对话框中的"查找内容"文本框中输入要查找的文本"李白"，如图6-17所示。

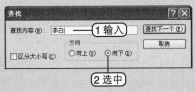

图6-17　"查找"对话框

3 在"方向"栏中保持默认的"向下"单选按钮，单击 查找下一个(F) 按钮查找文本，如图6-18所示。

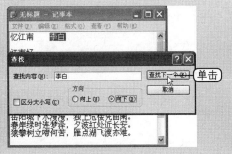

图6-18　查找文本

4 单击 查找下一个(F) 按钮将查找到下一个"李白"文本，当再次单击 查找下一个(F) 按钮时，

打开"记事本"提示对话框提示找不到"李白"，如图6-19所示，说明文档中只有两处"李白"文本。

图6-19　提示对话框

5 单击 确定 按钮关闭提示对话框。再单击"查找"对话框中的区按钮将其关闭。选择【编辑】→【替换】命令，如图6-20所示。

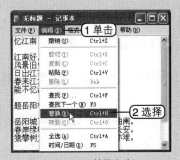

图6-20　替换文本

6 在打开的"替换"对话框中的"查找内容"文本框中输入文本"李白"，在"替换为"文本框中输入文本"白居易"，如图6-21所示。

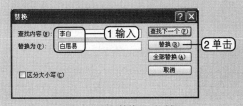

图6-21　"替换"对话框

7 连续单击两次 替换(R) 按钮即可，最终效果如图6-22所示。

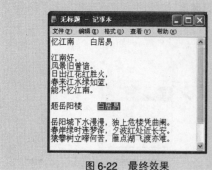

图 6-22　最终效果

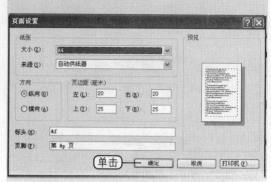

图 6-24　"页面设置"对话框

操作提示

在"替换"对话框中单击 全部替换(A) 按钮可以一次性全部替换文本。

6.1.5　打印记事本文件

文档编辑好后即可进行打印，其具体操作如下。

❶ 选择【文件】→【页面设置】命令，如图 6-23 所示。

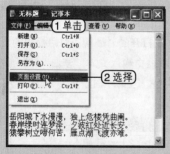

图 6-23　页面设置

❷ 在打开的"页面设置"对话框中可以对文档页面进行设置，这里保持默认设置，如图 6-24 所示。

❸ 单击 确定 按钮，选择【文件】→【打印】命令，如图 6-25 所示。

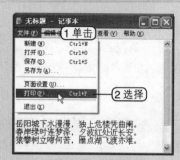

图 6-25　打印文档

❹ 在打开的"打印"对话框中可选择打印机，在"份数"栏的数值框中输入"10"，如图 6-26 所示。

图 6-26　"打印"对话框

❺ 单击 打印(P) 按钮即可打印文档。

桌面上，文件名为"考试 .txt"。

6.1.6　自测练习及解题思路

1. 测试题目

第1题　通过"开始"菜单打开记事本程序。

第2题　在记事本中，设置页面为横向，上、下、左、右的边距都为1cm。

第3题　在文件末尾插入当前计算机的日期和时间。

第4题　使用快捷键，移动插入点到文本的行首。

第5题　打开桌面上的文本文件，将记事本设置为不自动换行。

第6题　将当前记事本中所有的"计算机"替换为"电脑"。

第7题　新建文本文件，并将其以"资料"的文件名保存。

第8题　选择记事本中的所有文本，并将其全部清除。

第9题　移动记事本中的第一自然段到最后一个自然段后。

第10题　在记事本中将第一自然段复制到最后一个自然段后。

第11题　打印记事本中的文本。

第12题　在当前窗口中新建一个文本文档，并输入文本。

第13题　将记事本设置为自动换行。

第14题　利用记事本新建一个文本文档，输入内容为"努力拼搏，考试成功"，保存在

2. 解题思路

第1题　选择【开始】→【所有程序】→【附件】→【记事本】命令。

第2题　选择【文件】→【页面设置】命令，在"页面设置"对话框中进行设置。

第3题　参考6.1.3小节的第3小点。

第4题　参考6.1.3小节的第2小点。

第5题　参考6.1.3小节的第1小点。

第6题　参考6.1.4小节的第5小点。

第7题　参考6.1.2小节的第1小点和第2小点。

第8题　参考6.1.4小节的第1小点和第2小点。

第9题　参考6.1.4小节的第4小点。利用剪切操作。

第10题　参考6.1.4小节的第4小点。利用复制操作。

第11题　参考6.1.5小节。

第12题　参考6.1.2小节的第1小点和6.1.3小节。

第13题　参考6.1.3小节的第1小点。

第14题　在记事本中选择【文件】→【新建】命令，新建一个文本文档，在其中输入"努力拼搏，考试成功"文本，然后选择【文件】→【保存】命令，在打开的"另存为"对话框中输入文件名为"考试"，单击 保存(S) 按钮。

6.2　写字板

考点分析：这一考点不但是常考内容，而且是基础考点，建议考生要非常熟悉这一块的操作，尽量获得这类题目的分数。考试题目也经常会要求考生连续执行两个以上操作，如新建后再保存等。

学习建议：熟练掌握写字板的各种操作。

6.2.1 认识写字板

写字板的功能比记事本强大很多，它可以对文档进行进一步编辑，如设置文字字体、对文档进行排版、插入对象等，下面详细讲解。

写字板是另一款文字编辑和排版软件，在功能上比记事本强大，不仅支持文字格式，而且还可以插入图片，使文档内容更加生动活泼。其功能虽然没有 Word 和 WPS 强大，但完全可以满足用户的一般需要。

1．启动写字板

选择【开始】→【所有程序】→【附件】→【写字板】命令，即可启动写字板，如图 6-27 所示。

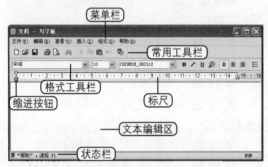

图 6-27　写字板

2．写字板的功能

写字板主要有以下功能：

◈ 输入文本；

◈ 插入文本；

◈ 删除文本；

◈ 改写文本；

◈ 复制和移动文本；

◈ 设置文本的字体、字形和字号；

◈ 段落排版；

◈ 字符的查找和替换；

◈ 在文档中插入对象，比如图像、图表等；

◈ 文本的打印输出。

3．写字板的窗口组成

写字板的操作界面如图 6-27 所示，各组成部分的名称及作用介绍如下。

（1）菜单栏：包括"文件"、"编辑"、"查看"、"插入"、"格式"和"帮助"6 个菜单项，其中集合了所有操作写字板的命令。

（2）常用工具栏：提供了一些常用命令的工具按钮，如"新建"按钮□、"打开"按钮☞等。

（3）格式工具栏：提供了一些用于设置字体格式的命令，以下拉列表框或按钮的形式存在，如"字体"下拉列表框 宋体 、"加粗"按钮 **B** 等。

（4）缩进按钮：位于标尺上，用于控制文本的整体布局，包括"首行缩进"按钮△、"左缩进"按钮△和"右缩进"按钮△。各按钮的作用分别如下。

◈ "首行缩进"按钮△：拖动该按钮可设置每段文本首行的起始位置。

◈ "左缩进"按钮△：拖动该按钮可设置文本与左边页面的距离。

◈ "右缩进"按钮△：拖动该按钮可设置文本与右边页面的距离。

（5）标尺：用于精确设置缩进按钮的停留位置。

（6）文本编辑区：输入与编辑文本的区域。在出现文本插入点的位置可输入文本。

（7）状态栏：显示有关当前操作的信息。

6.2.2 在写字板中输入文本

启动写字板后，在其操作界面的文本编

辑区会出现一个闪烁的光标，这就是文本插入点，在此处可输入文字。

在输入文字之前，应先切换到相应的输入法，输入所需的英文或汉字，当输入的文字到达窗口右边界时，文字会自动换行（按回车键可手动换行）。在输入文字时按【Space】键可留出空格。当文字输满当前窗口时会自动滚屏显示，以保证文本插入点在可视范围之内。

下面举例进行讲解，其具体操作如下。

1 打开写字板程序，切换至中文输入法，然后按 8 次【Space】键，文本插入点向右移动，输入"残春"，按回车键换行，如图 6-28 所示。

图 6-28　输入文本

2 继续输入"昨天我瓶子里斜插着的桃花是朵朵媚笑在美人的腮边挂；"，然后按回车键，手动换行，如图 6-29 所示。

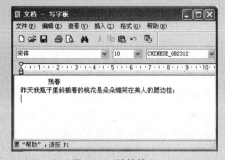

图 6-29　继续输入

3 按照相同的方法输入剩余的文本，如图 6-30 所示。

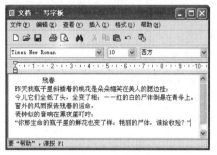

图 6-30　最终效果

6.2.3　在写字板中编辑文本

1．选择文本

选择文本有如下几种方法。

方法 1：按住鼠标左键不放，在要选择的文本上拖动鼠标，光标经过的文本将以反白显示，表示文本已被选中，如图 6-31 所示。

图 6-31　选择文本

方法 2：选择整段文本时，在要选择的一段文本左侧双击鼠标或在该段中三击鼠标左键。

方法 3：选择整篇文本时，选择【编辑】→【全选】命令。

2．插入、改写与删除文本

插入文本主要用于漏输了文本的情况，其方法为在需插入文本的位置单击鼠标，此时文本插入点将出现在该位置，切换输入法输入所需的文本即可，如图 6-32 所示。

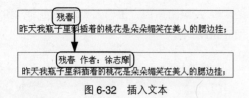

图 6-32　插入文本

若要将一些错误的文本改写成正确的文本，有如下两种方法。

方法 1：先选择需要改写的文本，切换至需要的输入法，此时输入所需文本可直接将选择的文本修改为输入的文本，如图 6-33 所示。

方法 2：当写字板窗口处于"插入"模式时，按【Insert】键，进入到"改写"模式。此时输入的字符将覆盖插入点右边的字符。

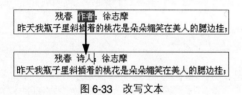

图 6-33　改写文本

删除写字板文档中一些无用或错误的文本有如下 3 种方法。

方法 1：将文本插入点定位到需删除文本的第 1 个字符左侧，然后按【Delete】键。

方法 2：将文本插入点定位到需删除文本的最后 1 个字符右侧，然后按【Back Space】键。

方法 3：选择需删除的文本，按【Delete】键或【Back Space】键，如图 6-34 所示。

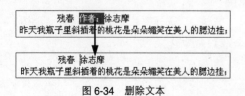

图 6-34　删除文本

3．查找与替换文本

当要在较长的文档中查找文本时就可以

使用"查找"功能，其方法是选择【编辑】→【查找】命令，在打开的"查找"对话框中的"查找内容"文本框中输入要查找的内容，单击 查找下一个(F) 按钮就可以查找文本了。

替换文本的方法与查找类似，下面以将一段文本中所有的"通知"文本替换为"通告"文本为例讲解替换文本的方法，其具体操作如下。

1 在写字板窗口中选择【编辑】→【替换】命令，如图 6-35 所示。

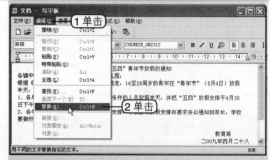

图 6-35　选择命令

2 在打开的"替换"对话框的"查找内容"文本框中输入需被替换的文本，这里输入"通知"，在"替换为"文本框中输入替换后的文本，这里输入"通告"，如图 6-36 所示。

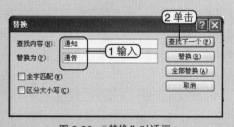

图 6-36　"替换"对话框

3 单击 查找下一个(F) 按钮程序开始进行查找，并将查找到的第 1 个符合条件的文本以反白显示，单击 替换(R) 按钮进行替换，并反白显示下一个符合条件的文本，如图 6-37 所示。

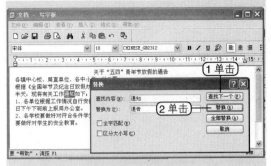

图 6-37　替换文本

④ 单击 全部替换(A) 按钮将所有查找到符合条件的文本全部替换，并打开"写字板"对话框，提示已完成操作，如图 6-38 所示，单击 确定 按钮关闭该对话框。

图 6-38　提示操作完成

⑤ 完成替换后单击 ✕ 按钮关闭"替换"对话框，如图 6-39 所示。

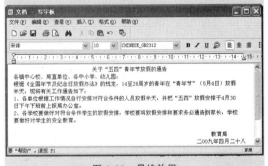

图 6-39　最终效果

4．其他文本编辑操作

在编辑文本时，有时需调整个别词组或句子的位置，这时就会涉及文本的移动操作，在写字板中移动文本的具体操作如下。

① 拖动鼠标选择需移动的文本，然后选择【编辑】→【剪切】命令或按【Ctrl+X】组合键，如图 6-40 所示。

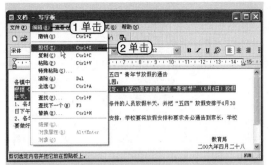

图 6-40　选择剪切命令

② 将文本插入点定位到目标位置，然后选择【编辑】→【粘贴】命令或按【Ctrl+V】组合键将所选文本粘贴到目标位置，如图 6-41 所示。

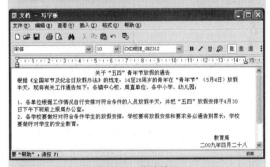

图 6-41　最终效果

除移动文本外，有时还要复制文本，其方法与移动文本类似，拖动鼠标选择需复制的文本，选择【编辑】→【复制】命令或按【Ctrl+C】组合键。将文本插入点定位到目标位置，选择【编辑】→【粘贴】命令或按【Ctrl+V】组合键将所选文本粘贴到目标位置即可。

6.2.4　格式化文本

在写字板窗口中，可对文本的字体进行各种设置，包括字体样式、字体大小和字体外观等，其具体操作如下。

① 打开"通告"文档（光盘:\素材\第6章），选择需设置的字体文本，然后选择【格式】→【字体】命令，如图 6-42 所示。

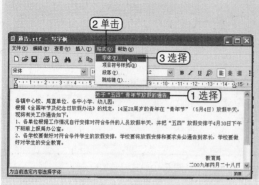

图 6-42 选择命令

2 在打开的"字体"对话框的"字体"列表框中选择"隶书"选项，在"字形"列表框中选择"粗体"选项，在"大小"列表框中选择"18"，在"颜色"下拉列表框中可设置字体的颜色，如图 6-43 所示。

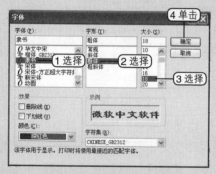

图 6-43 "字体"对话框

3 单击 确定 按钮使设置生效，最终效果如图 6-44 所示。

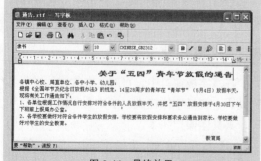

图 6-44 最终效果

6.2.5 对段落进行排版

1．利用标尺排版

利用标尺排版的具体操作如下。

1 在前面的"通告.rtf"文档中选择要排版的内容，使之反白显示，如图 6-45 所示。

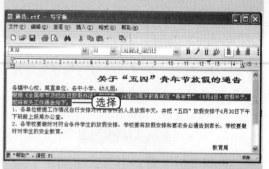

图 6-45 选择文本

2 拖动标尺上的"首行缩进"按钮▽向右缩进两个字符，如图 6-46 所示。

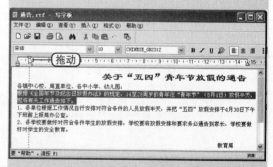

图 6-46 拖动"首行缩进"按钮

3 释放鼠标左键，得到的效果如图 6-47所示。

操作提示

使用标尺上的其他按钮进行排版的方法是类似的。

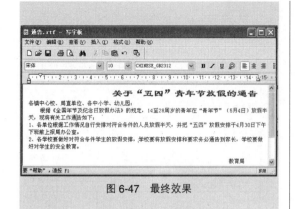

图 6-47　最终效果

2．利用"段落"对话框排版

在写字板中输入文字后将形成段落，可设置段落的对齐方式和左缩进量等，其具体操作如下。

1 将文本插入点定位到需设置格式的段落中，然后选择【格式】→【段落】命令，如图 6-48 所示。

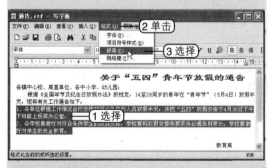

图 6-48　选择命令

2 在打开的"段落"对话框的"缩进"栏中的"左"文本框中可设置段落左缩进的距离，这里输入"1"；在"右"文本框中可设置段落右缩进的距离，这里输入"1"；在"首行"文本框中可设置段落首行缩进的距离，这里输入"0.75"；在"对齐方式"下拉列表框中可设置段落的对齐方式，这里保持默认设置，如图 6-49 所示。

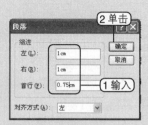

图 6-49　"段落"对话框

3 完成后单击 确定 按钮使设置生效，最终效果如图 6-50 所示（光盘:\效果\第6章）。

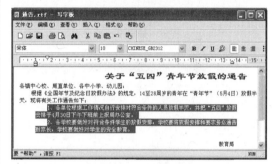

图 6-50　最终效果

 操作提示

较正式的文档都要设置段落缩进，即每个自然段首行、段前和段后都要空一定的距离，首行缩进一般为两个空格，也就是 0.75cm。

6.2.6　插入对象

在编辑文档的过程中，常需将相关的图片或图表插入到文档中，使文档更具有说服力，在文档中插入图片的具体操作如下。

1 打开"残春.rtf"文档（光盘:\素材\第 6 章），将光标移动到需要插入照片的位置，然后选择【插入】→【对象】命令，如图 6-51所示。

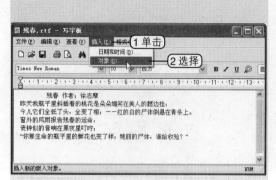

图 6-51　选择命令

2 在打开的"插入对象"对话框中选中"由文件创建"单选按钮，如图 6-52 所示。

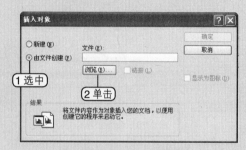

图 6-52　"插入对象"对话框

3 单击 浏览(B)... 按钮，在打开的"浏览"对话框中指定需要插入的图像文件，这里选择"桃花 .bmp"选项，如图 6-53 所示。

图 6-53　"浏览"对话框

4 单击 打开(O) 按钮，返回"插入对象"对话框，如图 6-54 所示。

图 6-54　完成图片选择

5 单击 确定 按钮，便可看到插入图片后的效果，如图 6-55 所示（光盘 :\ 效果 \ 第 6 章）。

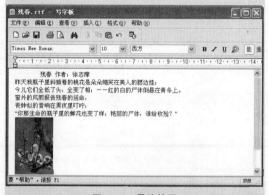

图 6-55　最终效果

6.2.7　自测练习及解题思路

1．测试题目

第 1 题　在写字板中查找所有"尸体"文本并替换为"残花"。

第 2 题　在写字板中设置选中段落首行缩进为 2 厘米。

第 3 题　在写字板中将第一个自然段设置为居中。

第4题 在写字板中将当前的输入模式设置为"改写"，并输入"成"。

第5题 删除写字板中不需要的文本。

第6题 选中当前写字板窗口中所有的文字，并利用对话框，设置选中字符格式为"隶书、斜体"，并查看效果。

第7题 在写字板中，利用工具栏将第一段文字改为"黑体，14号"，字的颜色为"红色"，加下划线并查看设置效果。

注：可以"残春.rtf"作为练习环境。

第8题 在"写字板"窗口，插入"我的文档"文件夹中的图片文件"向日葵.jpg"，然后利用窗口的标题栏将窗口最小化。

第9题 在写字板中设置文本按窗口大小自动换行。

第10题 桌面上有打开的写字板窗口和"页面设置"对话框，利用对话框将要使用的打印机设置为"Microsoft XPS Document Writer"。

第11题 桌面上有打开的"我的文档"窗口，在其中打开文本文件东方科技有限公司.txt，并将其内容粘贴到"写字板"中（使用快捷菜单操作）。

2．解题思路

第1题 参考6.2.3小节的第3小点。

第2题 参考6.2.5小节的第2小点。

第3题 先选择第1自然段，然后参考6.2.5节第2小点。

第4题 按【Insert】键将输入模式设置为"改写"，再输入"成"字。

第5题 参考6.2.3小节的第2小点。

第6题 参考6.2.4小节。

第7题 参考6.2.4小节。注意题目指定是通过工具栏进行设置。

第8题 参考6.2.6小节，完成后单击标题栏上的"最小化"按钮将窗口最小化。

第9题 在写字板中选择【查看】→【选项】命令，在打开的"选项"对话框的"多信息文本"选项卡中选中"按窗口大小自动换行"单选按钮，单击"确定"按钮。

第10题 在"页面设置"对话框中单击"打印机"按钮，在打开的对话框中的"名称"下拉列表框中选择"Microsoft XPS Document Writer"选项，单击"确定"按钮。

第11题 右键单击东方科技有限公司.txt文本文件，在其中单击鼠标右键，在弹出的快捷菜单中选择"全选"命令，再单击鼠标右键，在弹出的快捷菜单中选择"复制"命令，选择【开始】→【所有程序】→【附件】→【写字板】命令，打开写字板程序，在其中单击鼠标右键，在弹出的快捷菜单中选择"粘贴"命令。

6.3 画图

考点分析：对于画图程序的考查经常会在试题中出现，一般在1～2题，考点主要集中在绘制图形和编辑图形上。当然偶尔也会考查如何启动画图程序或新建图形文件等这些较简单的知识点。

学习建议：熟练掌握画图程序的各种相关操作。

6.3.1 认识画图

画图程序是一个简单的图形应用程序，它具有操作简单、占用内存小、易于修改、可以永久保存等特点。

画图程序不仅可以绘制线条和图形，还可以在图片中加入文字，对图形进行颜色处理和局部处理以及更改图形在屏幕上的显示方式等。

选择【开始】→【所有程序】→【附件】→【画图】命令，打开画图程序，如图 6-56 所示。

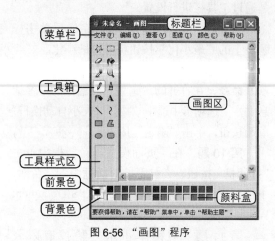

图 6-56 "画图"程序

该窗口主要由标题栏、菜单栏、工具箱、工具样式区、前景色、背景色、画图区、颜料盒几部分组成，各部分含义介绍如下。

◈ 标题栏：用于显示当前使用的程序名和文件名。这里的文件名是指图画的名称，程序启动时默认新建的文件名为"未命名"。

◈ 菜单栏：提供画图程序的各种操作命令。

◈ 工具箱：提供画图时需要使用的各种工具，从工具的名称可看出该工具的作用。

◈ 工具样式区：在其中可以选择某些工具不同的大小和形状。

◈ 前景色：指将要绘制图形所使用的颜色，默认为黑色。要对前景色进行改变，只需在颜料盒中单击所需的颜色即可。

◈ 背景色：指画纸的颜色，它决定了用户可以在什么底色上绘画，默认为白色。

要对背景色进行改变，只需在颜料盒中右键单击所需的颜色即可。

◈ 画图区：相当于画图的画纸，即画图的场所。

◈ 颜料盒：提供了多种可供使用的颜色。

6.3.2　绘图前的准备

在开始绘图之前，首先要了解如何设置画布尺寸、选择绘图工具、选择线条宽度、选择绘图颜色等知识，下面详细讲解。

1．设置画布尺寸

启动画图程序后，为了方便绘制图画，可以对画纸（即绘图区）的大小进行设置，其具体操作如下。

1 在画图程序窗口中选择【图像】→【属性】命令，如图 6-57 所示。

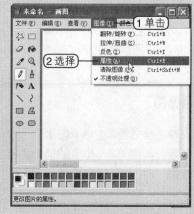

图 6-57　选择"属性"命令

2 打开"属性"对话框，在"单位"栏中可设置画布大小的单位，包括英寸、厘米和像素；在"宽度"和"高度"文本框中可输入具体的数值；在"颜色"栏中可设置画布允许的颜色模式，包括黑白和彩色两种。设置完成后，单击 确定 按钮，如图 6-58 所示。

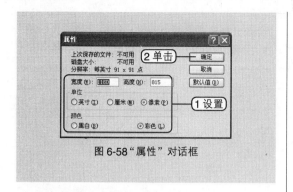

图 6-58 "属性"对话框

2．选择绘图工具

在绘制图形前需要先选择绘图工具，其方法为在工具箱中单击所需的工具即可。各个工具的名称如图 6-59 所示。

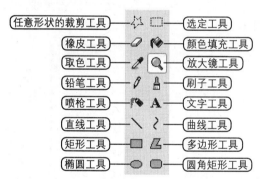

图 6-59 工具箱中各个工具的名称

📖 **考场点拨**

考生需要记住各个画图工具按钮对应的作用，这样在考试时才能根据绘图要求快速地选择工具并进行绘制。

3．选择线条宽度

在画图程序中单击"直线"按钮 \ 或"曲线"按钮 ⌐ 后，在"工具样式区"中将显示线条的粗细样式，单击即可选择，如图 6-60 所示。

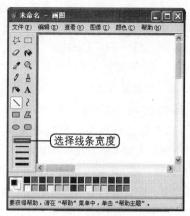

图 6-60 选择线条宽度

4．选择绘图颜色

在画图程序中选择绘图工具后，在颜料盒中可选择需要的颜色。在色块上单击鼠标左键可将其设为前景色，在色块上单击鼠标右键可将其设为背景色。

6.3.3 开始绘图

启动画图程序后，程序窗口中默认显示一张画纸，也可以在画图程序中重新创建新的画纸，方法是选择【文件】→【新建】命令，绘图区就换成了一张新的画纸。画纸创建好后就可以开始绘制图形了。

1．画直线

使用直线工具 \ 可以画任意角度的直线。绘制线条时按住【Shift】键可画出水平线、垂直线或 45° 斜线。

下面以绘制任意角度的直线、水平线、垂直线和 45° 的斜线为例进行讲解，其具体操作如下。

❶ 用鼠标左键在颜料盒中单击所画直线需要的颜色小方块，默认为黑色，这里单击"红色"色块，如图 6-61 所示。

图 6-61 选择红色

2 单击工具箱中的"直线"工具 ，在工具样式区中选择所需线条的样式（即粗细）。

3 将鼠标指针移至画图区时变为 形状，控住鼠标左键并拖动鼠标绘制直线。按住【Shift】键时，按住鼠标左键分别向左或向右、向上或向下、斜上或斜下直行拖动即可绘制出相应角度的直线，如图6-62所示。

图 6-62 绘制直线

2．画曲线

使用工具箱中的曲线工具 可以画出曲线，其具体操作如下。

1 单击工具箱中的"曲线"按钮 ，在工具样式区中选择线段的粗细。

2 将鼠标移到画图区中，鼠标指针变成 形状，按住左键并拖动鼠标从起点至曲线终点处，释放鼠标，绘制一条线段，如图6-63所示。

图 6-63 绘制曲线1

3 将鼠标指针移动到线段需要弯曲的

位置沿着要弯曲的方向拖动鼠标，到适当的位置后释放鼠标，如图6-64所示。

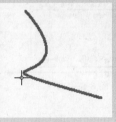

图 6-64 绘制曲线2

利用"铅笔"工具也可绘制任意曲线或直线，其方法为：单击工具箱中的"铅笔"按钮 ，鼠标指针移至绘图区变为 形状，按住【Shift】键和鼠标左键并拖动鼠标便可绘制直线，按住左键拖动鼠标绘制任意曲线，如图6-65所示。

图 6-65 使用"铅笔"工具

3．画矩形和圆形

使用"矩形"工具 可以绘制3种矩形，分别是空心矩形、带边框的实心矩形和不带边框的实心矩形，其具体操作如下。

1 单击工具箱中的"矩形"按钮 ，在工具样式区中选择矩形的样式。

2 鼠标指针移至画图区时变为 形状，按住左键拖动鼠标可绘制出矩形。按住【Shift】键进行绘制时，可绘制出正方形，如图6-66所示为选择矩形工具样式区中3种不同的样式绘制出的各种矩形效果。

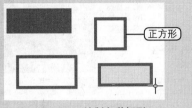

图 6-66　绘制各种矩形

用"圆角矩形"工具可以画出各种圆角矩形。当按住【Shift】键进行绘制时，可绘制出正方形圆角矩形，圆角矩形工具▣的使用方法与矩形工具一样，这里不再赘述。如图 6-67 所示为选择圆角矩形工具样式区中 3 种不同的样式绘制出的各种圆角矩形效果。

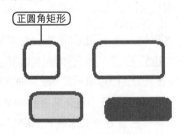

图 6-67　绘制圆角矩形

用"椭圆"工具可以绘制各种椭圆。当按住【Shift】键进行绘制时，可绘制出圆形，椭圆工具▱的使用方法与矩形工具一样，这里不再赘述。如图 6-68 所示为选择椭圆工具样式区中 3 种不同的样式绘制出的椭圆效果。

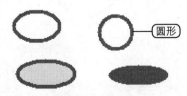

图 6-68　绘制椭圆和圆形

4．画多边形

多边形工具用于绘制任意形状的多边形。方法是单击工具箱中的"多边形"按钮◿，鼠标指针移至画图区时变为╈形状，按住左键拖动鼠标绘制出一条边，然后在其他位置单击确定第二条边，继续单击确定其他边，最后在开始处单击闭合多边形。

如图 6-69 所示为使用"多边形"工具绘制的几种不同效果。

图 6-69　绘制各种多边形

5．填充颜色

"颜色填充"工具可用指定的颜色进行填充，单击鼠标左键可用前景色填充，单击鼠标左键可用背景色填充，其具体操作如下。

❶ 打开"娃娃.bmp"文档（光盘:\素材\第6章），将前景色设置为"红色"，单击工具箱中的"颜色填充"按钮 ，鼠标指针移至绘图区时变为 形状，将鼠标指针移至要填充的头饰，单击鼠标左键进行填充，如图6-70 所示。

图 6-70　用前景色填充发饰

② 将背景色设置为"黑色"，将鼠标指针移至要填充的鼻子，单击鼠标右键进行填充，其效果如图 6-71 所示。

图 6-71　用背景色填充鼻子

在使用画图程序的过程中，如果对调色板中的颜色不满意，可通过"编辑颜色"对话框进行调整，其具体操作如下。

① 双击调色板中的色块，打开"编辑颜色"对话框，如图 6-72 所示。

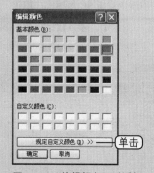

图 6-72　"编辑颜色"对话框

② 单击 [规定自定义颜色(D) >>] 按钮，展开"编辑颜色"对话框，如图 6-73 所示。

③ 在展开的"编辑颜色"对话框中设置颜色，可通过在右侧的颜色框中单击颜色的方法来设置，设置后单击 [确定] 按钮。

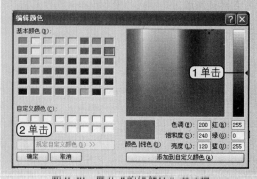

图 6-73　展开"编辑颜色"对话框

☀ **操作提示**

单击 [添加到自定义颜色(A)] 按钮即可将选择的颜色添加到"自定义颜色"栏，方便以后使用。

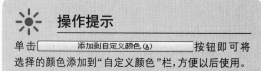

6. 喷枪的使用

使用"喷枪"工具可用前景色或背景色以喷枪的形式进行绘制。其具体操作如下。

① 在前面的文档中单击工具箱中的"喷枪"工具，在工具样式区中选择第 3 种样式。

② 将前景色设置为"紫色"，将鼠标指针移至画图区时变为 形状，按住鼠标左键拖动进行绘制，如图 6-74 所示。

图 6-74　使用前景色喷枪

3 将背景色设置为"紫红色"，将鼠标指针移至画图区时变为 形状，单击鼠标右键拖动进行绘制，如图6-75所示。

图6-75　使用背景色喷枪

7．擦除图形

"橡皮/彩色橡皮擦"工具可用于擦除绘制的对象，当设定了其他颜色的背景后，也可用设定的颜色进行擦除并替换。其具体操作如下。

1 当背景色为默认的白色时，单击工具箱中的"橡皮"工具，将鼠标指针移至绘图区时变为 □ 形状，拖动鼠标可擦除对象，如图6-76所示。

图6-76　使用白色擦除

2 当将背景色设置为其他的颜色后，可用指定的颜色擦除并替换，如图6-77所示。

图6-77　使用其他颜色擦除

8．输入文字

在画图程序中输入文本"小公主"并对其进行设置，其具体操作如下。

1 在前面的"娃娃.bmp"文档中单击 **A** 工具，鼠标指针移至绘图区时变为 形状。

2 按住左键拖动鼠标形成一个矩形文字编辑区域并输入文字，如图6-78所示。

图6-78　输入文字

3 在"字体"工具栏中的"字体"下拉列表中选中"方正少儿简体"选项，在"字号"下拉列表中选中"28"选项，如图6-79所示。

图6-79　设置字体和字号

4 单击"文字"工具栏上的 **U** 按钮，给文字添加下划线，单击 **B** 对文本进行加粗，如图 6-80 所示。

图 6-80　设置字形等

5 在文字编辑区外单击，退出文字编辑，最终效果如图 6-81 所示。

图 6-81　最终效果

9．选择图形

画图程序的选取图形的工具有"任意形状的裁剪"工具和"矩形选定"工具两种。两种工具的使用方法相同，其具体操作如下。

1 单击工具箱中的选择图形工具（"矩形选定"工具或"任意形状的裁剪"工具），鼠标指针变为十形状。

2 将鼠标指针移至需要选择的图形上，按住左键拖动鼠标形成一个虚线框，当虚线方框将需要选择的图形围住后释放鼠标，如图 6-82 所示。

图 6-82　选择图形

6.3.4　编辑选择的图形

对绘制的图形还可以进行编辑，包括复制、移动、保存以及清除等操作。

1．复制选择的图形

复制图形是指在画图区的另一个位置上产生一个与选取图形一模一样的图形，其具体操作如下。

1 在前面的文档中使用图形选取工具选取需要复制的图形，如图 6-83 所示。

图 6-83　选择图形

2 将鼠标指针放在图形之上，按住【Ctrl】键的同时按住左键拖动鼠标，屏幕中出现一个随之移动的图块，如图6-84所示。

图6-84　复制图形

3 移至合适位置，同时释放【Ctrl】键和鼠标，并在空白处单击取消图形的选择，如图6-85所示。

图6-85　完成复制

操作提示

选择图形后，如果想取消虚线框，可在线框以外的画图区单击。

2．移动选择的图形

移动选择的图形是指将选择的图形从画图区的一个位置移动到另一个位置，其具体操作如下。

1 选择需要移动的图形。

2 将鼠标指针移至矩形框内时，鼠标指针变为✛形状。

3 按住鼠标左键并拖动至合适的位置，然后释放鼠标即可。

3．保存选择的图形

绘制好图形后，需要将其保存在计算机中，方便以后使用或再次打开进行编辑，其具体操作如下。

1 在画图程序窗口中选择【文件】→【保存】命令，打开"保存为"对话框，如图6-86所示。

图6-86　"保存为"对话框

2 在"保存在"下拉列表框中指定文件的保存位置，在"文件名"文本框中输入要保存的文件名，通常情况下，默认的文件名为"未命名"。

3 在"保存类型"下拉列表框中选择要保存的类型，一般保持默认选项不变，即选择"24位位图（*.bmp；*.dib）"选项。

4 单击 保存(S) 按钮即可将其保存下来。

4．清除选择的区域

对于不需要的图形，可以将其清除，其具体操作如下。

1 使用图形选取工具选择要删除的图形，如图 6-87 所示。

图 6-87　选择要删除的图形

2 按【Delete】键，这时将以背景色进行填充删除的部分，如图 6-88 所示（光盘:\效果\第 6 章）。

图 6-88　删除图形

6.3.5　绘图技巧

在绘制图形的过程中还可以使用各种技巧来绘制更复杂的图形，使用这些技巧可以有效地提高工作效率。

1．翻转与旋转图形

先选择需要翻转或旋转的图形，再选择【图像】→【翻转/旋转】命令，打开"翻转和旋转"对话框，如图 6-89 所示。

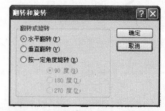

图 6-89　"翻转和旋转"对话框

该对话框中各选项的含义介绍如下。

◆ "水平翻转"单选按钮：将所选图形进行水平翻转。

◆ "垂直翻转"单选按钮：将所选图形进行垂直翻转。

◆ "按一定角度旋转"单选按钮：选中该单选按钮，下面的 3 个单选按钮将可用。可以将所选择的图形按照 90°、180°、270° 进行旋转。

2．拉伸与扭曲图形

拉伸与扭曲图形的具体操作如下。

1 用"矩形选定"工具□选择需要拉伸或扭曲的图形，选择【图像】→【拉伸/扭曲】命令，如图 6-90 所示。

2 打开"拉伸和扭曲"对话框，在该对话框的"扭曲"栏中的"水平"文本框中输入"5"，在"垂直"文本框中输入"10"，其余保持默认设置，如图 6-91 所示。

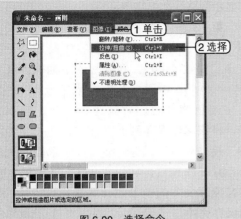

图 6-90　选择命令

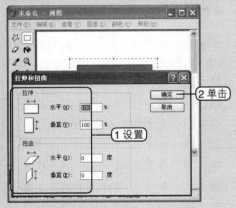

图 6-91　"拉伸和扭曲"对话框

3 单击 确定 按钮完成操作，最终效果如图 6-92 所示。

图 6-92　最终效果

3．反转颜色

反转颜色是指将当前图形中的颜色用其互补色来替换。

若将图 6-92 中的图形反转颜色，其方法是先选择该图形，然后选择【图像】→【反色】命令，效果如图 6-93 所示。

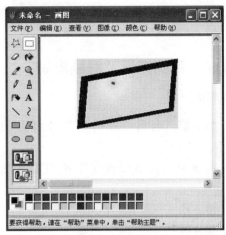

图 6-93　反转颜色

4．将图形设置为墙纸

用户可以将绘制完成的图形设置为桌面背景，方法是选择【文件】→【设置为墙纸（平铺）】命令或【文件】→【设置为墙纸（居中）】命令即可按照平铺或居中的方式将其设置为桌面背景，如图 6-94 所示。

考场点拨

本节的考试重点是绘制图形、编辑图形以及绘图技巧。考试时通常不会要求考生绘制比较复杂的图形。

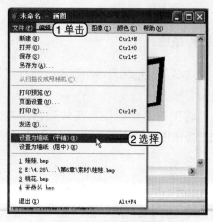

图 6-94 设置桌面背景

6.3.6 自测练习及解题思路

1. 测试题目

第1题 利用"开始"菜单打开画图程序。

第2题 在画图程序中使图形水平扭曲 30°。

第3题 在画图程序中使图形旋转 180°。

第4题 设置图形反色显示。

第5题 在画图程序中将图形居中作为桌面背景。

第6题 将画图程序画布大小改为 8 厘米 ×8 厘米。

第7题 将当前窗口中的第一个图形复制两份。

第8题 清除当前窗口中的图形。

第9题 在画图窗口上画一个正方形，选择最后一种样式。

第10题 在画图窗口画一个圆形，并把它填充成黑色。

第11题 在画图程序中打开"我的文档"中的"花朵.jpg"图片，并垂直翻转当前图片。

第12题 在画图程序中使用大尺寸查看，

并显示网格线和缩略图。

第13题 利用"开始"菜单打开"画图"窗口，在窗口中打开 G 盘根目录下的文件"福娃.bmp"，在图片的下面输入文字"Welcome To Beijing！"，要求字号为 20 号，文字颜色为红色，背景为天蓝色。操作完毕，将该文件保存到 D 盘根目录下，文件名为"福娃欢欢欢迎您.jpg"。（要求操作次序为：打开图片后，利用"文字"工具输入文本，设置文本的前景色、背景色、字号，最后保存文件）。

2. 解题思路

第1题 选择【开始】→【所有程序】→【附件】→【画图】命令。

第2题 参考 6.3.5 小节的第 2 小点。

第3题 参考 6.3.5 小节的第 1 小点。

第4题 参考 6.3.5 小节的第 3 小点。

第5题 参考 6.3.5 小节的第 4 小点。

第6题 参考 6.3.2 小节的第 1 小点。

第7题 参考 6.3.4 小节的第 1 小点。

第8题 参考 6.3.4 小节的第 4 小点。

第9题 参考 6.3.3 小节的第 3 小点。注意在绘制时要按住【Shift】键。

第10题 解题思路同上。

第11题 在"画图"窗口中选择【文件】→【打开】命令，选择"我的文档"下的"花朵.jpg"图片，再选择【图像】→【翻转 / 旋转】命令，在打开的对话框中选中"垂直翻转"命令，单击"确定"按钮。

第12题 选择【查看】→【缩放】→【大尺寸】命令，再选择【查看】→【缩放】→【显示网格】命令和【查看】→【缩放】→【显示缩略图】命令。

第13题 选择【开始】→【所有程序】→

【附件】→【画图】命令，打开"画图"窗口，选择选择【文件】→【打开】命令，打开"福娃.bmp"图片，利用"文字"工具输入"Welcome To Beijing！"文本，并设置文本的前景色、背景色和字号，最后按照指定目录保存文件。

6.4　计算器

考点分析：这是一常考基础考点，在考试时一般会出现1～2题，命题也很简单，一般需要考生计算数据或者切换到科学型模式进行复杂的数据计算，如转换进制等。

学习建议：熟练掌握标准型计算器和科学型计算器的各种操作。

6.4.1　计算器简介

单击 ![开始] 按钮，在弹出的菜单中选择【所有程序】→【附件】→【计算器】命令，即可启动"计算器"程序，如图 6-95 所示。

图 6-95　"计算器"窗口

在标准型计算器中，0～9十个数字按钮分别用于输入相应的数字，其他按钮为一些运算符号以及操作控制按钮。

◆ Backspace 按钮：删除显示数字的最右边的一位数字。

◆ CE 按钮：清除数值显示栏中所显示的数字。

◆ C 按钮：用于计算器的复位，即数值归零。

◆ sqrt 按钮：计算数字的平方根。

◆ % 按钮：计算数字的百分比。

◆ 1/x 按钮：计算显示数的倒数。

◆ MC 按钮：清除计算存储中的所有数字。

◆ MR 按钮：调出计算内存中的数字。

◆ MS 按钮：将所显示的数字存入内存。

◆ M+ 按钮：将所显示的数字与存储数相加。

6.4.2　标准型计算器

标准型计算器的使用方法与日常生活中的计算器是一样的。在使用计算器程序进行运算时，应按照常用的四则运算法则进行计算，即先计算括号内的，后计算括号外的，先乘除、后加减等。

下面以计算 $(22+18-9)*5/7$ 的值为例进行讲解，其具体操作如下。

1 输入"22"，将鼠标指针移至 2 按钮上单击两次，即输入了"22"，然后单击 + 按钮，表示进行加法运算，如图 6-96 所示。

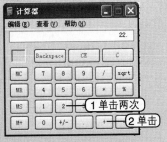

图 6-96　输入"22"

2 输入加数，依次单击 1 按钮和 8 按钮，输入加数"18"，然后单击 按钮，表示下一步将执行减法运算。当单击 按钮后，在数值显示栏中将显示上一步的运算结果，即"22+18"的结果是"40"，如图6-97所示。

⒊ 单击 9 按钮，输入减数"9"。现在括号内的已计算完毕，下一步将进行乘法运算，单击 ✳ 按钮，如图6-98所示。

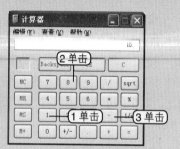

图6-97　加法运算完成

图6-98　(22+18−9) 的结果

⒋ 单击 5 按钮输入乘数"5"，单击 ╱ 按钮输入除号，再单击 7 按钮输入除数"7"，如图6-99所示。

图6-99　输入"7"

考场点拨

考试时要注意按照算术的运算规则进行计算，否则得不到正确的结果。

⒌ 单击 = 按钮，在数值显示栏中即可显示最后的运算结果，如图6-100所示。

图6-100　完成运算

⒍ 运算完成后如果要进行新的运算，单击 c 按钮即可对计算器进行复位清零，之后就可以输入数值进行新的运算了。

在标准型计算器中如果要计算一个数的平方根，可以先输入数字，再单击 sqrt 按钮；如果要计算倒数，如要计算"3/4"，可以先输入"3"，再单击 1/x 按钮，然后再输入"4"。

6.4.3　科学型计算器

当需对输入的数据进行乘方运算时可切换至科学型计算器界面，在标准型计算器界面中选择【查看】→【科学型】命令，打开如图6-101所示的界面。

图6-101　科学型计算器

接下来详细讲解科学型计算器的用法。下面以计算 33 的 8 次方为例讲解 n 次方的计算方法，其具体操作如下。

1 在科学型计算器中先单击两次 3 按钮，如图 6-102 所示。

图 6-102　输入"33"

2 依次单击 x^y 按钮和 8 按钮，最后单击 $=$ 按钮即可计算出 33 的 8 次方结果，如图 6-103 所示。

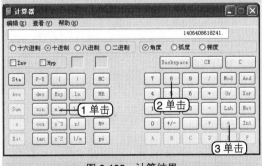

图 6-103　计算结果

下面以计算 5 的 5 次方根为例讲解 N 次方根的计算方法，其具体操作如下。

1 在科学型计算器中选中"Inv"复选框，然后单击 5 按钮，如图 6-104 所示。

2 依次单击 x^y 按钮和 5 按钮，最后单击 $=$ 按钮可看到结果，如图 6-105 所示。

图 6-104　输入数据

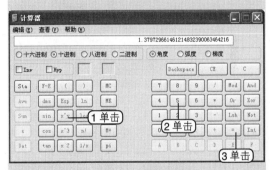

图 6-105　计算出的结果

科学型计算器还可对多个数据进行统计运算，下面以计算 90、53、48 这几个数的平均值、标准差为例进行介绍，其具体操作如下。

1 在科学型计算器中单击 Sta 按钮，打开"统计框"对话框，如图 6-106 所示。

图 6-106　"统计框"对话框

2 单击计算器标题栏，切换到该界面，输入第一个要计算的数值"90"，如图 6-107 所示。

图 6-107　输入"90"

图 6-110　计算平均值

③ 单击 Dat 按钮，将数字90添加到"统计框"对话框中，如图6-108所示。

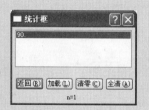

图 6-108　添加数值

④ 用同样的方法输入第2个和第3个数值，并将其添加到"统计框"对话框中，此时的"统计框"对话框中就有3个数字了，如图9-109所示。

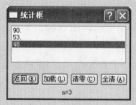

图 6-109　数据添加完成

⑤ 单击 Ave 按钮，计算出这3个数的平均值，如图6-110所示。

⑥ 单击 s 按钮，计算出这3个数的标准差，如图6-111所示。

图 6-111　标准差的计算结果

日常生活和工作中常会遇到数值进制的转换问题，此时就可借助科学型计算器轻松完成。下面以将十进制数536转换成十六进制的数值为例进行讲解，其具体操作如下。

① 在科学型计算器中输入要转换的数值"536"。

② 选中"十六进制"单选按钮，将显示已经转换成十六进制的数值，如图6-112所示。

图 6-112　进制转换

6.4.4 自测练习及解题思路

1．测试题目

第1题 将计算器切换为标准型计算器。

第2题 通过"开始"菜单打开计算器。

第3题 利用科学型模式将二进制的BCD转换为十六进制。

第4题 打开"计算器"应用程序，利用科学型模式将十六进制的ABC转换为二进制。

第5题 打开"计算器"应用程序，并使用鼠标操作计算342*34的结果。

2．解题思路

第1题 选择【查看】→【科学型】命令。

第2题 选择【开始】→【所有程序】→【附件】→【计算器】命令。

第3题 参考6.4.3小节。

第4题 选择【查看】→【科学型】命令，选中"十六进制"单选按钮，用鼠标单击计算器键盘的ABC；或用键盘按出ABC，然后选择"二进制"单选按钮。

第5题 选择【开始】→【所有程序】→【附件】→【计算器】命令，打开"计算机"应用程序，用鼠标单击计算器键盘的"342*34="键。

6.5 通讯簿

考点分析：这一考点是基础考点，建议考生要非常熟悉这一块的知识，尽量获得这类题目的分数。考试题目通常会要求考生连续执行两个以上的操作，如查找联系人后编辑联系人的信息。

学习建议：熟练掌握通讯簿的各种相关造作。

6.5.1 认识通讯簿

Windows XP中的"通讯簿"是为提供了存储联系人信息的场所。用户可以在"通讯簿"中添加联系人的电子邮件地址、通讯地址、家庭情况等信息，并可对其进行分组管理。"通讯簿"文件的扩展名为WAB。

选择【开始】→【所有程序】→【附件】→【通讯簿】命令，启动通讯簿程序，如图6-113所示。

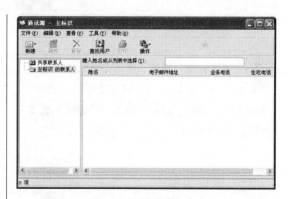

图6-113 "通讯簿"窗口

6.5.2 管理联系人信息

1．添加联系人

添加联系人到"通讯簿"的常用方法主要有两种。

方法 1：通过菜单命令新建联系人。

通过菜单命令新建联系人的具体操作如下。

❶ 选择【文件】→【新建联系人】命令，或单击工具栏中的"新建"按钮，在其下拉列表框中选择"新建联系人"命令，打开联系人"属性"对话框，如图 6-114 所示。

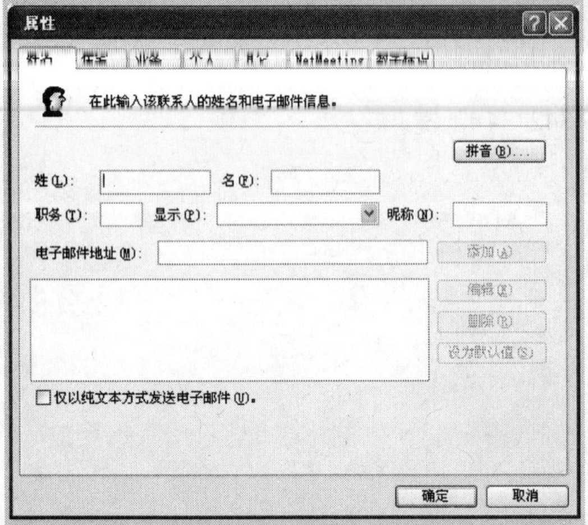

图 6-114 "属性"对话框

❷ 在"姓名"选项卡的相应文本框中输入联系人的姓、名和电子邮件地址等基本信息，然后单击"添加"按钮，"电子邮件地址"文本框中的电子邮件地址将添加到列表框中。

☀ **操作提示**

如果该联系人有多个电子邮件地址，可以选择最常用的电子邮件地址，并单击"设置默认值"按钮，将其设置为默认的电子邮件地址。

❸ 在其他各个选项卡上，可以添加联系人的其他相关信息，如在"住宅"选项卡中可以设置联系人的家庭住址、住宅电话等信息，如图 6-115 所示。

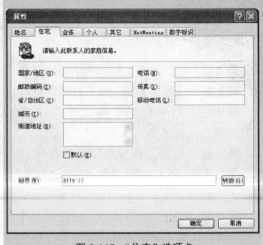

图 6-115 "住宅"选项卡

❹ 设置完所有的选项卡信息后，单击"确定"按钮，即可将该联系人添加到"通讯簿"中。

方法 2：通过快捷键新建联系人。

按【Ctrl+N】组合键打开联系人"属性"对话框，其后的操作与使用菜单命令的操作步骤相同，这里便不再赘述。

2．查找联系人

要查找联系人可以通过联系人的某些信息在"通讯簿"中快速找到相应的联系人，查找联系人的常用方法主要有两种。

方法 1：通过菜单命令查找联系人。

通过菜单命令查找联系人的具体操作如下。

❶ 在"通讯簿"窗口中，选择【编辑】→【查找用户】命令，或单击工具栏中的"查找用户"按钮，将打开如图 6-116 所示的"查找用户"对话框。

❷ 在其中输入部分或全部已知信息，单击"开始查找"按钮，符合查找条件的联系人将被显示在对话框的下方，如图 6-117 所示。

图 6-116　"查找用户"对话框

图 6-117　查找到的联系人

☀　　**操作提示**

单击"全部清除"按钮，可以清除已输入的查找细节，以方便用户重新输入其他查找信息。

方法 2：通过快捷键查找联系人。

按【Ctrl+F】组合键打开"查找用户"对话框，其后的操作与使用菜单命令的操作步骤相同，这里便不再赘述。

3．编辑联系人信息

编辑联系人信息的具体操作如下。

　　① 在"通讯簿"窗口中选择需要编辑的联系人。

　　② 选择【文件】→【属性】命令，或单击工具栏中的"属性"按钮，打开所选联系人的属性对话框。

　　③ 编辑修改各个选项卡中的相应信息，完成后单击"确定"按钮。

☀　　**操作提示**

编辑联系人信息操作，也可以通过"查找用户"对话框先找到需要编辑的联系人，然后在"查找用户"对话框中选中联系人，单击"属性"按钮实现编辑操作。

6.5.3　创建联系人组

在"通讯簿"中创建联系人组，可以方便用户利用组名同时给组内的所有成员群发邮件。

方法 1：通过菜单命令创建联系人组。

通过菜单命令创建联系人组的具体操作如下。

　　① 在"通讯簿"窗口中选择【文件】→【新建组】命令，或单击"工具栏"中的"新建"按钮，在其下拉列表中选择"新建组"命令，打开组"属性"对话框，如图 6-118 所示。

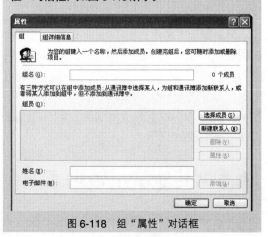

图 6-118　组"属性"对话框

② 在"组名"文本框中输入联系人组的名称，并通过以下操作完成组内设定：

◇在"姓名"和"电子邮件"文本框中，可以输入想添加到联系人组中，但不添加到通讯簿中的联系人的姓名和电子邮件地址。

◇从通讯簿中选择组成员：单击"选择成员"按钮，打开"选择组成员"对话框，为该联系人组从通讯簿中选择成员。

◇为联系人组添加一个尚未输入信息的成员：单击"新建联系人"按钮，打开联系人"属性"对话框，此时即可在各个选项卡中输入联系人的相应信息。

③ 单击"确定"按钮，完成联系人组的创建。

方法2：通过快捷键创建联系人组。

按【Ctrl+G】组合键打开"属性"对话框，其后的操作与使用菜单命令的操作步骤相同，这里便不再赘述。

联系人组一经创建，就可以将该组名作为收件人来为组内成员同时发送邮件。

6.5.4 自测练习及解题思路

1．测试题目

第1题 使用"开始"菜单启动通讯簿程序。

第2题 在桌面上已启动的通讯簿程序中添加联系人信息，该人的基本情况为：姓名是"何木"，电子邮件地址为 hemu@silang.com，仅以纯文本方式发送电子邮件；住宅电话是 62000000；公司名称为"广成"，建立完毕后，关闭通讯薄窗口（通过菜单命令关闭）。

第3题 利用"开始"菜单打开"通讯簿"窗口，新建一个组，组名为"朋友"，该组的第一个成员是通讯簿中已有的联系人"罗越"，再在组中新建一个联系人，该人的基本情况为：姓名"姚小东"，电子邮件地址为 yaoxiaod@163.com（请按题目顺序值写），建立完毕后，关闭通讯簿窗口（使用标题栏关闭）。

第4题 利用"开始"菜单打开"通讯簿"窗口，新建一个联系人，该人的基本情况为：姓名是"程弋"，电子邮件地址为 chengyi@sohu.com，住宅邮政编码是 100875，电话是 62208318，移动电话号码是 13401174568；公司名称为"京海"、公司所在国家"中国"，所在城市"南京"（请按题目顺序值写）。建立完毕后，关闭通讯薄窗口。

2．解题思路

第1题 选择【开始】→【所有程序】→【附件】→【通讯簿】命令。

第2题 选择【文件】→【新建联系人】命令，在打开的对话框中单击"姓名"、"住宅"和"业务"选项卡，在其中输入题目中要求的信息即可，完成后选择【文件】→【退出】命令关闭窗口。

第3题 打开"通讯簿"窗口同第1题。选择【文件】→【新建组】命令，在打开的对话框中输入相应信息即可，完成后单击标题栏右侧的"关闭"按钮关闭"通讯簿"窗口。

第4题 操作思路同上。

6.6 其他常用辅助工具

考点分析：这一节的考点主要集中在放大镜和屏幕键盘这两个辅助工具的具体操作上，如启动放大镜、使用放大镜以及对它进行设置。

学习建议：记住放大镜和屏幕键盘辅助工具的启动和使用方法。

6.6.1 放大镜

除了上面讲解的常用附件之外，还有放大镜和屏幕键盘等各种实用的附件，下面分别讲解其用法。

放大镜是为有轻度视觉障碍的用户提供的一种程序，其具体操作如下。

1 选择【开始】→【所有程序】→【附件】→【辅助工具】→【放大镜】命令，即可启动放大镜程序，放大效果自动出现在桌面上方，如图6-119所示。

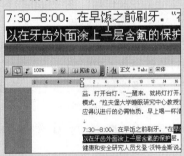

图6-119 放大效果

2 在打开的提示对话框中将会提示设计放大镜程序的目的，单击 确定 按钮关闭该对话框，并出现如图6-120所示的"放大镜设置"窗口。

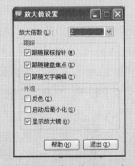

图6-120 "放大镜设置"窗口

3 在"放大倍数"下拉列表框中可选择放

大镜的放大倍数，在"跟踪"栏中选中相应的复选框可设置显示放大效果的跟踪方式，系统默认选中所有的跟踪方式。

4 在"外观"栏中选中相应的复选框可设置放大镜程序的外观。

5 此时移动鼠标指针，在窗口上方将同步显示放大的效果。

6 使用完成后单击 退出(X) 按钮可退出程序，并恢复到默认的显示状态。

6.6.2 屏幕键盘

屏幕键盘是为有行动障碍的用户提供的一种程序。选择【开始】→【所有程序】→【附件】→【辅助工具】→【屏幕键盘】命令即可将其启动，如图6-121所示。

图6-121 屏幕键盘

当启动屏幕键盘程序时，会打开一个提示对话框，提示设计屏幕键盘程序的目的。

操作屏幕键盘与实际键盘最大的区别是：前者是通过鼠标进行操作的，只需将鼠标指针移至所需的键位按钮上并单击，便可输入相应的数据。

在"键盘"菜单中可设置"键盘"的键位、布局等，在"设置"菜单中可设置"键盘"的声效、字体等，选择【文件】→【退出】命令可退出屏幕键盘程序。

6.6.3 自测练习及解题思路

1．测试题目

第1题 打开放大镜，并设置放大倍数为3倍。

第2题 通过"开始"菜单打开屏幕键盘程序。

第3题 利用屏幕键盘在记事本窗口中输入"新年快乐!"。

第4题 打开辅助工具"屏幕键盘",并设置为增强型键盘106键。

2．解题思路

第1题 参考6.6.1小节。

第2题 选择【开始】→【所有程序】→【附件】→【辅助工具】→【屏幕键盘】命令。

第3题 参考6.6.2小节。

第4题 打开方式同第2题。选择【键盘】→【增强型键盘】命令,在选择【键盘】→【106键】命令。

6.7 剪贴板

考点分析：这是基础考点,关于剪贴板的考题主要考查打开剪贴板的方法,将内容放入剪贴板的方法,以及保存、使用和清除剪贴板的内容等操作。

学习建议：熟练掌握剪贴板的各种操作。

6.7.1 打开剪贴板

剪贴板是复制或剪切内容时临时存放的空间。放在剪贴板中的内容会一直保留到被另一个内容覆盖或退出 Windows XP 操作系统为止。下面详细讲解有关剪贴板的各种操作。

选择【开始】→【所有程序】→【附件】→【剪贴板查看器】命令即可打开"剪贴板查看器"窗口,如图 6-122 所示。

图 6-122 "剪贴板查看器"窗口

6.7.2 将内容放入剪贴板

在执行某些操作后,系统会将内容放入剪贴板中,主要有如下几种操作。

方法1：当选择对象并执行剪切操作后,选择的对象将被放入剪贴板。

方法2：当选择对象并执行复制操作后,选择的对象将被放入剪贴板。

方法3：按【PrintScreen】键将把当前屏幕图像放入剪贴板。

方法4：按【Alt＋PrintScreen】组合键,将把当前活动窗口放入剪贴板。

6.7.3 保存剪贴板中的内容

若不想丢失剪贴板中的内容可以将其保存成文件,其具体操作如下。

❶ 在"剪贴板查看器"窗口中选择【文件】→【另存为】命令,打开"另存为"对话框,如图 6-123 所示。

❷ 在"文件名"下拉列表框中输入文件名,在"保持类型"下拉列表框中选择文件类型,这里保持默认设置,单击 保存(S) 按钮即可将文件保存为后缀名为 .clp 文件。

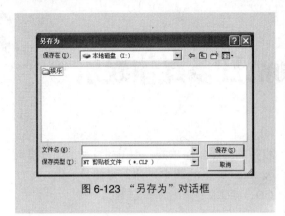

图 6-123 "另存为"对话框

6.7.4 使用剪贴板中的内容

　　需要使用剪贴板文件时可以将其打开，其具体操作如下。

　　❶ 在"剪贴板查看器"窗口中选择【文件】→【打开】命令，打开"打开"对话框，如图 6-124 所示。

图 6-124 "打开"对话框

　　❷ 在中间的列表框中选择"ss.clp"文件，单击 打开(0) 按钮即可打开该文件。
　　❸ 在需要放入剪贴板内容的文档中定位插入点，执行"粘贴"命令即可。

6.7.5 清除剪贴板中的内容

　　剪贴板中的内容也可以清行除，选择【编辑】→【删除】命令或按【Delete】键，

打开"清除剪贴板内容"提示对话框，如图 6-125 所示，单击 是(Y) 按钮即可。

图 6-125 提示对话框

6.7.6 自测练习及解题思路

1．测试题目

　　第1题 通过"开始"菜单打开"剪贴板查看器"窗口。
　　第2题 请将当前桌面上的"任务"文件夹放入剪贴板，然后粘贴到其他应用程序中。
　　第3题 将当前屏幕内容复制到剪贴板，并在写字板程序中打开。
　　第4题 清除剪贴板中的内容。
　　第5题 查看当前剪贴板中的内容，并将它保存到 F 盘，文件名为"记录"。

2．解题思路

　　第1题 选择【开始】→【所有程序】→【附件】→【剪贴板查看器】命令。
　　第2题 复制"任务"文件夹。
　　第3题 按【PrintScreen】键，再启动"写字板"程序进行粘贴。
　　第4题 参考 6.7.5 小节。
　　第5题 参考 6.7.3 小节。

第7章 ·Windows XP多媒体娱乐·

多媒体技术是指利用计算机将文本、图形、图像、声音、动画和视频等多种媒体元素进行综合处理并融为一体的技术。Windows XP 中的多媒体娱乐功能，包括录音机、多媒体播放器 Windows Media Player 和影像处理软件 Windows Movie Maker，本章将对这些知识进行详细讲解。

本章考点

☑ **要求掌握的知识**
　■ Windows Media Player 的使用
　■ 录音机的使用
☑ **要求熟悉的知识**
　■ Windows Movie Maker 的使用
☑ **要求了解的知识**
　■ 多媒体播放设备的设置

7.1 Windows Media Player

考点分析：这是一个常考的知识点，主要考查如何使用 Windows Media Player 添加媒体文件。操作较简单，务必掌握。

学习建议：熟练掌握 Windows Media Player 的各种操作。

7.1.1 认识Windows Media Player

Windows Media Player 是一款 Windows XP 自带的多媒体播放器，用于播放和组织计算机及 Internet 上的数字媒体，可播放 DVD\VCD\CD，创建 CD 和收听广播等。

1．Windows Media Player 的界面

启动 Windows Media Player 有以下两种方法。

方法1：选择【开始】→【所有程序】→【Windows Media Player】命令。

方法2：利用"我的电脑"打开"C：\Program\Windows Media Player"文件夹，双击运行"wmplayer.exe"文件。

执行以上任一操作方法后，便可进入 Windows Media Player 的工作界面，如图7-1 所示。

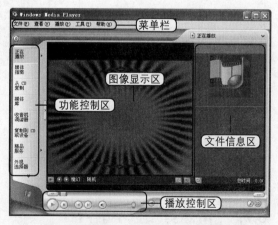

图7-1　Windows Media Player 工作界面

该工作界面主要由 菜单栏、功能控制区、

播放控制区、图像显示区和文件信息区组成，其中各组成区域的作用介绍如下。

◆ 功能控制区：单击该区域中相应的按钮可执行相应的操作，如单击"从 CD 复制"按钮可复制 CD 中的音频文件。

◆ 图像显示区：当播放的是音频文件时，该区域将显示播放器自带的某种可视化效果，当播放的是视频文件时，该区域将显示相应的视频图像。

◆ 文件信息区：该区域将显示当前播放文件的信息，如文件播放的时间、文件名等。

◆ 播放控制区：该区域提供了用于控制音乐或电影播放的各个控制按钮，其作用与生活中的录音机以及随身听相似，这里不再介绍。

2．Windows Media Player 的显示模式

Windows Media Player 中包括完整模式、外观模式和最小播放机模式 3 种显示模式。

◆ 完整模式：该模式是播放器的默认视图模式，在该模式中可以使用播放器的全部功能，包括在外观模式和最小播放机模式中不可用的功能，如"媒体指南"和"媒体库"等。

◆ 外观模式：该模式是播放器的一种视图模式，要比完整模式的界面更小一些，拥有与完整模式不同的显示主题，使用方法是单击功能控制区中的"外观选择器"按钮，为外观模式选择不同的显示效果，如图 7-2 所示为外观模式下的播放器。

◆ 最小播放机模式：该模式下播放器将最小化为任务栏中的一个工具栏，其中提供了播放、上一个曲目、下一个曲目、停止和调整音量等常用功能。

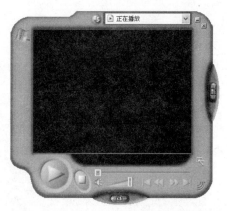

图 7-2　Windows Media Player 的外观模式

在 Windows Media Player 完整模式中，选择"查看"菜单，在弹出的菜单中选择相应的命令，或单击工作界面右下角的"切换到外观模式"按钮即可改变 Windows Media Player 的显示模式。

7.1.2　播放DVD\VCD\CD及媒体文件

利用 Windows Media Player 可以播放光盘或硬盘中的多种媒体文件，如 .wav、.mp3、.midi、.rm 和 .wma 等格式的文件。

1．播放 DVD\VCD\CD

在播放器中播放 DVD\VCD\CD 的方法是类似的，下面以播放 VCD 为例具体讲解播放 DVD\VCD\CD 的方法，其具体操作如下。

1 选择【开始】→【所有程序】→【Windows Media Player】命令，启动 Windows Media Player，并将 VCD 光盘放入到光盘驱动器中。

2 选择【播放】→【DVD、VCD 或 CD 音频】命令，即可播放放入到光盘驱动器中的 VCD 光盘，如图 7-3 所示。

图 7-3 播放 VCD

☀ **操作提示**

当用户将 VCD 光盘放入光驱后，若光盘具有自动播放功能，系统将自动识别该光盘内容，并自动打开默认的播放器进行播放。

2．播放媒体文件

有些声音或视频文件是以文件的形式存储在计算机中的，这些媒体文件可以通过以下 3 种方法进行播放。

方法 1：通过菜单命令播放。

在 Windows Media Player 中，选择【文件】→【打开】命令，在打开的"打开"对话框中选择需要进行播放的一个或多个媒体文件，然后单击 [打开(O)] 按钮即可。

方法 2：通过快捷键播放。

按【Ctrl+O】组合键打开"打开"对话框，选择媒体文件的位置和要播放的文件后单击 [打开(O)] 按钮。

方法 3：通过"打开方式"命令播放。

在"我的电脑"或"资源管理器"窗口中，选择需要进行播放的媒体文件，选择【文件】→【打开方式】→【Windows Media Player】命令，或在选择的媒体文件上单击鼠标右键，在弹出的快捷菜单中选择【打开方式】→【Windows Media Player】命令，将使用 Windows Media Player 进行播放。

3．播放选项设置

在 Windows Media Player 中，可以通过"播放"菜单设置播放选项，主要功能设置的方法如下。

◈ 重复播放：选择 【播放】 → 【重复】命令， 可以实现重复播放功能。

◈ 调整播放速度：选择【播放】→【播放速度】命令，可以将播放的速度调整为"快速"、"正常"和"慢速"播放。

◈ 字幕显示：选择【播放】→【字幕】命令，可以打开或关闭字幕显示，选择"字幕"子菜单中的"默认设置"命令，可以设置用于字幕显示的语言和用于音频输出的语言。

◈ 音量调整：选择【播放】→【音量】命令，可以增大或减小音量，还可设置为静音。

除此之外，用户还可根据需要对多媒体播放机的选项进行相关设置。方法是选择【工具】→【选项】命令，将打开如图 7-4 所示的"选项"对话框，在对话框中包括了"播放机"、"媒体库"、"文件类型"、"复制音乐"、"设备"、"性能"、"插件"和"隐私"等选项卡。单击各个选项卡，可根据需要对其选项进行设置。

如在"文件类型"选项卡中选中"所有的复选框，可将 Windows Media Player 设置为默认的播放机，在光盘驱动器中放入 DVD、VCD

或 CD 后，计算机将自动启动 Windows Media Player，并自动播放 DVD、VCD 或 CD。

图 7-4　"选项"对话框

考场点拨

考试时可能重点考查"播放机"和"文件类型"选项卡中的设置，考生可着重熟悉其中的选项。另外，考试时如果要求对音频的属性和声音方案进行设置，可在任务栏的提示区中用右键单击音量图标，在弹出的快捷菜单中选择"调整音频属性"命令，在打开的对话框中单击各选项卡进行设置。

4．更改播放时的界面

在完整模式视图中，可以利用"查看"菜单改变 Windows Media Player 播放时的界面。

◈ 改变"正在播放"选项：选择【查看】→【"正在播放"选项】命令，在弹出的子菜单中可以设置 Windows Media Player 在播放时是否显示标题、媒体信息、播放列表和大小调整栏等，如图 7-5 所示。

◈ 设置播放的可视化效果：选择【查看】→【可视化效果】命令，在弹出

的子菜单中可以设置 Windows Media Player 在播放时是否显示可视化效果，并可选择显示何种样式的可视化效果等，如图 7-6 所示。

图 7-5　"'正在播放'选项"子菜单

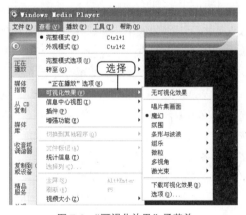

图 7-6　"可视化效果"子菜单

7.1.3　使用媒体库

Windows Media Player 提供了一个"媒体库"功能，用户可以通过"媒体库"管理本地计算机中的媒体文件。在 Windows Media Player 的完整模式下单击功能控制区的"媒体库"按钮，打开"媒体库"窗口，如图 7-7 所示。

图 7-7 "媒体库"窗口

1. 将媒体文件添加到媒体库

在用媒体库管理媒体文件前，必须先将媒体文件添加到媒体库中。将媒体文件添加到媒体库中的方法主要有以下几种。

方法 1：通过"文件"菜单命令添加。

在 Windows Media Player 的完整模式下，选择【文件】→【添加到媒体库】命令，在弹出的子菜单中可选择相应的命令添加媒体文件。各命令的作用介绍如下。

◆ 选择"添加搜索计算机"命令，可在计算机中搜索相关的媒体文件，并将其添加到媒体库中。

◆ 选择"添加正在播放的曲目"或"添加正在播放的播放列表"命令，可将播放中的媒体文件或播放列表添加到媒体库中。

◆ 选择"添加文件夹"或"添加文件或播放列表"命令，可将指定的文件、文件夹或播放列表添加到媒体库中。

下面以添加计算机中的媒体文件到媒体库中为例进行讲解，其具体操作如下。

❶ 选择【文件】→【添加到媒体库】→【通过搜索计算机】命令，打开"通过搜索计算机添加到媒体库"对话框。如图 7-8 所示。

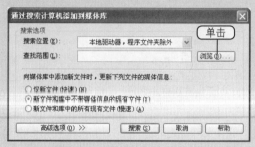

图 7-8 "通过—媒体库"对话框

❷ 单击"查找范围"文本框后的 浏览(B)... 按钮，打开"浏览文件夹"对话框，再单击音乐文件所在文件夹，如"F:\ 音乐"，如图 7-9 所示。

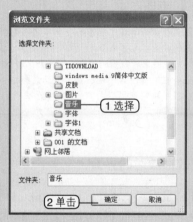

图 7-9 选择媒体文件所在的文件夹

❸ 单击 确定 按钮，返回"通过搜索计算机添加到媒体库"对话框，单击 搜索(S) 按钮，系统开始搜索媒体文件，并显示出搜索进度，如图 7-10 所示。

❹ 当搜索完成后，打开如图 7-11 所示的对话框，单击 关闭 按钮，将这些音乐文件添加到媒体库中。

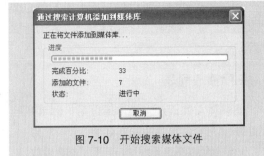

图 7-10　开始搜索媒体文件

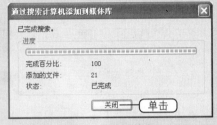

图 7-11　完成搜索

⑤ 选择"媒体库"中的"所有音乐"文件夹选项，在右侧的列表框中将显示所添加的音频文件，如图 7-12 所示。

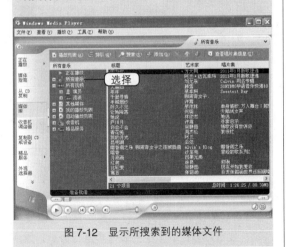

图 7-12　显示所搜索到的媒体文件

方法 2：通过"工具"菜单命令添加。

在 Windows Media Player 的完整模式下，选择【工具】→【选项】命令，打开如图 7-13 所示的"选项"对话框，其添加方法如下。

◈ 在"播放机"选项卡中，选中"播放后将音乐文件添加到媒体库"复选框，

可以实现在播放后将文件添加到媒体库中。

◈ 在"媒体库"选项卡中，选中"自动将购买的音乐添加到媒体库"复选框，可以将 Internet 上购买的音乐自动添加到媒体库中。

图 7-13　"选项"对话框

方法 3：通过 CD 添加。

将 CD 放入光盘驱动器中，选择【文件】→【复制】→【从音频 CD 复制】命令，可以将 CD 中的媒体文件添加到媒体库中。

2．删除媒体库中的媒体文件

将媒体文件从媒体库中删除的具体操作如下。

① 在 Windows Media Player 的完整模式下，单击功能控制区中的"媒体库"按钮，显示媒体库信息，如图 7-14 所示。

② 展开媒体类别并选择需要删除的媒体文件，单击鼠标右键，在弹出的快捷菜单中选择"从库中删除"命令或单击工具栏上的 ✕ 按钮，在弹出的菜单中选择"从库中删除"命令，打开如图 7-15 所示的删除提示对话框。

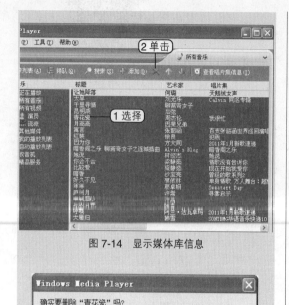

图 7-14 显示媒体库信息

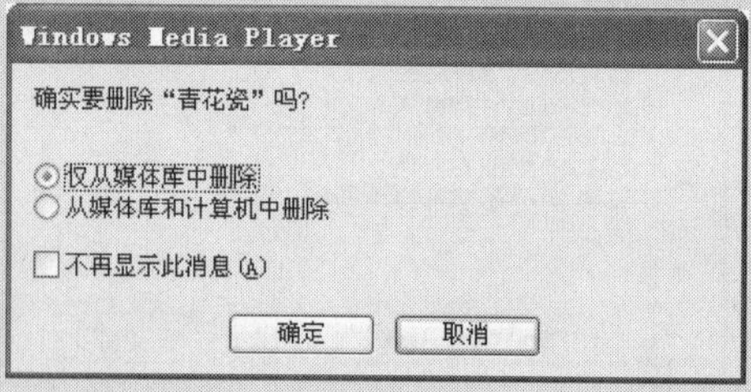

图 7-15 提示对话框

☀ **操作提示**

在左侧窗格中单击+按钮，可展开需要的选项，单击-按钮，可关闭展开的选项；双击某个选项，也可将其展开或关闭。

3 若需要从媒体库中删除文件的同时，也将其从计算机删除，可以选中"从媒体库和计算机中删除"单选按钮，否则选中"仅从媒体库中删除"单选按钮。这里选中"仅从媒体库中删除"单选按钮。

4 完成后单击 确定 按钮确认删除。

7.1.4 管理播放列表

播放列表是指用户可以将喜欢的数字媒体文件自定义为一个列表，以便于随时播放。

使用播放列表还可以便于用户对不同的媒体文件进行分组管理，并按指定媒体文件的播放顺序。

1．创建播放列表

将媒体文件添加到媒体库以后，即可开始创建播放列表，其具体操作如下。

1 执行以下任一操作，打开"新建播放列表"对话框。

❀ 单击 Windows Media Player 窗口功能控制区的"媒体库"按钮，在打开的窗口中单击 ▶播放列表(A) 按钮，在弹出的菜单中选择"新建播放列表"命令，如图 7-16 所示。

◈ 选择【文件】→【新建播放列表】命令，也可打开"新建播放列表"对话框。

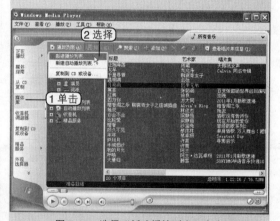

图 7-16 选择"新建播放列表"命令

2 打开"新建播放列表"对话框后，前面搜索到的所有媒体文件将按照文件的信息在"媒体库查看方式"下拉列表框中进行分类，如图 7-17 所示。

3 在该下拉列表框中选择一种查看方式选项，然后在其下的列表框中单击媒体文件即可将其添加到右侧的"播放列表名称"文本框下方的列表框中，如图 7-18 所示。

4 在"播放列表名称"文本框中输入创建

的列表名称，如"我自己的列表"，然后单击 确定 按钮，如图7-19所示。

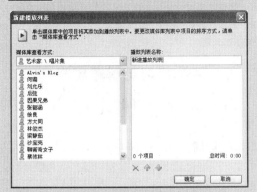

图7-17 "新建播放列表"对话框

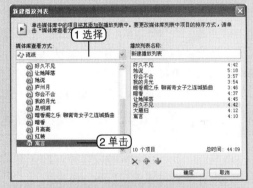

图7-18 添加文件到播放列表中

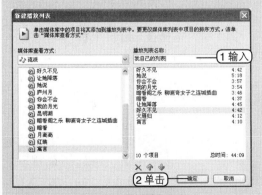

图7-19 输入列表名称

5 在返回的窗口中即可看到创建的"我自己的列表"播放列表，如图7-20所示。双击该列表选项或单击列表中某一文件选项即可开始播放。

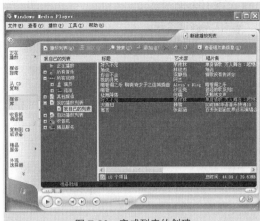

图7-20 完成列表的创建

考场点拨

考试时题目中一般会指出要求添加到播放列表中的音乐数量，考生只需在"新建播放列表"对话框中选择并添加相应数量的媒体文件便可。

另外，还可将包含媒体文件的文件夹添加到播放列表中，其具体操作如下。

1 在"我的电脑"或"资源管理器"窗口中，选择所要添加到播放列表中的文件夹，单击右键，在弹出的快捷菜单中选择"添加到播放列表"命令，打开"添加到播放列表"对话框，如图7-21所示。

图7-21 "添加到播放列表"对话框

2 在其中选择要添加到的播放列表，然后单击 确定 按钮，即可将选择的媒体文件夹添加到播放列表中。

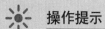

操作提示

在对话框中单击 新建(D) 按钮，可将选择的媒体文件夹放到新创建的播放列表中。另外，单个的媒体文件也可使用该方法将其添加到播放列表中。

操作提示

右键单击需要播放的播放列表，在弹出的快捷菜单中选择"播放"命令，即可播放选择的播放列表。

7.1.5 自测练习与解题思路

第 1 题 通过"开始"菜单打开 Windows Media Player。

第 2 题 将 Windows Media Player 播放时的"可视化效果"设置为"氛围"中的"泡沫"，并观看其效果。

第 3 题 将 Windows Media Player 从当前的完整模式转换为 Revert 外观模式。

第 4 题 在 Windows Media Player 中，创建一个名为"我喜欢的音乐"的播放列表，在其中要包含 5 首歌曲。

第 5 题 在 Windows Media Player 中，将计算机 D 盘中的"音频"文件夹添加到媒体库中。

第 6 题 在"声音和音频设备属性"对话框中将声音方案设置为"Windows 默认"。

2．管理创建的播放列表

Windows Media Player 不仅可以创建属于自己的播放列表，还可对其中的媒体文件进行添加和删除等管理，其具体操作如下。

1 单击 Windows Media Player 窗口中功能控制区的"媒体库"按钮。

2 在打开的窗口中单击 ▶ 播放列表(A) 按钮，在弹出的菜单中选择"编辑播放列表"命令，打开"编辑播放列表"对话框，如图 7-22 所示。

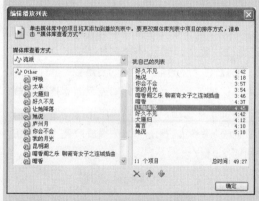

图 7-22 "编辑播放列表"对话框

3 在该对话框左侧的列表框中单击媒体文件选项可将其添加到右侧的列表框中。

4 选择"编辑播放列表"对话框右侧的列表框中某一选项，将激活其下的 3 个按钮，单击 ✕ 按钮可删除选择的媒体文件，单击 ⬆ 按钮可将选择的媒体文件向上移动一个文件的位置，单击 ⬇ 按钮可将文件向下移动一个文件的位置。

2．解题思路

第 1 题 选择【开始】→【所有程序】→【Windows Media Player】命令。

第 2 题 启动 Windows Media Player 后，选择【查看】→【可视化效果】→【氛围】→【泡沫】命令。

第 3 题 单击 Windows Media Player 功能控制区中的"外观选择器"按钮，在右侧选择"Revert"选项，然后单击上方的 ✓ 应用外观(A) 按钮。

第 4 题 参考 7.1.4 小节的第 1 小点。

第 5 题 参考 7.1.3 小节的第 1 小点。

第 6 题 单击"声音"选项卡再设置。

7.2 录音机

考点分析：该考点的出题概率较大，需要重点掌握，考试时一般会出现 1～2 道这方面的考题，考生应尽量获得该考点的全部分数。.

学习建议：熟练掌握录音机相关知识点的操作和应用。

7.2.1 录制声音

录音机是 Windows XP 自带的一个应用程序，可以录制、播放、混合和编辑 .wav 格式的声音文件。启动录音机程序的方法主要有以下两种。

方法 1：选择【开始】→【所有程序】→【附件】→【娱乐】→【录音机】命令。

方法 2：运行"C:\windows\system32"文件夹中的"sndrec32.exe"文件。

启动后的录音机程序如图 7-23 所示。

图 7-23 录音机

当确保音频输入设备（如麦克风）已经连接到计算机上，便可用录音机开始录制声音，录制声音文件的具体操作如下。

❶ 在录音机中选择【文件】→【新建】命令，然后单击 ● 按钮。

❷ 在录制过程中，如要停止录音，可单击 ■ 按钮。

❸ 当录音完成后，选择【文件】→【保存】命令，打开"另存为"对话框，输入录制

的声音文件名后，单击 保存(S) 按钮，将其保存为 .wav 波形文件。

将声音录制到已存在的声音文件中的具体操作如下。

❶ 选择【文件】→【打开】命令，打开需要修改的声音文件。

❷ 将滑动杆拖动到文件需要录音的位置，然后单击 ● 按钮，开始录制声音。

❸ 要停止录音时，可单击 ■ 按钮。

❹ 结束后，选择【文件】→【保存】命令，或选择【文件】→【另存为】命令，将修改后的声音文件进行保存即可。

7.2.2 播放声音

只有当计算机配有扬声器时，才可以播放 .wav 格式的声音文件。用录音机播放波形文件的具体操作如下。

❶ 选择【文件】→【打开】命令，在打开的"打开"对话框中，双击要播放的 .wav 文件。

❷ 单击 ▶ 按钮，开始播放声音。

❸ 单击 ■ 按钮，停止播放声音。

❹ 单击 ◀◀ 按钮，可以转到声音文件的开始处，单击 ▶▶ 按钮，可以转到声音文件末尾。

7.2.3 混合声音文件

录音机可以将不同的声音文件进行混音操作，然后创建为新的声音文件。其具体操作如下。

❶ 启动录音机，打开需要混入声音的声音文件。

❷ 将滑动杆拖动到需要混入声音文件的位置。

❸ 选择【编辑】→【与文件混音】命令，打开"混入文件"对话框，如图 7-24 所示。

④ 在对话框中，选择需要混合的声音文件，单击 打开(0) 按钮，或直接双击声音文件，即可完成。

图 7-24 "混入文件"对话框

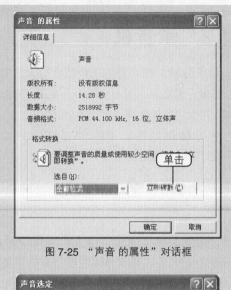

图 7-25 "声音 的属性"对话框

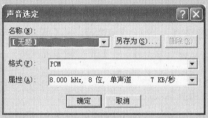

图 7-26 "声音选定"对话框

操作提示

在混合声音文件的操作过程中，只能混合未压缩的声音文件。

7.2.4 编辑声音文件

用户可以使用录音机对声音文件进行简单的编辑和处理，下面介绍一些简单的编辑处理操作。

1．转换声音格式

转换声音格式的具体操作如下。

① 在当前声音文件中，选择【文件】→【属性】命令，打开"声音 的属性"对话框，如图 7-25 所示。

② 在对话框的"格式转换"栏中，选择需要的声音文件格式，然后单击 立即转换(C) 按钮，打开"声音选定"对话框，如图 7-26 所示。

③ 根据提示选择声音文件的格式和属性，然后依次单击 确定 按钮即可完成转换。

考场点拨

在考查录音机的使用时，一道题中常会出现多个操作，如要求打开"录音机"窗口，再打开指定目录下某个波形文件，播放后再另存到其他位置，对于这类长难题，考生只需按顺序操作便可。

2．将声音文件插入到另一个声音文件中

将声音文件插入到另一个声音文件中的具体操作如下。

① 打开要插入声音的声音文件，将滑动杆移动到要插入其他声音文件的位置。

② 选择【编辑】→【插入文件】命令，打开"插入文件"对话框，在其中双击需要插入的文件。

③ 单击 ► 按钮，即可播放新的声音文件。

3．修改声音文件的效果

对于打开的声音文件，可以通过选择"效果"菜单下的命令来修改声音效果，包括以下修改效果。

◈ 更改声音文件的音量：选择【效果】→【加大音量（按25%）】（或【降低音量】）命令。

◈ 更改声音文件的速度：选择【效果】→【加速（按100%）】（或【减速】）命令。

◈ 反向播放声音文件：选择【效果】→【反转】命令，然后单击 ► 按钮。

◈ 为声音文件添加回音：选择【效果】→【添加回音】命令。

4．删除部分声音文件

删除部分声音文件的具体操作如下。

❶ 打开要修改的声音文件，将滑动杆移动到要删除的位置。

❷ 选择【编辑】→【删除当前位置之前的内容】（或【删除当前位置以后的位置】）命令，可删除相应位置的声音内容。

操作提示

在保存删除操作之前，用户可以通过【文件】→【恢复】命令，撤销误删除操作。

7.2.5　将声音文件添加到文档中

完成声音的录制后，可以将其添加到需要的文档中。

1．将声音文件插入到指定文档中

将声音文件插入到指定文档中的方法主要有以下几种。

方法1：通过菜单命令插入。

通过菜单命令将声音文件插入到指定文档中的具体操作如下。

❶ 打开需要插入的声音文件，选择【编辑】→【复制】命令，将打开的声音文件复制到"剪贴板"中。

❷ 打开需要插入声音文件的文档（如Word文档），将插入点定位在文档中需要插入声音文件的位置，然后选择【编辑】→【粘贴】命令，或单击鼠标右键，在弹出的快捷菜单中选择"粘贴"命令，完成后文档中将出现标志🔊，如图7-27所示。

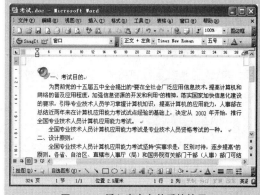

图7-27　插入声音文件后的效果

方法2：通过快捷键插入。

打开"录音机"窗口，按【Ctrl+C】组合键复制声音文件，然后打开需要插入声音文件的文档，在其中按【Ctrl+V】组合键粘贴声音文件。

2．将声音文件链接到文档中

除了可以将声音文件插入到文档中之外，还可以将其链接到文档中，主要有以下两种方法。

方法1：通过菜单命令链接。

下面以将声音文件插入到写字板文档中为例，介绍通过菜单命令在文档中插入声音文件的方法，其具体操作如下。

❶ 在录音机中打开需要插入的声音文件，

选择【编辑】→【复制】命令，将打开的声音文件复制到"剪贴板"中。

2 打开需要链接声音文件的文档（如写字板文档），将插入点定位在文档中需要插入声音文件的位置，然后选择【编辑】→【特殊粘贴】命令，打开"选择性粘贴"对话框，如图7-28所示。

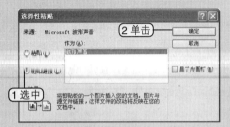

图7-28 "选择性粘贴"对话框

3 在对话框中，选中"粘贴链接"单选选项，单击 确定 按钮后，写字板文档中将出现标志，如图7-29所示。

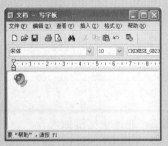

图7-29 链接后的效果

方法2：通过快捷键链接。

打开"录音机"窗口，按【Ctrl+C】组合键复制声音文件，然后打开需要链接声音文件的写字板文档，在其中选择【编辑】→【特殊粘贴】命令，然后在打开的对话框中进行粘贴。

7.2.6 自测练习与解题思路

1．测试题目

第1题 利用"开始"菜单打开"录音机"窗口。

第2题 利用录音机录制一段长度为80秒的独白，然后将该声音文件保存到D盘根目录下，文件名为"录音.wav"。

第3题 在"录音机"窗口打开"我的音乐"文件夹中的波形文件"诗歌朗诵.wav"，将其与同一文件夹中的波形文件"古筝弹奏曲.wav"混音，播放一次后，将该混音文件保存在G盘根目录下，文件名为"诗歌朗诵配乐.wav"。

第4题 利用"开始"菜单打开"录音机"窗口，录制长度为5秒的一段音乐，要求格式为"CCITT A-Law"，属性为"8.000kHz，8位，单声道7KB/秒"，然后将该声音文件保存到D盘根目录下，文件名为"Luck.wav"。

第5题 打开"录音机"窗口，在"录音机"窗口打开C盘根目录下的"民族歌曲.wav"波形文件，将其"加大音量（25%）"1次后再"加速"1次，然后播放一遍视听效果后，另存到"我的音乐"文件夹中，文件名为"加速后的民族歌曲.wav"。

第6题 在录音机窗口中打开"C:\民歌.wav"，将其复制在同一个录音机窗口。打开"流水.wav"进行粘贴插入，最后将插入了其他音乐的"流水.wav"保存到F盘根目录下。

2．解题思路

第1题 选择【开始】→【所有程序】→【附件】→【录音机】命令。

第2题 打开"录音机"窗口，通过单击 按钮和 按钮控制声音的录制。

第3题 选择【文件】→【打开】命令，找到需要打开的波形文件路径，将其打开，将该声音的滑动杆移动到需要混入声音的位置，然后选择【编辑】→【与文件混音】命令，打开需要混音的声音文件，完成后选择【文件】→【另存为】命令将其保存到指定的文件夹中。

第 4 题 打开"录音机"窗口，单击 ●按钮录制声音，后面操作可参考 7.2.4 小节的第 1 小点。最后将以"Luck.wav"为名进行保存。

第 5 题 选择【文件】→【打开】命令，打开声音文件，选择【效果】→【加大音量（按25%）】命令，再选择【效果】→【加速（按100%）】命令，单击 ▶ 按钮试听声音效果，最后将其以"加速后的民族歌曲 .wav"为名进行保存。

第 6 题 参考 7.2.4 小节的第 2 小点。

7.3 Windows Movie Maker

考点分析：本节的知识点是考试大纲中需要考生熟悉的，考试时一般会出现 1 ~ 2 道这方面的考题，而且操作较简单，因此考生应尽量获得这类题目的全部分数。

学习建议：熟练掌握 Windows Movie Maker 相关知识点的操作和应用。

7.3.1 认识Windows Movie Maker

Windows Movie Maker 用于制作电影片段，可以对导入或捕获的音频剪辑、视频剪辑和图片等进行编辑整理。

选择【开始】→【所有程序】→【附件】→【Windows Movie Maker】命令，或直接运行"C:\Program Files\Movie Maker" 文件夹中的 moviemk.exe 文件，启动 Windows Movie Maker 的工作界面，如图 7-30 所示。

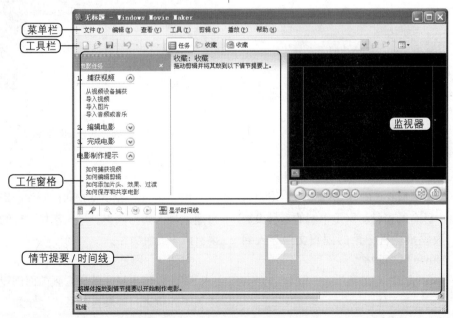

图 7-30 Windows Movie Maker 的工作界面

其工作界面主要由菜单栏、工具栏、工作窗格、监视器和情节提要/时间线等几部分组成，各主要组成部分的作用介绍如下。

◆ 工具栏：在菜单栏的下面是 Windows Movie Maker 的工具栏，使用工具栏可以快速地实现一些操作任务，它可以代替菜单中的大部分常用操作。

◆ 工作窗格：位于监视器左侧，可以对录制或导入的音频、视频和图像进行整理。

◆ 监视器：监视器可以预览视频内容，可以查看单个剪辑或者整个项目，它包括一个随着视频播放而移动的搜索滑块以及用于播放视频的监视器按钮。

◆ 情节提要/时间线：该区域是制作和编辑项目的区域，它由两个视图组成，即"情节提要"视图和"时间线"视图，用户可以从两个角度来制作电影。单击其左侧上方的 显示时间线 或 显示情节提要 按钮进行切换，如图 7-31 所示为"时间线"视图。

图 7-31 "时间线"视图

7.3.2 导入素材媒体文件

导入素材是指将现有的电影素材导入到 Windows Movie Maker 的收藏列表中。用户可以将硬盘中已有的素材、网上下载的素材或数码相机、数码摄像机记录的视频文件导入到 Windows Movie Maker 中。

1．创建收藏

创建收藏的具体操作如下。

1 在工具栏中单击 收藏 按钮，打开"收藏"窗格，在左侧选择新收藏的文件夹位置（即选择文件夹），如图 7-32 所示。

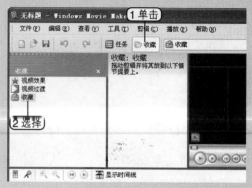

图 7-32 选择文件夹

2 选择【工具】→【新收藏文件夹】命令，输入新收藏的名称，即可在左侧选择的文件夹下方新建收藏文件夹，如图 7-33 所示。

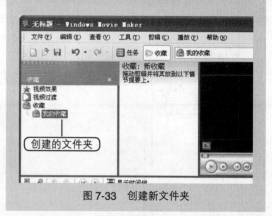

图 7-33 创建新文件夹

2．导入素材

用 Windows Movie Maker 制作电影的素材可通过导入素材获得。导入素材文件的方法主要有以下几种方法。

方法 1：通过"文件"菜单导入。

下面以将素材文件导入到前面创建的新文件夹中为例进行讲解，其具体操作如下。

1 在"收藏"窗格中，在左侧选择"我的

"收藏"文件夹，选择素材文件导入的目标位置。

2 选择【文件】→【导入到收藏】命令或按【Ctrl+I】组合键打开"导入文件"对话框，在对话框中选择文件的类型、存储位置和文件名，这里按【Ctrl+A】组合键全选文件。

3 完成后单击 导入(M) 按钮，导入后的文件如图 7-34 所示。

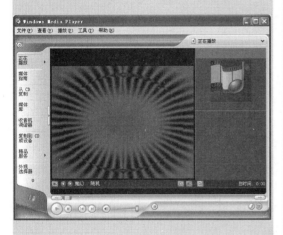

图 7-34　导入文件

方法 2：通过"电影任务"窗格导入。

通过"电影任务"窗格导入素材文件的具体操作如下。

1 在"收藏"窗格中，选择素材文件导入的目标文件夹位置。

2 单击工具栏中的 任务 按钮，打开"电影任务"窗格。

3 根据导入文件类型的不同，在"电影任务"窗格中的"捕获视频"下单击"导入视频"、"导入图片"或"导入音频或音乐"超级链接，打开"导入文件"对话框，如图 7-35 所示。

4 选择需要导入的视频文件后，单击 导入(M) 按钮后将显示导入素材的进度，完成后自动关闭该对话框，导入后的素材文件如图 7-36 所示。

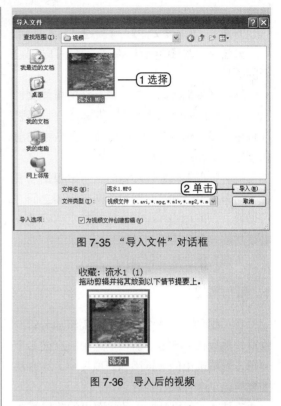

图 7-35　"导入文件"对话框

收藏：流水1 (1)
拖动剪辑并将其放到以下情节提要上。

图 7-36　导入后的视频

☀ **操作提示**

在"导入文件"对话框中，若选中下方的"为视频文件创建剪辑"复选框，表示视频文件通过剪辑检测过程被拆分为多个较小的视频剪辑，否则，则表示视频文件将被导入为一个视频剪辑。

☀ **操作提示**

在导入素材文件时，可一次性导入一个或多个文件。Windows Movie Maker 创建引用源文件的剪辑，而不会存储源文件的真正副本，并在"内容"窗格中显示出该剪辑。导入后，将不能对该源文件进行移动、重命名或删除等操作。

7.3.3　编辑项目

在对项目进行编辑之前，必须要创建新的

项目。主要有以下两种方法。

方法1：选择【文件】→【新建项目】命令。

方法2：按【Ctrl+N】组合键也可以创建新的项目。

新建项目后可以将导入或捕获的媒体文件从"内容"窗格中拖动到"情节提要/时间线"区域中，在"情节提要/时间线"区域中的剪辑便是项目和最终电影的内容。

同时，在编辑处理项目时，可以根据需要在"情节提要"和"时间线"两种视图之间进行切换，以便用户在编辑文件时能更清晰地查看添加的效果和所用的时间等。

下面具体讲解编辑项目的方法。

1. 添加剪辑

在"收藏"窗格中，选择需要添加剪辑的收藏，然后在"内容"窗格中选中一个或多个剪辑，可将选中的剪辑添加到项目中，其方法主要有以下两种。

方法1：利用鼠标拖动将选中的剪辑添加到"情节提要/时间线"视图中。

方法2：根据视图的不同，选择【剪辑】→【添加到情节提要】或【添加到时间线】命令，还可按【Ctrl+D】组合键。

2. 删除剪辑

删除剪辑主要有以下几种方法。

方法1：在"情节提要/时间线"区域中选中要删除的剪辑，然后选择【编辑】→【删除】命令。

方法2：按【Del】键删除选择的剪辑。

方法3：右键单击选择的剪辑，在弹出的快捷菜单中选择"删除"命令。

3. 剪裁剪辑

剪裁剪辑可以将不需要的剪辑信息隐藏

起来，使它们不出现在项目和最终保存的电影中。剪裁剪辑的具体操作如下。

1 将"情节提要/时间线"切换到"时间线"视图，然后执行以下任一操作。

◇ 选择【播放】→【播放剪辑】或【播放时间线】命令。

◇ 单击监视器中的"播放"按钮 ▶，播放剪辑，如图7-37所示。

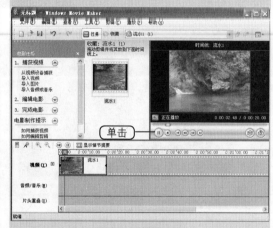

图7-37　播放剪辑

2 当播放到需要剪裁开始的点时，选择【剪辑】→【设置起始剪裁点】命令，或按【Ctrl+Shift+I】组合键，设置剪裁起始点。

3 当播放到需要剪裁结束的点时，选择【剪辑】→【设置终止剪裁点】命令，或按【Ctrl+Shift+O】组合键，设置剪裁终止点。

4 在"时间线"视图中裁剪后的剪辑如图7-38所示。

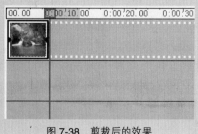

图7-38　剪裁后的效果

4. 拆分剪辑

拆分剪辑是指将一个大的剪辑拆分为两个小的剪辑，以便于用户管理。拆分剪辑的具体操作如下。

1 在"内容"窗格或"情节提要/时间线"中，选中要拆分的剪辑，然后播放选择的剪辑。

◇ 选择【播放】→【暂停剪辑】命令，或按空格键。

◇ 单击监视器中的"暂停"按钮 ⑪，使剪辑在需要拆分的点暂停播放，如图7-39所示。

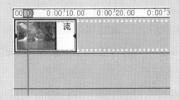

图7-39　暂停播放剪辑

2 选择【剪辑】→【拆分】命令，或按【Ctrl+L】组合键，拆分剪辑后的效果如图7-40所示。

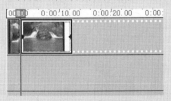

图7-40　拆分后的剪辑

5. 合并已拆分的剪辑

用户可以合并已经被拆分的两个或多个剪辑，其具体操作如下。

1 在"内容"窗格或"情节提要/时间线"中，选中要合并的连续剪辑。

2 选择【剪辑】→【合并】命令，或按【Ctrl+M】组合键即可合并选择的多个剪辑。

6. 创建视频过渡

视频过渡是指控制电影在播放的过程中，如何更加自然地从一段剪辑或一张图片过渡到下一段剪辑或下一张图片。

在"收藏"窗格中的"视频过渡"文件夹中，提供了多种视频过渡，创建视频过度的具体操作如下。

1 执行以下任一操作，在"内容"窗格中将显示 Windows Movie Maker 提供的视频过渡，如图7-41所示。

◇ 选择【工具】→【视频过渡】命令，

◇ 在"收藏"窗格中选择"视频过渡"文件夹。

◇ 在"电影任务"窗格中的"编辑电影"下选择"查看视频过渡"选项。

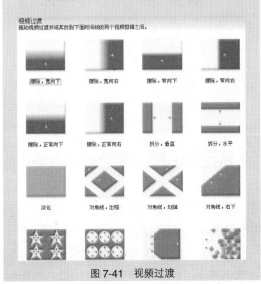

图7-41　视频过渡

② 在"情节提要／时间线"中，选择需要在添加过渡的两张图片中的第二张图片（或第二段剪辑），如图7-42所示。

图7-42　选择图片

③ 在"内容"窗格中，选择要添加的视频过渡，如选择"粉碎，右边"样式。

④ 选择【剪辑】→【添加到时间线】或【添加到情节提要】命令，或按【Ctrl+D】组合键，单击监视器中的"播放"按钮 ▶ 进行播放，效果如图7-43所示。

图7-43　过渡效果

在"情节提要"视图中，可直接将"内容"窗格中的视频过渡拖动到两个剪辑之间的单元格上。选择【编辑】→【删除】命令，按【Del】键或右键单击选择的动画，在弹出的快捷菜单中选择"删除"命令。删除所选的过渡动画。

7．添加视频效果

视频效果是指视频剪辑和图片等在项目和最终电影中的显示效果，用户可以在剪辑的播放过程中应用视频效果。

在"收藏"窗格中的"视频效果"文件夹中提供了多种视频效果，创建视频效果的具体操作如下。

① 执行以下任一操作，在"内容"窗格中将显示 Windows Movie Maker 提供的视频效果，如图7-44所示。

◇ 选择【工具】→【视频效果】命令。

◇ 在"收藏"窗格中选择"视频效果"文件夹。

◇ 在"电影任务"窗格中的"编辑电影"下选择"查看视频效果"选项。

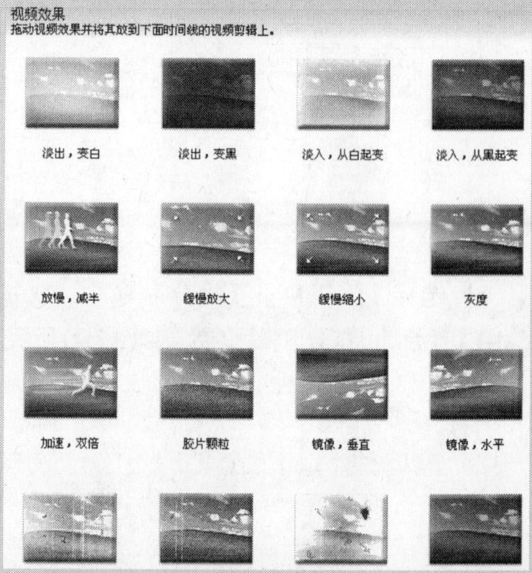

视频效果
拖动视频效果并将其放到下面时间线的视频剪辑上。

淡出，变白	淡出，变黑	淡入，从白起变	淡入，从黑起变
放慢，减半	缓慢放大	缓慢缩小	灰度
加速，双倍	胶片颗粒	镜像，垂直	镜像，水平

图7-44　视频效果

② 在"情节提要／时间线"中，选择需要添加视频效果的图片或视频剪辑。

③ 在"内容"窗格中，选择要添加的视频过渡，如选择"像素化"样式。

④ 选择【剪辑】→【添加到时间线】或【添

加到情节提要】命令，或按【Ctrl+D】组合键，即可完成视频效果的添加。单击监视器中的"播放"按钮▶进行播放，效果如图 7-45 所示。

图 7-45　播放中的视频效果

在"情节提要"视图中，用户同样可以用鼠标拖动的方法来添加视频效果，同时对剪辑应用视频效果后，在该剪辑上会出现 ✱ 图标。另外，选择【编辑】→【删除】命令、按【Del】键或右键单击选择的视频效果，在弹出的快捷菜单中选择"删除"命令，可以删除所选的视频效果。

8．添加片头或片尾

通过添加片头和片尾，可以增强电影效果。

　　方法 1：通过菜单命令添加。

下面以添加片头为例进行讲解，其具体操作如下。

　　1 选择【工具】→【片头和片尾】命令，将打开如图 7-46 所示的"要将片头添加到何处"的选择页面。

　　2 在其中单击不同的超级链接可以选择相应的内容，这里单击"在电影开头添加片头"超级链接，在打开的"输入片头文本"界面中输入片头的文本，如图 7-47 所示。

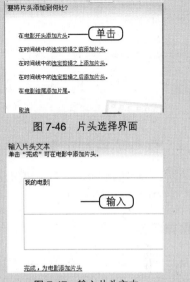

图 7-46　片头选择界面

图 7-47　输入片头文本

　　3 单击"更改片头动画效果"超级链接，打开"选择片头动画"界面，在其中选择"片头，一行"栏中的"打字机"效果，如图 7-48 所示，为片头选择动画效果。

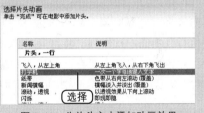

图 7-48　为片头文本添加动画效果

　　4 单击"更改文本字体和颜色"超级链接，在打开的"选择片头字体和颜色"界面中设置片头的字体为"隶书"，单击 **A·** 按钮增大字号，单击 ☰ 按钮设置位置为居中对齐文本，如图 7-49 所示。

　　5 单击"完成，为电影添加片头"超级链接，完成片头的添加。

📖 **考场点拨**

本节的考试重点是导入文件的相关知识，考试时通常会要求考生将提供的媒体文件导入到收藏夹中。

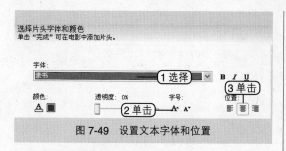

图 7-49　设置文本字体和位置

7.3.4　保存项目和电影

在完成项目的编辑后，用户可以将其进行保存，还可将项目保存为电影。

1．保存项目

保存项目后，便可在 Windows Movie Maker 中打开该文件，并可从上次保存该项目时所在的位置继续编辑，保存后的项目文件扩展名为 mswmm。保存项目主要有以下两种方法。

方法 1：选择【文件】→【保存项目】（或【将项目另存为】）命令。

方法 2：按【Ctrl+S】组合键或【F12】键。

执行以上任一操作后，将打开"将项目另存为"对话框，选择需要存储的位置并输入文件名称，完成后单击 保存(S) 按钮保存项目。

2．保存电影

用户必须将项目保存为电影后，才能将其作为电子邮件的附件进行发送，或将其录制到 DV 摄像机中，电影文件的扩展名为 wmv。保存电影同样有以下两种方法。

方法 1：选择【文件】→【保存电影文件】命令。

方法 2：按【Ctrl+P】组合键。

执行以上任一操作后，打开如图 7-50 所示的"保存电影向导"对话框，用户可以根据提示进行操作，逐步完成最终电影的保存。

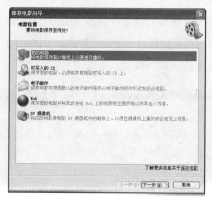

图 7-50　"保存电影向导"对话框

7.3.5　自测练习及解题思路

1．测试题目

第 1 题　利用"开始"菜单启动 Windows movie maker，并从"我的文档"文件夹中导入图片"长城 .bmp"，添加至"情节提要"视图中，然后将图片效果设置为缓慢放大（通过右键实现）。

第 2 题　利用"开始"菜单打开 Windows Movie Maker，将文件夹"G:\花朵"中的图片全部导入其收藏夹中，并将前 3 个图片"花朵 1"、"花朵 2"和"花朵 3"依次添加到"情节提要"视图中。最后将文档保存到 G 盘根目录下，文件名为"花朵 .MSWMM"。

2．解题思路

第 1 题　选择【开始】→【所有程序】→【附件】→【Windows Movie Maker】命令。后面操作可参考 7.3.2 小节的第 2 小点和 7.3.3 小节的第 7 小点。

第 2 题　打开 Windows Movie Maker，导入素材图片，使用鼠标拖动的方法将要求的图片拖至"情节提要"视图中，最后以"花朵 .MSWMM"为名保存。

第 **8** 章 ▸通过控制面板设置Windows XP◂

控制面板实际上是一个系统文件夹，它的功能繁多。通过控制面板大到可设置系统的显示属性、添加新的硬件和软件、对打印机等设备进行管理与设置、对 Windows 账户进行管理；小到可添加字体和输入法、设置系统日期和时间、设置鼠标等。本章将对这些知识点进行详细讲解。

8.1 认识控制面板

考点分析：这是一个常考的知识点，主要考查如何打开"控制面板"窗口以及视图的切换。操作较简单，务必掌握。

学习建议：熟练掌握控制面板的各种操作。

8.1.1 启动控制面板

在使用控制面板之前，需要先了解如何启动控制面板和它的视图方式。启动控制面板主要有以下几种方法。

方法 1：选择【开始】→【控制面板】命令。

方法 2：打开"我的电脑"窗口，然后双击"控制面板"图标。

方法 3：在资源管理器左侧的"文件夹"栏中单击"控制面板"选项。

打开的"控制面板"窗口如图 8-1 所示。

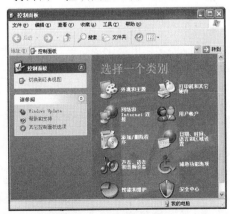

图 8-1 "控制面板"窗口

8.1.2　控制面板的两种视图

在 Windows XP 中控制面板默认为"分类视图"模式，但是习惯了 Windows 98 等操作系统的用户可以通过切换视图的方式将控制面板更改为"经典视图"模式。其方法为打开"控制面板"窗口，单击左侧信息区中的"切换到经典视图"超级链接，效果如图 8-2 所示。

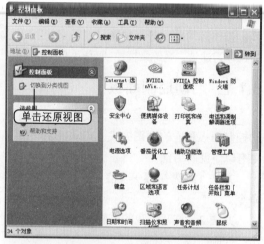

图 8-2　"经典视图"模式

8.1.3　自测练习及解题思路

1．测试题目

第 1 题　通过"开始"菜单打开"控制面板"。

第 2 题　将控制面板切换到"经典视图"。

2．解题思路

第 1 题　选择【开始】→【控制面板】命令打开"控制面板"窗口。

第 2 题　单击左侧信息区中的"切换到经典视图"超级链接。

8.2　设置显示属性

考点分析：虽然这是一个常考的知识点，出题量也比较多，但都比较简单，而且有些操作都是在同一个对话框中完成的，所以考生应熟练掌握。

学习建议：熟练掌握显示属性的设置方法。

8.2.1　设置桌面主题

通过控制面板可以设置桌面主题、桌面背景、屏幕保护程序、显示外观、分辨率和颜色、刷新频率等显示属性。主题是为计算机桌面提供统一的一组可视化元素，如窗口、图标、字体、颜色、背景及屏幕保护图片。

下面以将 Windows XP 的主题设置成"Windows 经典"为例讲解设置桌面主题的方法，其具体操作如下。

1　在"控制面板"窗口中单击"外观和主题"超级链接。

2　在打开的窗口中单击"更改计算机的主题"超级链接，如图 8-3 所示。

图8-3　"外观和主题"窗口

3 打开"显示 属性"对话框的"主题"选项卡，在"主题"下拉列表框中选择"Windows经典"选项，在下方的"示例"列表框中将显示设置后的效果，如图8-4所示。

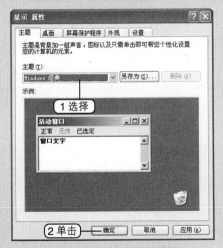

图8-4　"显示 属性"对话框

4 完成后单击 确定 按钮，操作系统将打开"请稍候"对话框，稍等片刻后即进入Windows的经典界面，如图8-5所示。

图8-5　Windows 经典界面

☀ **操作提示**

用户也可以在网上下载 Windows XP 的桌面主题来进行安装。

8.2.2　设置桌面背景

Windows XP 默认的桌面背景为蓝天、白云和草地的画面，用户可将自己喜欢的图片或照片设置为背景，其具体操作如下。

1 在"控制面板"窗口中单击"外观和主题"超级链接。

2 在打开的窗口中单击"更改桌面背景"超级链接，打开"显示 属性"对话框的"桌面"选项卡，如图8-6所示。

3 单击 浏览(B)... 按钮，打开"浏览"对话框，在"查找范围"下拉列表框中选择"示例图片"选项，在其下的列表框中选择"Blue hills.jpg"选项，单击 打开(0) 按钮，如图8-7所示。

4 返回"显示 属性"对话框，在其中的预览框中可预览设置后的效果，如图8-8所示。单击 确定 按钮，此时桌面背景便改变为所设置的图片。

图 8-6 "显示 属性"对话框

图 8-7 "浏览"对话框

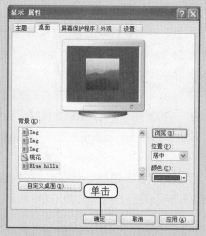

图 8-8 返回"显示 属性"对话框

8.2.3 设置屏幕保护程序

屏幕保护程序是一个使屏幕暂停显示或以动画的方式显示的应用程序，其作用是不让图像或字符长时间显示在屏幕固定的位置上，从而起到保护屏幕的作用。

下面以设置一个字幕屏保为例进行介绍，其具体操作如下。

1 在"控制面板"窗口中单击"外观和主题"超级链接。

2 在打开的窗口中单击"选择一个屏幕保护程序"超级链接，打开"显示 属性"对话框的"屏幕保护程序"选项卡，在"屏幕保护程序"下拉列表框中选择"字幕"选项，如图 8-9 所示。

图 8-9 "屏幕保护程序"选项卡

3 单击 设置(T) 按钮，打开"字幕设置"对话框，在"文字"文本框中输入"Happy Father's Day!"，其他选项保持默认设置，单击 确定 按钮，如图 8-10 所示。

4 返回"显示 属性"对话框，在"等待"数字增减框中重新设置等待时间，这里设置为"8 分钟"，如图 8-11 所示，单击 确定 按钮完成设置。

图 8-10 "字幕设置"对话框

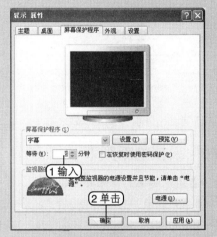

图 8-11 设置等待时间

5 当在 8 分钟内不对计算机进行任何操作，包括移动鼠标和按键盘上的键，即可进入屏保。若要回到可操作状态下，只需移动鼠标或按任意键即可。

考场点拨

考试时有可能不要求设置文字屏幕保护程序，而是要求设置其他类型的屏保，但方法是相同的。对于不同的屏幕保护程序，其设置对话框也不同。

8.2.4 设置显示外观

下面以将外观颜色设置为"橄榄绿"、字体大小设置为"大字体"为例进行讲解，其具体操作如下。

1 打开"显示 属性"对话框，单击"外观"选项卡，在"色彩方案"下拉列表框中选择"橄榄绿"选项，在"字体大小"下拉列表框中选择"大字体"选项，如图 8-12 所示。

图 8-12 "外观"选项卡

2 单击 确定 按钮，稍后系统将应用设置，此时打开任意窗口的效果如图 8-13 所示。

图 8-13 最终效果

在"显示 属性"对话框的"外观"选项卡中的"窗口和按钮"下拉列表框中提供了"Windows XP 样式"、"Windows 经典"等 28 种方案，选择其中任意一种，"色彩方案"和"字体大小"这两个下拉列表框中的选项也将随之改变。

8.2.5 设置分辨率和颜色质量

系统分辨率是指将显示器屏幕中的一行和一列分别分割成多少个点。分辨率越高，屏幕上的点就越多，可显示的内容就越多；反之，分辨率越低，可显示的内容就越少。设置分辨率的具体操作如下。

1 在"控制面板"窗口中单击"外观和主题"超级链接。

2 在打开的窗口中单击"更改屏幕分辨率"超级链接，打开"显示 属性"对话框的"设置"选项卡，如图 8-14 所示。

图 8-14 "设置"选项卡

3 在"屏幕分辨率"栏中根据运行的程序或需要显示的内容进行适当的调整，这里拖动滑块将其设置为"1680×1050 像素"。在"颜色质量"下拉列表框中选择当前显示器的颜色位数，如图 8-15 所示。

☀ **操作提示**

在 Windows XP 中可供选择的颜色质量方案与用户的显示适配器有关，通常显示适配器支持的颜色包括 4 种：16 色、256 色、增强色（16 位）和真彩色（32 位）。

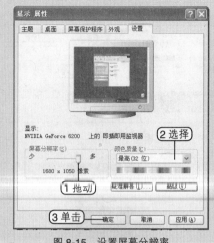

图 8-15 设置屏幕分辨率

4 单击 确定 按钮完成设置。

8.2.6 设置刷新频率

设置刷新频率的具体操作如下。

1 在"显示 属性"对话框的"设置"选项卡中单击 高级(V) 按钮，系统会打开"** 属性"对话框。其中 ** 代表的是用户计算机显示适配器的型号，如图 8-16 所示。

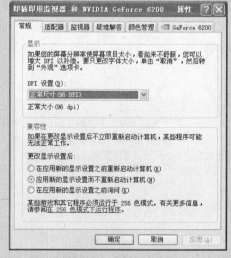

图 8-16 "常规"选项卡

2 单击"监视器"选项卡，在"屏幕刷新频率"下拉列表框中选择屏幕所支持的最高刷新频率，如图8-17所示。

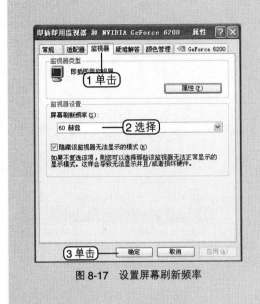

图8-17　设置屏幕刷新频率

3 单击 确定 按钮完成设置。

8.2.7　自测练习及解题思路

1．测试题目

第1题　在控制面板中利用"显示 属性"对话框将主题设置为"Windows 经典"。

第2题　在控制面板中利用"显示 属性"对话框更改桌面背景。

第3题　在控制面板中利用"显示 属性"对话框设置屏幕颜色为"中（16位）"。

第4题　在控制面板中，利用"显示 属性"对话框设置屏幕分辨率为"1024×768"，DPI 为"正常尺寸（96DPI）"。

第5题　利用"显示 属性"对话框，将桌面背景设置为"Azul"，位置为"拉伸"。

第6题　利用控制面板设置屏幕保护程序为"三维飞行物"，样式为"彩带"。

第7题　通过控制面板利用"显示 属性"对话框，设置屏幕保护程序为文本"Windows XP"，时间为"5分钟"，并且在恢复时返回到欢迎屏幕。

第8题　通过控制面板，利用"显示 属性"对话框设置窗口和按钮样式为"Windows 经典样式"，字体大小为"大"。

第9题　利用"显示属性"对话框，将显示器的颜色质量设置为"最高（32位）"，设置"在应用新的显示设置之前询问"，并将"硬件加速"设置为"全"（按题目顺序操作）。

第10题　利用"显示属性"对话框，将显示器的OPI设置为"正常尺寸（96OPI）"，并将"屏幕刷新频率"设置为60赫兹（按题目顺序操作）。

第11题　利用"外观和主题"窗口，设置 Windows XP 窗口的菜单和工具提示使用"淡入淡出效果"。

2．解题思路

第1题　参考8.2.1小节。

第2题　参考8.2.2小节。

第3题　参考8.2.5小节。

第4题　参考8.2.5小节和8.2.6小节。

第5题　在"显示 属性"对话框中选择"桌面"选项卡进行设置。

第6题　在"显示 属性"对话框的"屏幕保护程序"下选择"三维飞行物"选项，单击 设置① 按钮，将样式设置为"彩带"。

第7题　参考8.2.3小节。注意选中"在恢复时使用密码保护"复选框。

第8题　参考8.2.4小节。

第9题 在"显示 属性"对话框中单击"设置"选项卡，在"颜色质量"下拉列表框中选择"最高（32位）"选项，单击"高级"按钮，在"常规"选项卡中选中"在应用新的显示设置之前询问"单选按钮，在"疑难解答"选项卡中将"硬件加速"设置为"全"。

第10题 操作思路同上，在"常规"和"监视器"选项卡中进行设置。

第11题 单击"更改计算机的主题"，或单击"显示"图标，选择"外观"选项卡，单击"效果"按钮，在"为菜单和工具提示使用下列过渡效果"中选择"淡入淡出效果"。

8.3 设置鼠标属性

考点分析：这一节的考题主要集中考查对鼠标的属性设置，在每套题中会出现1～2题。因为这节的考题都是在同一对话框中完成操作的，所以首先应掌握"鼠标 属性"对话框的打开方法。命题时可能会将一些知识点出在同一道题目中，如改变鼠标指针样式同时设置鼠标指针阴影。

学习建议：熟练掌握设置鼠标按键、设置鼠标样式和设置鼠标特性的操作。

8.3.1 设置鼠标按键

一些习惯使用左手操作鼠标的用户，可通过设置将鼠标左右键的功能互换，以方便使用，其具体操作如下。

❶ 在"控制面板"窗口中单击"打印机和其他硬件"超级链接。

❷ 在打开的窗口中单击"鼠标"超级链接，打开"鼠标 属性"对话框的"鼠标键"选项卡。在"鼠标键配置"栏中选中"切换主要和次要的按钮"复选框，如图8-18所示。

❸ 单击 确定 按钮之后，单击鼠标左键便执行弹出快捷菜单的操作，单击鼠标右键则选择对象。

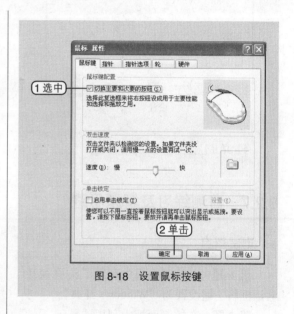

图 8-18 设置鼠标按键

8.3.2 设置鼠标指针样式

Windows XP 中鼠标指针默认的外形为 ⌖ 形状，用户也可将鼠标指针设置成自己喜欢的样式。下面以将正常选择状态下的鼠标指针形状更改为"爆竹"样式为例进行讲解，其具体操作如下。

❶ 打开"鼠标 属性"对话框，单击"指针"选项卡，如图8-19所示。

图 8-19　"指针"选项卡

☑ 默认选择"自定义"列表框中的"正常选择"选项，单击 浏览(B)... 按钮，打开"浏览"对话框，在其中的列表框中选择"CNP06NS"选项，如图 8-20 所示。

图 8-20　"浏览"对话框

☑ 单击 打开(O) 按钮，返回"鼠标 属性"对话框，如图 8-21 所示。

☑ 单击 确定 按钮应用设置，效果如图 8-22 所示。

※ 操作提示

鼠标的指针样式也可以在网上下载后再进行安装。

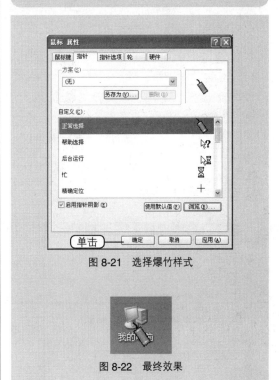

图 8-21　选择爆竹样式

图 8-22　最终效果

8.3.3　设置鼠标特性

通过"鼠标 属性"对话框不仅可以设置指针形状，还可为指针添加轨迹和阴影效果等鼠标特性，其具体操作如下。

☑ 打开"鼠标 属性"对话框，单击"指针"选项卡，选中"启用指针阴影"复选框，如图 8-23 所示。

☑ 单击"指针选项"选项卡，选中"显示指针踪迹"复选框，拖动下方的滑块可调节轨迹的长短，如图 8-24 所示。

☑ 单击 确定 按钮，在返回的对话框中单击 确定 按钮即可应用所做设置。

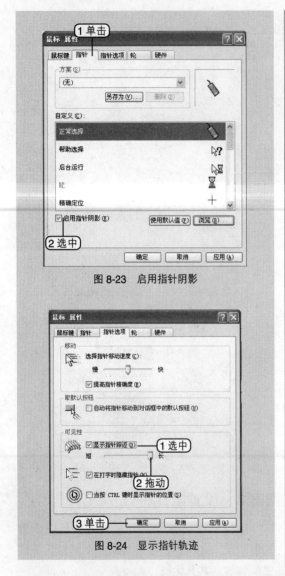

图 8-23　启用指针阴影

图 8-24　显示指针轨迹

8.3.4　自测练习及解题思路

1．测试题目

第 1 题　在控制面板中更改鼠标指针的方案。

第 2 题　在控制面板中设置切换主要和次要的按钮。

第 3 题　通过控制面板设置启用指针阴影。

第 4 题　在控制面板中设置显示鼠标指针轨迹，显示为最长。

第 5 题　在控制面板中设置鼠标指针的方案为：Windows 反转（特大）。

第 6 题　让鼠标显示指针踪迹。

2．解题思路

第 1 题　参考 8.3.2 小节。注意未指定方案名称，则选择任意一种。

第 2 题　参考 8.3.1 小节。

第 3 题　在"鼠标 属性"对话框的"指针"选项卡中选中"启用指针阴影"复选框。

第 4 题　参考 8.3.3 小节。

第 5 题　在"鼠标 属性"对话框中的"指针"选项卡中进行设置。

第 6 题　参考 8.3.3 小节。

8.4　设置地区和语言属性

考点分析：该考点在每套题中会出现 1～2 题，所有的操作都是在"区域和语言选项"对话框中进行的，方法也都比较简单，考生应尽量获得这部分的分数。

学习建议：熟练掌握如何设置地区和语言属性。

8.4.1　选择默认的属性

用户可根据所在国家的不同，设置系统的地区、语言、货币属性、时间和日期属性等，下面具体介绍。

选择默认属性的具体操作如下。

1 在"控制面板"窗口中单击"日期、时间、语言和区域设置"超级链接。

2 在打开的窗口中单击"区域和语言选项"超级链接，如图8-25所示。

图8-25 "日期、时间、语言和区域设置"窗口

3 在打开的"区域和语言选项"对话框中显示了默认的属性，如图8-26所示。

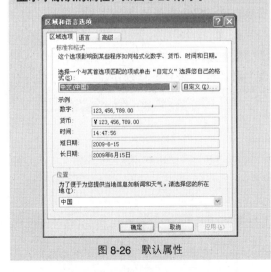

图8-26 默认属性

8.4.2 自定义数字、货币、时间和日期属性

自定义数字、货币、时间和日期属性的方

法是在如图8-26所示的对话框中单击 自定义(Z)... 按钮。该对话框中的5个选项卡介绍如下。

◆ "数字"选项卡：在该选项卡中可设置如小数位数、小数点等属性，如图8-27所示。

图8-27 "数字"选项卡

◆ "货币"选项卡：在该选项卡中可以对如货币符号、货币正数格式等属性进行设置，如图8-28所示。

图8-28 "货币"选项卡

◆ "时间"选项卡：在该选项卡中可以对

如时间格式、时间分隔符等属性进行设置，如图8-29所示。

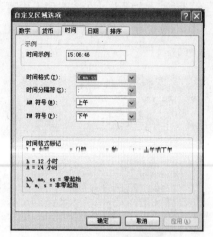

图8-29 "时间"选项卡

◈ "日期"选项卡：在该选项卡中可以对如日历、短日期格式、长日期格式等属性进行设置，如图8-30所示。

图8-30 "日期"选项卡

◈ "排序"选项卡：在该选项卡中可以对选择语言排序方法进行选择。

8.4.3 设置语言

若要设置系统的语言，可以在打开的"区域和语言选项"对话框中单击"语言"选项卡，如图8-31所示。

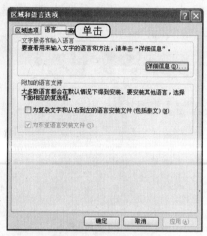

图8-31 "语言"选项卡

在"附加的语言支持"栏中还可以选中"为复杂文字和从右到左的语言安装文件（包括泰文）"复选框，将打开提示对话框，在其中单击 确定 按钮，再单 确定 按钮即可安装泰文、格鲁吉亚等语言。

在如图8-31所示的对话框中单击 详细信息(D)... 按钮，将打开"文字服务和输入语言"对话框，如图8-32所示。

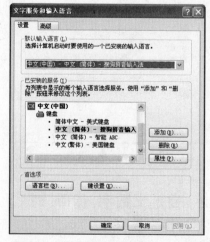

图8-32 "文字服务和输入语言"对话框

其中显示了已经添加和默认的输入法，同时也可以在该对话框中添加和删除输入语言和输入法，其具体操作如下。

1 在如图 8-32 所示的对话框中单击 添加(D)... 按钮，打开"添加输入语言"对话框。

2 在"输入语言"下拉列表框中选择"西班牙语(乌拉圭)"选项，在"键盘布局/输入法"下拉列表框中选择"拉丁美洲文"选项，如图 8-33 所示。

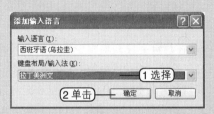

图 8-33 "添加输入语言"对话框

3 设置完成后单击 确定 按钮返回"文字服务和输入语言"对话框，刚添加的输入法将显示在其中，如图 8-34 所示。

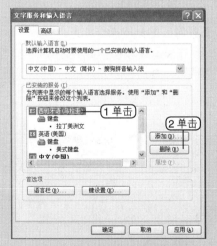

图 8-34 完成语言和输入法的添加

4 若要删除输入法，则在"已安装的服务"列表框中选择"西班牙语(乌拉圭)"选项，然后单击 删除(R) 按钮，再单击 确定 按钮即可。

8.4.4 自测练习及解题思路

1．测试题目

第 1 题 在控制面板中将区域设置更改为"英语(美国)"。

第 2 题 在控制面板中设置 Windows 显示数字的"小数位数"为"4"位，"负数格式"为"-1.1"。

第 3 题 在控制面板中设置 Windows 显示货币的货币符号为"$"。

第 4 题 在控制面板中设置 Windows 的短日期样式为"yyyy-M-d"。

第 5 题 在控制面板中设置 Windows 的长日期格式为"yyyy MM dd"。

第 6 题 在控制面板中设置系统的时间格式为"tt hh:mm:ss"，AM 符号为"上午"。

第 7 题 利用"日期、时间、语言和区域设置"窗口，设置数字格式的"小数位数"为 2 位，"负数格式"为 (-1.1)。

第 8 题 利用"日期、时间、语言和区域设置"窗口将系统时间的小时设置为 10 时。

第 9 题 利用"区域和语言选项"窗口，设置在桌面上显示语言栏和在语言栏上显示文字标签。

第 10 题 利用"日期、时间、语言和区域设置"窗口，为"中文(中国)—中文(简体)—美式键盘"输入法设置按键顺序为"Ctrl+Shift+9"。

2．解题思路

第 1 题 参考 8.4.1 小节。
第 2 题 参考 8.4.2 小节。
第 3 题 参考 8.4.2 小节。
第 4 题 参考 8.4.2 小节。

第5题　参考8.4.2小节。

第6题　参考8.4.2小节。

第7题　单击"区域和语言选项"，或单击"更改数字、日期和时间的格式"，单击"自定义"按钮，在"小数位数"下拉列表中选择2，在负数格式中选择(-1.1)。

第8题　操作思路同上。

第9题　在"区域和语言选项"窗口中依次选择"语言"选项卡→单击"详细信息"按钮→"设置"选项卡→"语言栏"按钮，然后在其中选中需要的复选框。

第10题　在"区域和语言选项"窗口中依次选择"语言"选项卡→单击"详细信息"按钮→"设置"选项卡→"键设置"按钮，然后按照题目要求进行相关设置即可。

8.5　设置当前日期和时间

考点分析：该节的考点非常简单，日期和时间的设置在平时的工作生活中也是常用的，获得这部分分数也很容易。

学习建议：熟练掌握日期和时间的设置以及设置时间与Internet同步。

8.5.1　设置日期和时间

启动计算机后便可通过任务栏的提示区查看当前的时间，用户还可根据自己的需要重新设置系统日期以及适合自己的时区。

设置新的系统日期的具体操作如下。

1 在"控制面板"窗口中单击"日期、时间、语言和区域设置"超级链接。

2 在打开的窗口中单击"更改日期和时间"超级链接，打开"日期和时间 属性"对话框，如图8-35所示。

图8-35　"日期和时间 属性"对话框

3 在月份下拉列表框中选择需设置的月份。在年份数字增减框中单击右侧的 ▲ 和 ▼ 按钮来增加年份和减少年份或直接在文本框中输入年份。在下面的列表框中选择号数。单击"时间"数字增减框右侧的 ▲ 和 ▼ 按钮来设置当前时间。

4 完成设置后，单击 确定 按钮。

8.5.2　选择时区

选择时区的具体操作如下。

1 在如图8-35所示的对话框中单击"时区"选项卡，如图8-36所示。

图8-36　"时区"选项卡

2 在下拉列表框中选择需要的时区，单击 确定 按钮完成设置。

8.5.3 设置与Internet时间同步

用户可以将计算机时间与 Internet 时间同步，其具体操作如下。

❶ 在"日期和时间 属性"对话框中单击"Internet 时间"选项卡。

❷ 选中"自动与 Internet 时间服务器同步"复选框，在"服务器"下拉列表框中选择时间服务器，如图 8-37 所示。

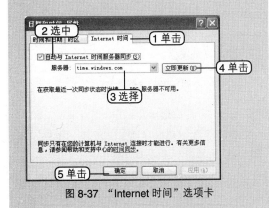

图 8-37 "Internet 时间"选项卡

❸ 单击 立即更新(U) 按钮，立即让时间与Internet 时间同步，单击 确定 按钮完成设置。

8.5.4 自测练习及解题思路

1．测试题目

第 1 题 通过控制面板将计算机的日期更改为 2011 年 3 月 10 日，上午 10:00。

第 2 题 设置日期和时间自动与 Internet 时间服务器同步。

第 3 题 4 月 26 日是 CIH 病毒发作的日子。假设今天是 4 月 25 日，请将系统的日期设置为 4 月 27 日，以避免明天病毒发作。

第 4 题 利用控制面板，将系统日期设置为 2011 年 4 月 5 日。

第 5 题 我国嫦娥一号月球探测卫星于 2007 年 10 月 24 日成功发射升空，请利用控制面板将系统的日期和时间设置为 2007 年 10 月 24 日 18:05:08。

2．解题思路

第 1 题 参考 8.5.1 小节。

第 2 题 在"日期和时间 属性"对话框中选中"自动与 Internet 时间服务器同步"复选框。

第 3 题 单击"更改日期和时间"图标，或单击"日期和时间"图标，或双击任务栏上的时钟，将日期改为 4 月 27 日，单击"应用"按钮，或单击"确定"按钮。

第 4 题 利用控制面板，打开"日期和时间 属性"对话框，在其中进行相应设置。

第 5 题 操作思路同上。

8.6 设置用户账户

考点分析：这是常考知识点，考生应该掌握计算机管理员账户、受限账户、来宾账户在权限上的区别。考试时会将一些知识点串在一起考查，如新建账户并设置密码等。

学习建议：熟练掌握添加和管理用户账户的方法。

8.6.1 添加新用户

Windows XP 是一个多用户、多任务的操作系统，它允许每个人建立自己的专用工作环境。下面讲解如何添加新用户以及管理用户账户。通常一台计算机上有 3 种账户：计算机管理员账户、受限账户和来宾账户，这 3 种账户的权限不相。计算机管理员账户的权限主要有以下几个。

◆ 创建和删除账户。

◆ 为计算机上的其他用户创建账户密码。

◆ 更改其他账户的账户名称、图片、密码和账户类型。

受限账户对控制面板中的一些设置不可以访问，其权限主要有以下几个。

◆ 更改自己的图片、主题和桌面设置。

◆ 更改或删除自己的密码。

◆ 查看和更改自己创建的文件。

◆ 在共享文件夹中查看文件。

来宾账户的权限主要有以下几个。

◆ 更改来宾账户的图片。

◆ 无法更改来宾账户类型。

◆ 无法安装软件或硬件，但可以访问已经安装在计算机上的程序。

要添加用户账户，只有具有"电脑管理员"身份的账户才能创建，其具体操作如下。

1 打开"控制面板"窗口，并在窗口中单击"用户账户"超级链接，打开"用户账户"窗口，单击"创建一个新账户"超级链接，如图8-38所示。

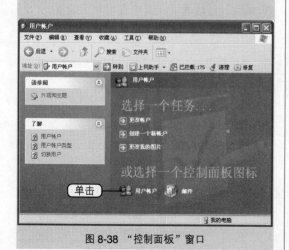

图8-38　"控制面板"窗口

2 打开"为新账户起名"窗口，在"为新账户键入一个名称"文本框中输入名称"流浪者"，单击 下一步(N) > 按钮，如图8-39所示。

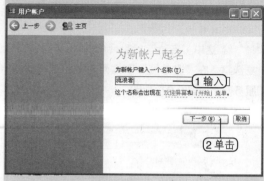

图8-39　为新账户起名

3 打开"挑选一个账户类型"窗口，选中"受限"单选按钮，单击 创建帐户(C) 按钮，如图8-40所示。

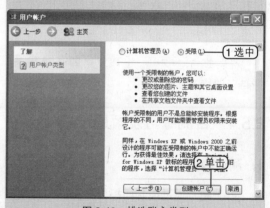

图8-40　挑选账户类型

4 完成新账户的创建，并返回到"用户账户"窗口中，即可看到所创建的新账户，如图8-41所示。

☀ **操作提示**

若发现设置过程中有错误，可单击 < 上一步(B) 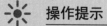 按钮进行修改。

图 8-41　完成新账户的创建

8.6.2　管理用户账户

　　管理用户账户包括更改账户名称和类型；创建、更改和删除密码；更改图片、删除账户等，其方法都比较类似。

　　下面以为刚创建的"流浪者"账户设置密码并更改图片为例讲解如何管理用户账户，其具体操作如下。

　　1 打开"控制面板"窗口，并在窗口中单击"用户账户"超级链接，打开"用户账户"窗口，如图 8-42 所示。

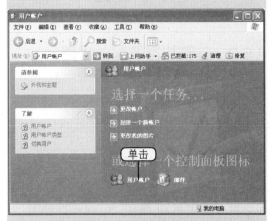

图 8-42　"控制面板"窗口

　　2 单击"更改账户"超级链接，打开"挑选一个要更改的账户"窗口，其中显示了该计算机上的所有账户，选择"流浪者"账户，如图 8-43 所示。

图 8-43　选择要更改的账户

　　3 打开"您想更改 流浪者 的账户的什么"窗口，单击"创建密码"超级链接，如图 8-44 所示。

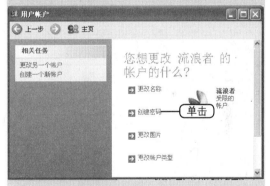

图 8-44　"您想更改 流浪者 的账户的什么"窗口

　　4 打开"为 流浪者 账户创建一个密码"窗口，在"输入一个新密码"文本框中输入要创建的密码"123456"，在"再次输入密码以确认"文本框中再次输入"123456"，在"输入一个单词和短语作为密码提示"文本框中输入"数字"以作为今后忘记密码的提示，单击 创建密码(C) 按钮，如图 8-45 所示。

　　5 完成密码的创建并返回"您想更改 流浪者 的账户的什么"窗口，其中的选项有所改变，单击"更改图片"超级链接，如图 8-46 所示。

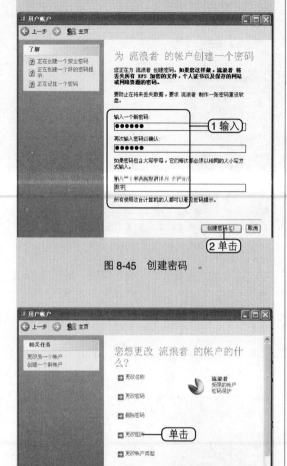

图 8-45　创建密码

图 8-46　"您想更改 流浪者 的账户的什么"窗口

⑥ 在打开的窗口中选择所需的图片，单击 更改图片(C) 按钮，如图 8-47 所示。

⑦ 完成图片的更改并返回"您想更改 流浪者 的账户的什么"窗口，如图 8-48 所示。

☀ **操作提示**

在如图 8-48 所示的窗口中可以选择其他的设置选项来对账户进行设置，方法与前面所讲的类似。

图 8-47　选择图片

图 8-48　完成设置

8.6.3　自测练习及解题思路

1．测试题目

第 1 题　创建一个新的受限账户，账户名为"砂糖"。

第 2 题　创建一个新的计算机管理员账户，账户名为"Sunny"。

第 3 题　更改账户 Sunny 的图片为"台球"。

第 4 题　将创建的"砂糖"账户设置为计

算机管理员。

第5题 为本机中的"砂糖"账户创建密码，密码为"123456"。

第6题 创建新的计算机管理员账户，账户名为"KS"，密码为"4321"。

第7题 将计算机管理员用户账户"Programme 程序员"的账户类型更改为"受限"，将受限账户"创造者"的账户类型更改为"计算机管理员"。

第8题 利用"控制面板"将计算机管理员用户账户 Administrator 的密码删除（密码为12345）。

第9题 利用"控制面板"，将计算机管理员用户账户"设计部"更改为受限用户账户。

第10题 更改受限用户账户"阳光"的显示图片。

2．解题思路

第1题 参考 8.6.1 小节。

第2题 参考 8.6.1 小节。

第3题 单击"更改图片"超级链接，在打开的窗口中选择所需的图片。

第4题 单击"更改账户类型"超级链接，在打开的窗口中进行设置。

第5题 单击"砂糖"账户，再单击"创建密码"超级链接，在打开的窗口中进行设置。

第6题 利用"控制面板"，打开"用户账户"窗口创建一个新的账户。

第7题 单击"更改账户类型"超级链接，在打开的窗口中分别进行设置。

第8题 在"您想更改 Administrator 的账户的什么"窗口中，单击"删除密码"超级链接。

第9题 操作思路同第 7 题。

第10题 操作参考 8.6.2 小节。

8.7 添加与删除字体

考点分析：本节不是常考知识点，偶尔会考一题，主要是考查如何添加或删除字体，方法都比较简单，考生应尽量获得这部分的分数。

学习建议：掌握查看字体、添加和删除字体的操作。

8.7.1 查看字体

平常所说的"宋体"、"楷体"、"隶书"等就是字体，字体是字的外观特征。除了中文版 Windows XP 操作系统自带的多种字体外，用户还可以添加其他字体，也可以对已有的字体进行查看和删除。

如果想知道计算机中有哪些已经安装的字体以及这些字体的样式可以通过 Windows XP 操作系统提供的字体查看功能来实现，其具体操作如下。

❶ 在"控制面板"窗口中单击"外观和主题"超级链接，打开"外观和主题"窗口，单击左侧窗格中的"字体"超级链接，如图 8-49 所示。

❷ 打开"字体"窗口，在"字体"窗口中选中需要查看的字体"方正姚体"，如图 8-50 所示。

❸ 双击即可打开该字体，如图 8-51 所示。

图 8-49 "外观和主题"窗口

图 8-50 "字体"窗口

图 8-51 "方正姚体"字窗口

4 在该字体窗口中，用户可以查看到该字体的名称、文件大小、版本及字体的外观等基本信息。单击右上角 打印(P) 按钮，可以打印该字体信息。

8.7.2 添加字体

添加字体的具体操作如下。

1 在打开的"字体"窗口中选择【文件】→【安装新字体】命令，打开"添加字体"对话框，如图 8-52 所示。

图 8-52 "添加字体"对话框

2 在该对话框中选择字体所在的驱动器和文件，然后在"字体列表"列表框中选中需要安装的字体，如图 8-53 所示。如果要全部安装，则单击 全选(S) 按钮，选定后单击 确定 按钮，系统自动开始安装字体，并打开一个安装进度的对话框。

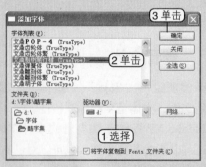

图 8-53 安装字体

安装新字体时，若选择的字体已经安装了，则要先删除原有字体，然后才能安装相同名称的字体，也可将要安装的字体文件直接复制到 C:\WINDOWS\Fonts 目录中。

8.7.3　删除字体

删除字体的具体操作如下。

1 在"字体"窗口中要删除的字体文件上单击鼠标右键，在弹出的快捷菜单中选择"删除"命令或直接按【Delete】键，如图8-54所示。

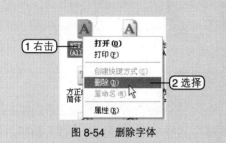

图 8-54　删除字体

2 打开"Windows 字体文件夹"对话框，提示用户是否删除该字体文件，如图8-55所示。

3 单击 是(Y) 按钮，即可删除该字体。

图 8-55　"Windows 字体文件夹"对话框

8.7.4　自测练习及解题思路

1．测试题目

第1题　删除字体"Arial"字体，再将其重新添加。

第2题　在控制面板中打开字体中的"宋体"。

第3题　安装"华文彩云"字体。

2．解题思路

第1题　参考 8.7.3 小节和 8.7.2 小节。

第2题　参考 8.7.1 小节。

第3题　参考 8.7.2 小节。

8.8　添加新硬件

考点分析：本节的知识点在命题时主要就是考查安装非即插即用型设备的操作方法。因为方法是惟一的，所以考生只需要完全记住这些操作步骤即可获得这部分知识点的分数。

学习建议：熟练掌握添加新硬件的操作。

8.8.1　添加新硬件

硬件设备可分为即插即用型硬件设备和非即插即用型硬件设备两类。

即插即用型硬件设备的安装比较简单，其

具体操作如下。

1 根据硬件设备说明书，按要求将硬件设备正确连接到计算机中。

2 启动 Windows XP 操作系统，系统将自动检测到新的即插即用型设备，如果该设备有驱动程序，系统将自动安装其驱动程序。

非即插即用型设备的安装比即插即用型硬件设备的安装复杂，其具体操作如下。

1 关闭计算机，参照硬件说明书，将新硬件设备正确地连接到计算机上。

② 重启计算机，选择【开始】→【控制面板】命令，打开"控制面板"窗口。单击"打印机和其他硬件"超级链接，打开"打印机和其他硬件"窗口，单击左侧信息区中的"添加硬件"超级链接，如图8-56所示。

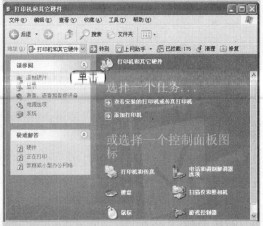

图8-56 "打印机和其他硬件"窗口

③ 打开"添加硬件向导"对话框，单击 下一步(N) > 按钮，如图8-57所示。

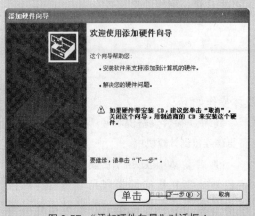

图8-57 "添加硬件向导"对话框1

④ 计算机将搜索等待安装的硬件设备，当搜索完成后，打开"硬件连接好了吗？"对话框，选择"是，我已经连接了此硬件"单选按钮，并单击 下一步(N) > 按钮，如图8-58所示。

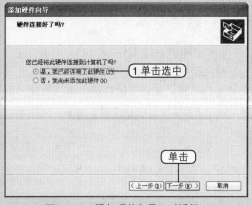

图8-58 "添加硬件向导"对话框2

⑤ 打开"以下硬件已安装在您的计算机上"对话框，如果要添加的硬件在"已安装的硬件"列表框中，选择该设备选项。如不在此列表框中，单击列表框中的"添加新的硬件设备"选项，单击 下一步(N) > 按钮，如图8-59所示。

⑥ 打开"向导正在搜索，请稍候…"对话框，可以看到向导正在自动搜索新硬件，向导会显示出搜索到的新设备，插入该设备附带的安装软盘或光盘，也可自动搜索并安装其驱动程序，如图8-60所示。

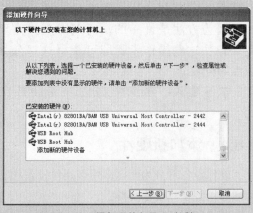

图8-59 "添加硬件向导"对话框3

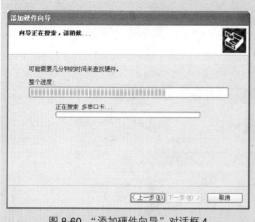

图 8-60 "添加硬件向导"对话框 4

⑦ 如果没有搜索到新硬件，打开"向导在您的计算机上没有找到任何新硬件"对话框，单击 下一步(N) > 按钮，如图 8-61 所示。

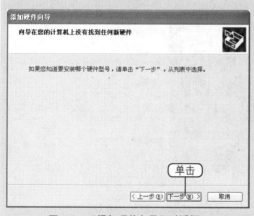

图 8-61 "添加硬件向导"对话框 5

考场点拨

考试时若要求安装其他硬件，考生只要根据对话框的提示一步步操作即可。

⑧ 打开"从以下列表，选择要安装的硬件类型"对话框，如图 8-62 所示，在该对话框中手动选择要安装的硬件类型，选择后单击 下一步(N) >

按钮。

⑨ 接着会根据用户选择不同的硬件类型而出现不同的步骤，用户只要按照向导的指示操作即可。

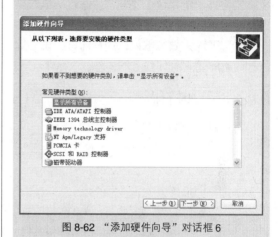

图 8-62 "添加硬件向导"对话框 6

8.8.2 自测练习及解题思路

1．测试题目

第 1 题 安装新硬件扫描仪。
第 2 题 安装新硬件摄像头。
第 3 题 安装新硬件音箱。

2．解题思路

第 1 题 参考 8.8.1 小节。注意考试时不需要对硬件连接部分进行操作，只需通过控制面板打开添加硬件向导，再根据提示操作即可。考试环境中有时也可能已打开了添加硬件向导，考生要注意查看当前的考试环境。

第 2 题 思路同上，具体参考 8.8.1 小节。
第 3 题 思路同上，具体参考 8.8.1 小节。

8.9 打印机的添加、设置与管理

考点分析：这一考点是常考内容，而且是重要考点，建议考生要非常熟悉这一块的操作，尽量获得这类题目的分数。

学习建议：熟练掌握添加打印机、设置默认打印机和管理打印任务的操作。

8.9.1 添加打印机

打印机是计算机最常见的输出设备之一，用户可以使用它打印文件、图纸、照片和图片等。

添加打印机的具体操作如下。

1️⃣ 打开"控制面板"窗口，单击"打印机和其他硬件"超级链接，打开"打印机和其他硬件"窗口，单击"打印机和传真"超级链接，如图8-63所示。

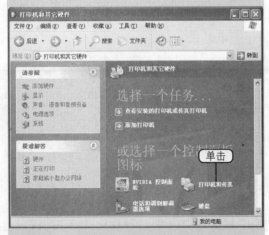

图 8-63 "打印机和其他硬件"窗口

2️⃣ 打开"打印机和传真"窗口，单击窗口左侧"打印机任务"栏中的"添加打印机"超级链接，如图8-64所示。

3️⃣ 打开"添加打印机向导"对话框，单击 下一步(N) > 按钮，如图8-65所示。

图 8-64 "打印机和传真"窗口

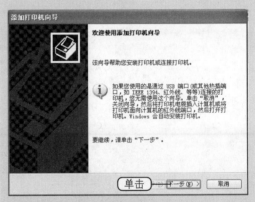

图 8-65 "添加打印机向导"对话框1

4️⃣ 在打开的对话框中保持默认设置，单击 下一步(N) > 按钮，如图8-66所示。

5️⃣ 在打开的对话框中选择打印机的端口类型，这里选择"LPT1：（推荐的打印机端口）"选项，单击 下一步(N) > 按钮，如图8-67所示。

6️⃣ 在打开的对话框中可选择打印机的厂商及型号，这里在"厂商"列表框中选择"联想"选项，在"打印机"列表框中选择"Legend LJ2210P"选项，单击 下一步(N) > 按钮，如图8-68所示。

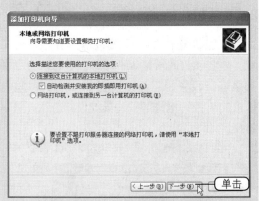

图 8-66　"添加打印机向导"对话框 2

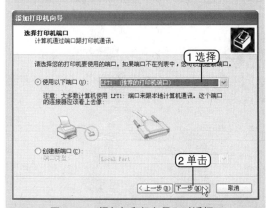

图 8-67　"添加打印机向导"对话框 3

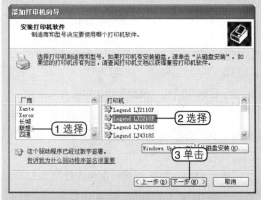

图 8-68　"添加打印机向导"对话框 4

7 在打开的对话框中可为打印机重命名并

选择是否将其设置为默认打印机,这里选中"是"单选按钮,单击 下一步(N) 按钮,如图8-69所示。

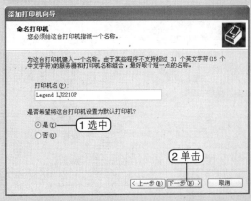

图 8-69　"添加打印机向导"对话框 5

8 在打开的对话框中设置是否共享该打印机,这里选中"不共享这台打印机"单选按钮,单击 下一步(N) 按钮,如图 8-70 所示。

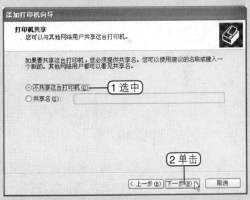

图 8-70　"添加打印机向导"对话框 6

9 在打开的对话框中设置是否在安装打印机驱动程序后打印测试页,这里选中"否"单选按钮,单击 下一步(N) 按钮,如图8-71所示。

10 在打开的对话框中单击 完成 按钮,如图 8-72 所示,系统自动开始安装所需要的驱动程序,安装完毕就可使用该打印机打印文件了。

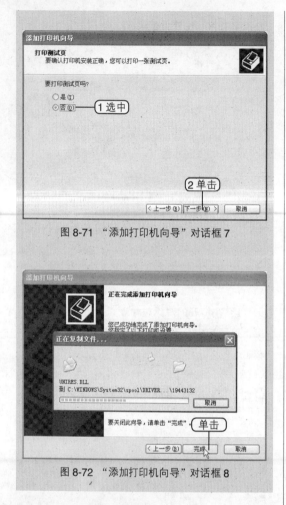

图 8-71 "添加打印机向导"对话框 7

图 8-72 "添加打印机向导"对话框 8

8.9.2 设置打印机

安装打印机后可以将添加的打印机设置为默认打印机，并设置打印首选项，这样以后打印文档时系统会自动按照设置进行打印。

1．设置为默认打印机

设置为默认打印机的方法是在"打印机和传真"窗口中需要设置的打印机图标上单击鼠标右键，在弹出的快捷菜单中选择"设为默认打印机"命令，此时该打印机图标右上角出现 ◎ 标记，表示已将其设置为默认打印机。

2．设置打印机首选项

打印机首选项的设置包括设置常用的纸型、墨盒和打印质量等选项，以免每次打印前都要进行设置。下面以设置 Cannon MP150 打印机的属性为例讲解首选项的设置方法，其具体操作如下。

▌1 选择【开始】→【打印机和传真】命令，打开"打印机和传真"窗口，此时该窗口中将出现安装了驱动后的 Cannon MP150 打印机图标 ，在其上单击鼠标右键，在弹出的快捷菜单中选择"属性"命令，打开"Cannon MP150 Series Printer 属性"对话框，单击 打印首选项(I)... 按钮，如图 8-73 所示。

图 8-73 打印机属性对话框

▌2 打开"Cannon MP150 Series Printer 打印首选项"对话框的"主要"选项卡，在"打印质量"栏选中"高"单选按钮，如图 8-74 所示。

▌3 单击"页设置"选项卡，在其中设置打印布局，在"页尺寸"下拉列表框中选择"A4"选项，在"方向"栏中选中"纵向"单选按钮，选中"双面打印"复选框可对文档进行双面打印，如图 8-75 所示。

▌4 单击"效果"选项卡，在打开的对话框中，选择"图形"可对打印文档的效果进行设置，

单击 确定 按钮完成打印首选项的设置，如图 8-76 所示。

图 8-74　打印首选项对话框

图 8-75　"页设置"选项卡

图 8-76　"效果"选项卡

8.9.3　管理打印机

管理打印机的具体操作如下。

① 当文档开始打印后，在"打印机和传真"窗口中选择正在使用的打印机图标，选择【文件】→【打开】命令，打开"Cannon MP150 Series Printer"窗口，显示文档正在打印，如图 8-77 所示。

图 8-77　"Cannon MP150 Series Printer"窗口

② 若此时发现该文档还需要修改，在该打印的任务上单击鼠标右键，在弹出的快捷菜单中选择"取消"命令，如图 8-78 所示。

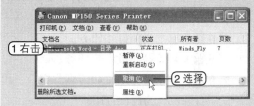

图 8-78　取消打印

③ 在打开的提示对话框中单击 是(Y) 按钮即可取消打印任务，如图 8-79 所示。

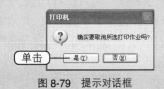

图 8-79　提示对话框

④ 若需暂停或将暂停的任务重新恢复打印状态，按照相同的方法在快捷菜单中选择"暂停"命令或"重新启动"命令即可，如图 8-80 所示。

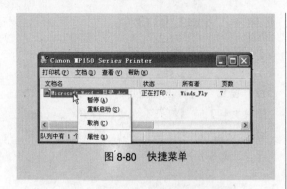

图 8-80　快捷菜单

8.9.4　自测练习及解题思路

1．测试题目

第 1 题　查看本机安装的打印机，并将其设置为默认打印机。

第 2 题　在控制面板中将默认打印机设置为共享打印机。

第 3 题　将默认打印机的打印方向设为"横向"。

第 4 题　取消当前打印任务。

第 5 题　暂停打印机中的任务。

第 6 题　利用"打印机和传真"窗口，设置"长城打印机"为脱机打印。

第 7 题　利用"打印机和其它硬件"窗口，安装"Apple"厂商生产的"AppleColorLaserwriter12/600"型号的打印机，使用"LPT1"端口，打印机名为"苹果LaserPnnter"，设置为"共享"，共享名为"苹果激光打印机"，位置为"考试中心"，不打印测试页。

第 8 题　利用"打印机和传真"窗口，设置"HP LaserJet P2015 Series PCL 6"的使用时间为"总可以使用"，"保留打印的文档"（按题目顺序操作）。

第 9 题　新建一个 Local Port 打印机端口。

第 10 题　利用"打印机和传真"窗口，设置打印机的每张打印页数为 4 页，方向为横向。

第 11 题　利用"打印机和传真"窗口，将"Microsoft"打印机设置为默认打印机。

2．解题思路

第 1 题　参考 8.9.2 小节的第 1 小点。

第 2 题　打开"Cannon MP150 Series Printer 属性"对话框，单击"共享"选项卡，在其中进行设置。

第 3 题　参考 8.9.2 小节的第 2 小点。

第 4 题　参考 8.9.3 小节。

第 5 题　参考 8.9.3 小节。

第 6 题　选择"打印机"，右键单击"长城打印机"图标，在弹出的快捷菜单中选择"脱机使用打印机"命令，或选择【文件】→【脱机使用打印机】命令。

第 7 题　参考 8.9.1 小节。

第 8 题　打开"打印机和传真"窗口，右键单击"HP LaserJet P2015 Series PCL 6"打印机图标，在打开的对话框中单击"高级"选项卡，选中"总可以使用"和"保留打印的文档"单选项。

第 9 题　打开打印机的属性窗口，单击"端口"选项卡，单击"添加新端口"按钮，根据提示依次操作。

第 10 题　在打印机属性对话框中的"高级"选项卡中单击"打印默认值"按钮，在打开的对话框中单击"完成"选项卡，在"每张打印页数"下拉列表框中选择"每张打印 4 页"，在"方向"栏中选中"横向"单选项。

第 11 题　参考 8.9.2 第 1 小节。

8.10 本地安全策略设置

考点分析：这一考点是考试大纲中要求重点掌握的知识点，建议考生要非常熟悉这一块的操作，尽量获得这类题目的分数。

学习建议：熟练掌握本地安全策略的设置和管理操作。

8.10.1 账户策略

账户策略主要包括密码策略和账户锁定策略。进入账户策略设置环境的具体操作如下。

1 在"控制面板"窗口中单击"性能和维护"超级链接，在打开的界面中单击"管理工具"超级链接，打开如图 8-81 所示的"管理工具"窗口。

图 8-81 "管理工具"窗口

2 在其中双击"本地安全策略"图标，打开"本地安全设置"窗口，在窗口的左侧窗格中选择"账户策略"选项，右侧窗格的显示内容如图 8-82 所示。

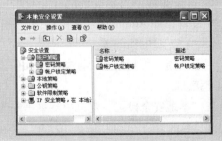

图 8-82 "本地安全设置"窗口

1. 密码策略

在"本地安全设置"窗口中，单击左侧窗格中的"密码策略"选项，或双击右侧窗格中的"密码策略"选项，将在窗口的右侧窗格中显示如图 8-83 所示的内容，在其中双击某策略，或右键单击某策略，在弹出的快捷菜单中选择"属性"命令，进入相应策略的属性设置界面。

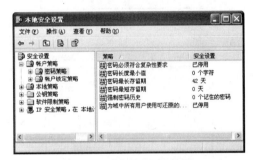

图 8-83 "密码策略"设置界面

其中各选项的具体介绍如下。

◆ "密码必须符合复杂性要求"设置：在打开如图 8-84 所示的"密码必须符合复杂性要求 属性"对话框中，用户可自行选择是否启用"密码必须符合复杂性要求"的策略，若启用该策略，设置密码时必须不含全部或部分用户账户名称；长度至少为 6 个字符，且须包含下列字符中的 3 种：英文大写字母（A~Z）、英文小写字母（a~z）、10 个基本数字（0~9）和非英文字母非数字符号（如#、% 等）。

◆ "密码长度最小值"设置：在如图 8-85 所示的"密码长度最小值 属性"对话框中，用户可自行规定用户账户密码包含的最少字符数，密码长度最小值范围介于0~14之间，当设置字符数为0时，表示此用户可以不设置密码。

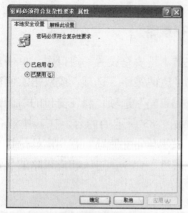

图 8-84 "密码必须符合复杂性要求 属性"对话框

图 8-85 "密码长度最小值 属性"对话框

◈ "密码最长（或最短）存留期"设置：在"密码最长（或最短）存留期 属性"对话框，用户可设置密码最长（或最短）存留期，用于指定用户在更改密码前，密码必须使用的期限。设置范围为0~999，当设置的天数为0时，表示密码永远不会到期或允许立即更改。而密码的最短存留期必须小于密码最长存留期。

2．账户锁定策略

账户锁定策略用于设置在必要情况下将账户锁定。

◈ "账户锁定阈值"设置：设定导致用户账户被锁定时的无效登录尝试次数。锁定的账户必须经过系统管理员重设或账户的锁定时间到期，否则该账户将无法使用。用户可以设置的无效登录尝试次数为0~999，若设置为0，表示账户永远不会被锁定。

◈ "账户锁定时间"设置：用于决定锁定的账户在自动解锁之前维持锁定的时间。用户可以设置的锁定时间范围为0~99999分钟，若设置为0分钟，表示指定账户将被锁定至系统管理员解除锁定为止。

◈ "复位账户锁定计数器"设置：指确定登录尝试失败之后和登录尝试失败计数器被复位为0次所用的分钟数，有效范围为1～99999。

8.10.2　本地策略

本地策略应用于计算机的审核策略、用户权利指派和安全选项3个子集。

◈ 审核策略：确定是否将安全事件记录到计算机的安全日志中，同时也确定是否记录登录成功或登录失败等内容。

◈ 用户权利指派：确定哪些用户或组具有登录和使用计算机的权利或特权，如调试程序或关闭系统。

◈ 安全选项：启用或禁用计算机的安全设置，如Administrator和Guest的账户名、光盘的访问等。

下面以用户权利指派设置来说明如何设置本地连接。

在"本地安全设置"窗口中，单击左侧窗格中的"本地策略"选项下的"用户权利指派"选项，将在窗口的右侧窗格中显示如图8-86

所示的内容，在其中双击某策略，或右键单击某策略，在弹出的快捷菜单中选择"属性"命令，进入相应策略的属性设置界面。

图 8-86 "用户权利指派"设置界面

◆ 更改系统时间：攻击者可能会通过更改系统时间来对计算机实施重复攻击，或由于过多的时间漂移而导致拒绝服务。该选项用于确定哪些用户和组可以更改计算机内置时钟的时间和日期，成员应限制为可信的管理员。在如图 8-87 所示的"更改系统时间 属性"对话框中，通过 添加用户或组(U)... 和 删除(R) 按钮，可设置哪些用户和组具有更改计算机内置时钟的权利。

图 8-87 "更改系统时间 属性"对话框

◆ 拒绝本地登录：在如图 8-88 所示的"拒绝本地登录 属性"对话框中，通过 添加用户或组(U)... 和 删除(R) 按钮，可设置限制哪些用户和组本地登录的权利。

图 8-88 "拒绝本地登录 属性"对话框

"用户权利指派"中的其他策略设置过程，与"更改系统时间"和"拒绝本地登录"的设置过程相同，这里不再赘述。

8.10.3 本地组策略设置

组策略是 Windows XP 自带的优化程序，它将注册表中重要的配置功能分门别类地进行了整理。在 Windows XP 网络域环境中，系统管理员可以使用"组策略"来自定义及设置网络上的计算机。在一台独立计算机或组成工作组的几台计算机的环境中，用户也可以使用"组策略"来定义自己的计算机。

1. 打开"组策略"窗口

选择【开始】→【运行】命令，在打开的"运行"对话框中输入文件名 gpedit.msc，如图 8-89 所示，单击 确定 按钮，打开如图 8-90 所示的"组策略"窗口。

图 8-89 "运行"对话框

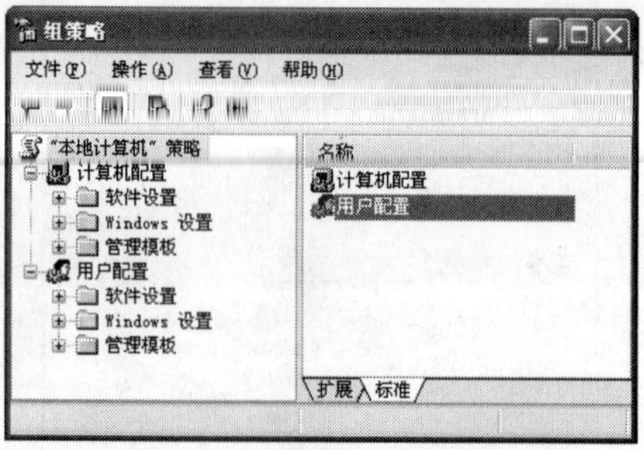

图 8-90 "组策略"对话框

在窗口中包括"计算机配置"和"用户配置"两个选项。"计算机配置"选项主要用于设置应用到本地计算机的策略，而不考虑登录用户是谁；"用户配置"选项用于设置套用到每个登录计算机用户的策略。

"组策略"窗口包括标准和扩展两种显示模式，默认为"扩展"模式，它将所选项的详细说明内容显示在右侧窗格的空白处，而"标准"模式则会隐藏详细说明内容。通过窗口下方的标签，用户可在这两种模式之间进行切换。

2．使用"组策略"

用户可以启用或停用不同的策略来自定义自己的桌面环境，也可以添加在计算机启动或关闭时以及用户登录或注销时运行的指令文件，并可以对 Internet Explorer 进行相关的设置。

下面以"从桌面删除'回收站'"图标为

例，讲解"组策略"窗口的使用方法。

1 在"组策略"窗口的左侧窗格中依次选择【用户配置】→【管理模板】→【桌面】选项，打开如图 8-91 所示的界面。

图 8-91 "组策略"的桌面设置

2 在右侧窗格中双击"从桌面删除'回收站'图标"选项，或右键单击"从桌面删除'回收站'图标"，在弹出的快捷菜单中选择"属性"命令，打开如图 8-92 所示的"从桌面删除'回收站'图标 属性"对话框。

图 8-92 "从桌面删除'回收站'图标 属性"对话框

3 在其中选中"已启用"单选项，然后单击 确定 或 应用(A) 按钮，确认设置。

8.10.4 微软管理控制

微软管理控制台（MMC）指的是进行系统维护的各种管理工具工作的地方，通过控制台，用户可以创建、保存和打开用于管理硬件、软件和 Windows XP 操作系统组件的各种工具。

1．启动控制台

选择【开始】→【运行】命令，在打开的"运行"对话框中输入文件名 MMC，单击 确定 按钮，将打开如图 8-93 所示的"控制台 1"窗口。

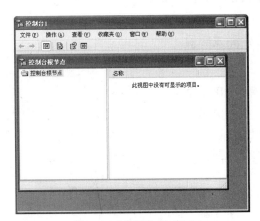

图 8-93 "控制台 1"窗口

2．添加组策略管理单元

由于 MMC 不执行管理功能，因此在打开"控制台 1"窗口后，用户需要添加管理单元，添加组策略管理单元主要有以下两种方法。

方法 1：通过菜单命令添加。

通过菜单命令添加其组策略管理单元的具体操作如下。

❶ 在"控制台 1"窗口中选择【文件】→【添加 / 删除管理单元】命令，打开如图 8-94 所示的"添加 / 删除管理单元"对话框。

图 8-94 "添加 / 删除管理单元"对话框

❷ 单击 添加(D)... 按钮，打开如图 8-95 所示的"添加独立管理单元"对话框。

图 8-95 "添加独立管理单元"对话框

❸ 在其中的"可用的而独立管理单元"列表框中选择"组策略对象编辑器"选项，单击 添加(D)... 按钮，或双击该选项，打开如图 8-96 所示的"选择组策略对象"对话框。

❹ 在"组策略对象"文本框中选择需要该管理单元管理的计算机"本地计算机"，然后单击 完成 按钮，此时，在"添加 / 删除管理单元"对话框中的列表中将出现新添加的管理单元"'本地计算机'策略"选项，如图 8-97 所示。

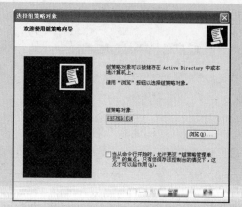

图 8-96 "选择组策略对象"对话框

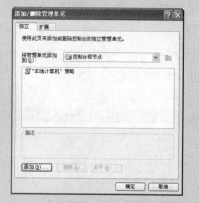

图 8-97 返回到"添加/删除管理单元"对话框

⑤ 在"添加/删除管理单元"对话框中单击 [确定] 按钮，返回到"控制台 1"窗口，如图 8-98 所示。

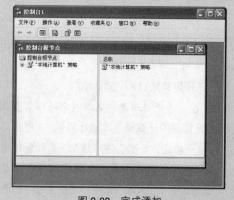

图 8-98 完成添加

⑥ 在窗口中选择【文件】→【保存】命令，可以将自定义的控制台进行保存。

方法 2：通过快捷键添加。

按【Ctrl+M】组合键也可打开"添加/删除管理单元"对话框，其后的操作与使用菜单命令相同，这里不再赘述，在完成后按【Ctrl+S】组合键进行保存。

在完成将管理单元添加到控制台的操作后，可以通过选择【开始】→【所有程序】→【管理工具】命令，在打开的子菜单中来打开已保存的自定义控制台（扩展名为 .msc）。

8.10.5　自测练习及解题思路

1. 测试题目

第 1 题　利用控制台设置本地安全策略，添加"IP 安全策略"管理单元。

第 2 题　利用"控制台 1"窗口，对本机组策略进行安全设置，启用"从桌面删除'回收站'图标"。

第 3 题　在"组策略"窗口中"隐藏桌面上'网上邻居'图标"。

第 4 题　利用"控制台 1"窗口，设置本地安全策略，添加"安全模板"管理单元。

2. 解题思路

第 1 题　参考 8.10.4 小节的第 2 小点。

第 2 题　启动微软管理控制台，添加"组策略"管理单元，并将管理的计算机设置为"本地计算机"，在如图 8-89 所示界面中进行相关设置。

第 3 题　参考 8.10.3 小节的第 2 小点。

第 4 题　参考 8.10.4 小节的第 2 小点。

第 **9** 章 ▸设置与使用网络◂

Windows XP 提供了强大的网络功能，可以让用户之间的联络更加畅通无阻。本章将介绍本地连接的设置、家庭或小型办公网络的配置和如何与 Internet 进行连接，以及如何在可靠的环境中安全地使用网络等操作。

本章考点

☑ **要求掌握的知识**
- 📖 设置本地连接
- 📖 设置 Internet 选项属性

☑ **要求熟悉的知识**
- 📖 家庭或小型办公网络的配置
- 📖 网上邻居的使用
- 📖 文件夹和磁盘的共享
- 📖 Windows XP 的自动更新
- 📖 Windows XP 防火墙的使用

☑ **要求了解的知识**
- 📖 局域网的设置

▌**9.1** 设置本地连接

考点分析：该考点中的查看本地连接和设置本地连接的属性（如配置 IP 地址）是常考内容，考生只要掌握了打开"网络连接"窗口的方法和属性设置便可轻松获得分数。

学习建议：熟练掌握本地连接的设置方法。

9.1.1 查看本地连接

安装 Windows XP 后，系统会自动检测计算机上的网络适配器（俗称网卡），并创建本地连接。要查看和设置本地连接，需要打开"网络连接"窗口，方法是选择【开始】→【控制面板】命令，在分类视图中单击"网络和Internet 连接"超级链接，在打开的界面中单击"网络连接"超级链接，便可打开"网络连接"窗口，其中显示了本地连接，如图 9-1 所示。

图 9-1 "网络连接"窗口

通过本地链接的图标可以查看当前网络所处的状态，包括以下两种状态。

◈ 图标表示处于活动状态。

◈ 图标表示处于非活动状态，连接被断开。

用户可选择【文件】→【状态】命令，或单击鼠标右键，在弹出的快捷菜单中选择"状态"命令，来查看当前本地连接的详细活动状态，如速度、传输数据量等。

在本地连接的右键菜单中还可选择"停用"或"修复"命令来禁止或修复本地连接。

9.1.2 设置本地连接属性

在"网络连接"窗口中选中"本地连接"图标后执行以下任一操作，打开如图9-2所示的"本地连接 属性"对话框。

方法1：选择【文件】→【属性】命令。

方法2：单击鼠标右键，在弹出的快捷菜单中选择"属性"命令。

单击"常规"选项卡，可进行以下设置。

图9-2 "本地连接 属性"对话框

◈ 下方的两个复选框分别用于设置是否在通知区域显示网络连接图标，及当连接被限制或无连接时是否发出通知。

◈ 配置TCP/IP协议：在"此连接使用下

列项目"列表框中，选中"Internet 协议(TCP/IP)"复选框，单击 属性(R) 按钮，将打开"Internet 协议（TCP/IP） 属性"对话框，若计算机所在的网络能够自动分配 IP 地址，可选中"自动获得 IP 地址"单选按钮；若网络中的计算机必须手动设置静态 IP，可选中"使用下面的 IP 地址"单选按钮，在各个文本框中输入由网络管理员提供的地址便可。

9.1.3 自测练习及解题思路

1. 测试题目

第1题 本地网络已经连接上，查看连接状态，并禁用本地网络（用快捷菜单操作）。

第2题 利用"本地连接 属性"对话框将计算机的 IP 地址设置为 192.168.0.8。

2. 解题思路

第1题 打开"网络连接"窗口，右键单击"本地连接"图标，在弹出的快捷菜单中选择"状态"命令，查看连接状态，再用右键单击，在弹出的快捷菜单中选择"禁用"命令。

第2题 选中"Internet 协议（TCP/IP）"复选框，单击 属性(R) 按钮，在打开的对话框中选中"使用下面的 IP 地址"单选按钮进行设置即可。

9.2 配置家庭或小型办公网络

考点分析：这是一个常考的知识点，考试的题目一般都比较长，但操作其实比较简单，只需按要求设置便可，考生要有耐心完成。

学习建议：熟练掌握配置网络的方法。

9.2.1 家庭或小型办公网络的概述

针对某些家庭和企业单位拥有多台计算机

的情况，可以将计算机连接在一起，组建成一个小型的局域网，以便于实现 Internet 连接和打印机等资源的共享，节省使用成本。

要建立家庭或小型办公网络需要具备以下一些硬件设备。

◈ 至少有两台具有独立操作系统的计算机。

◈ 每台计算机安装有网络适配器(即网卡)。

◆ 有可以连接网线的集线器（即 HUB）。

◆ 用于连接网络适配器和集线器的网线。

9.2.2　配置家庭或小型办公网络

在建立家庭或小型办公网络时，需要对即将连入网络的各台计算机分别进行配置，当完成网络适配器的配置后，便可进行网络配置，其具体操作如下。

1 选择【开始】→【控制面板】命令，在分类视图中单击"网络和 Internet 连接"超级链接，再单击"网络安装向导"超级链接，打开"网络安装向导"对话框，单击 下一步(N) 按钮，如图9-3 所示。

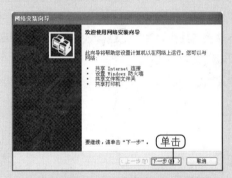

图 9-3　打开"网络安装向导"对话框

2 打开如图 9-4 所示的对话框，单击"创建网络的清单"超级链接可查看"帮助与支持中心"中的相关信息，单击 下一步(N) 按钮。

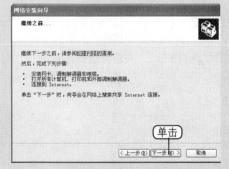

图 9-4　创建网络清单

3 打开如图 9-5 所示的"选择连接方法"对话框，在其中根据网络的实际情况，选择网络的链接方式，如选中"此计算机通过居民区的网关或网络上的其他计算机连接到 Internet"单选按钮，单击 下一步(N) 按钮。

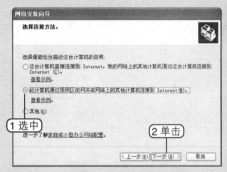

图 9-5　描述计算机

4 打开如图 9-6 所示的"给这台计算机提供描述和名称"对话框，在"计算机描述"文本框中输入对计算机的描述，如 My Computer，在"计算机名"文本框中输入计算机的名称，如 MY，单击 下一步(N) 按钮。

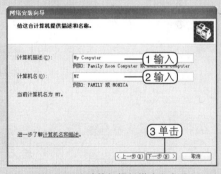

图 9-6　为计算机提供描述和名称

5 打开如图 9-7 所示的"命名您的网络"对话框，在"工作组"文本框中输入该计算机将要加入的工作组名称，如 HOME，单击 下一步(N) 按钮。

6 打开如图 9-8 所示的"文件和打印机共

享"对话框，在其中可设置是否启用文件和打印机，这里选中"关闭文件和打印机共享"单选按钮，单击 下一步(N) 按钮。

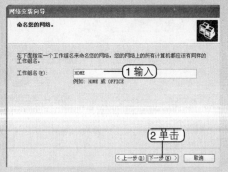

图 9-7 命名网络

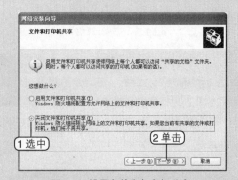

图 9-8 设置文件和打印机共享

7 打开如图9-9所示的"准备应用网络设置..."对话框，在其中可查看之前设置的网络。单击 下一步(N) 按钮。

图 9-9 查看之前设置的网络

8 打开如图9-10所示的"请稍后..."对话框，此时，网络向导开始为计算机配置网络。

图 9-10 正在配置网络

9 配置完成后，将打开如图9-11所示的"快完成了..."对话框，提示需要在网络上的所有计算机上执行该向导，选中"完成该向导。我不需要在其他计算机上运行该向导"单选按钮，单击 下一步(N) 按钮。

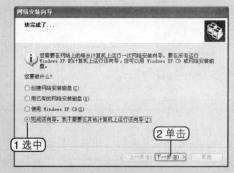

图 9-11 设置不需要在其他计算机上运行向导

10 打开如图9-12所示的"正在完成网络安装向导"对话框，单击 完成 按钮，关闭该向导。系统将提示"必须重新启动计算机才能使新的设置生效"，用户可根据需要进行选择。

📖 **考场点拨**

创建网络在出题时一般会指定组名、连接方式、计算机描述名称和是否关闭文件和打印机共享等，考试场景中一般已打开了"网络安装向导"，考生只需在向导中选择要求的参数再进入到下一步操作即可。

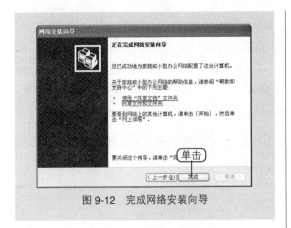

图 9-12 完成网络安装向导

名为"OFFICE"的小型网络,此计算机通过居民区的网关或网络上的其他计算机与Internet连接,不共享文件夹和网络打印机,计算机描述为yy,不需要创建安装磁盘(当出现要求重新启动计算机的对话框时即完成此题)。

第2题 将正在使用的计算机与其他运行Windows XP的计算机连接形成一个不与Internet连接的小型网络。在创建的过程中,不需要创建安装磁盘,将计算机名描述为"Jok",组名为"my home",且网络中的用户可以共享文件夹和网络打印机。

9.2.3 自测练习及解题思路

1. 测试题目

第1题 利用已经打开的窗口创建一个组

2. 解题思路

第1题 参考9.2.2小节。
第2题 参考9.2.2小节。

9.3 共享网络资源

考点分析:这是一个常考的知识点,在考试中一般会出现1～2道这方面的考题,主要考查共享资源和通过"网上邻居"访问网络资源的相关设置。

学习建议:熟练掌握共享网络资源的方法。

9.3.1 共享文件夹和磁盘

配置好网络后,要通过网络访问本地计算机上的资源,必须先设置共享资源,包括供其他用户访问的文件夹和磁盘。

前面第5章的5.2.2小节已介绍了磁盘的共享设置,下面主要介绍共享文件夹操作。

1 选择要设置共享的文件夹图标,执行以下任一操作,打开文件夹或磁盘的属性对话框。

◈ 单击鼠标右键,在弹出的快捷菜单中选择"共享和安全"命令。

◈ 选择【文件】→【共享和安全】命令。

2 单击"共享"选项卡,选中"在网络上共享这个文件夹"复选框。

3 在"共享名"文本框中输入在网络上显示的共享名称,选中"允许网络用户更改我的文件"复选框,表示网络上其他用户可修改文件的内容。

4 单击 确定 按钮,完成共享设置。

9.3.2 使用"网上邻居"浏览网络资源

通过"网上邻居"窗口可浏览已共享的资源,然后再打开使用,其具体操作如下。

1 执行以下任一操作,打开"网上邻居"窗口,如图9-13所示,其中显示了当前网络上的文件而不是本地文件。

◈ 打开"我的电脑"窗口,在窗口左侧的窗口中单击"网上邻居"超级链接。

◈ 双击桌面上的"网上邻居"图标 。

◈ 选择【开始】→【网上邻居】命令。

2 在"网上邻居"窗口中，浏览局域网中其他计算机上的共享文件夹。

3 双击要访问的共享文件夹，即可在新打开的窗口中查看共享资源。

图 9-13 "网上邻居"窗口

9.3.3 映射网络资源

若用户需要经常访问网络上的某个磁盘或文件夹，为了提高工作效率，可以将其映射成网络驱动器。其方法主要有以下两种。

方法 1：通过菜单命令映射。

通过菜单命令映射网络资源的具体操作如下。

1 打开"网上邻居"窗口，选择【工具】→【映射网络驱动器】命令，打开"映射网络驱动器"对话框，如图9-14所示。

图 9-14 "映射网络驱动器"对话框

2 在对话框中的"驱动器"下拉列表框中，

可为网络驱动器指定一个驱动器号，如选择"Z:"选项。

3 单击 浏览(B)... 按钮，打开如图9-15所示的"浏览文件夹"对话框，在其中选择需要映射的网络文件夹后，单击 确定 按钮，

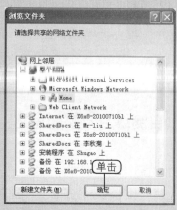

图 9-15 "浏览文件夹"对话框

4 返回"映射网络驱动器"对话框中，单击 完成 按钮完成网络资源的映射。

方法 2：通过快捷菜单映射。

通过快捷菜单映射网络资源的具体操作如下。

1 打开"网上邻居"窗口，双击需要使用的共享资源所在的计算机。

2 在要映射为网络驱动器的共享文件夹或驱动器上单击鼠标右键，在弹出的快捷菜单中选择"映射网络驱动器"命令，打开"映射网络驱动器"对话框。

其后的操作与使用菜单命令映射网络驱动器相同，这里不再赘述。

☀ **操作提示**

在"映射网络驱动器"对话框中，若选中"登录时重新连接"复选框，则下次登录时，系统会重新连接该网络驱动器，否则将自动断开连接。

9.3.4 创建网络资源的快捷方式

除了通过映射网络资源的方式外，还可通过创建网络资源的快捷方式来提高访问网络资源的效率，其具体操作如下。

1 打开"网上邻居"窗口，在左侧的窗格中单击"添加一个网上邻居"超级链接，打开"添加网上邻居向导"对话框，如图9-16所示，单击 下一步(N)> 按钮。

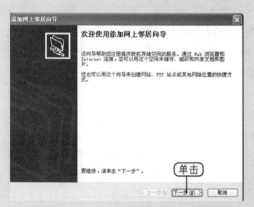

图9-16 "添加网上邻居向导"对话框

2 经过下载信息的对话框后，将打开如图9-17所示的"要在哪儿创建这个网上邻居?"对话框，单击 下一步(N)> 按钮。

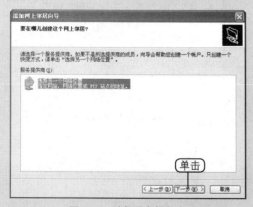

图9-17 选择服务提供商

3 打开如图9-18所示的"这个网上邻居的地址是什么?"对话框，单击 浏览(B)... 按钮，打开"浏览文件夹"对话框，在其中选择或输入网上邻居的地址后，单击 确定 按钮返回之前的对话框，单击 下一步(N)> 按钮。

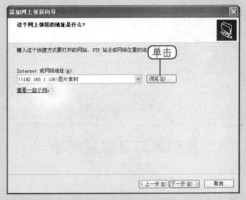

图9-18 输入网络地址

4 打开如图9-19所示的"这个网上邻居的名称是什么?"对话框，在其中输入网上邻居的名称，如"专题讲座"，单击 下一步(N)> 按钮。

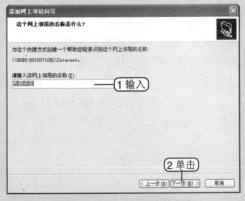

图9-19 输入网上邻居的名称

5 打开如图9-20所示的"正在完成添加网上邻居向导"对话框，单击 完成 按钮，此时，网络资源的快捷方式将出现在"网上邻居"窗口中。

图 9-20　完成创建

9.3.5　自测练习及解题思路

1．测试题目

第1题　在"我的电脑"窗口，利用任务

窗格打开"网上邻居"窗口，并查看网络连接情况。

第2题　将 D 盘根目录下的"考试试题"文件夹设置为与其他网络用户共享，共享名为"考试资料"。

第3题　为自己计算机上常用的网络资源创建网络资源快捷方式。

2．解题思路

第1题　打开"我的电脑"窗口，在左侧的任务窗格单击"网上邻居"超级链接，打开"网上邻居"窗口，在左侧的任务窗格单击"查看网络连接"超级链接。

第2题　题目没有明确要求用何种方法设置，应从最常用的方法开始逐一尝试，可参考9.3.1 小节。

第3题　参考9.3.4 小节。

9.4　连接Internet

考点分析：这一部分的考查重点是Internet 属性的设置，但也会涉及到建立拨号连接的操作方法，考试时通常会要求考生根据提供的信息建立拨号连接，但都比较简单，考生应尽量获得这方面题目的分数。

学习建议：熟练掌握各种连接到 Internet的方法和 Internet 属性的设置。

9.4.1　建立拨号连接

当使用电话拨号连接到 Internet 时，在计算机中必须先安装有调制解调器（又称Modem），以实现模拟信号和数字信号的相互转换。安装调制解调器后便可建立拨号连接，其具体操作如下。

1 选择【开始】→【控制面板】命令，在其中单击"网络和 Internet 连接"超级链接，在

打开的界面中单击"设置或更改您的 Internet 连接"超级链接，打开"Internet 属性"对话框，如图 9-21 所示。

图 9-21　"Internet 属性"对话框

2 单击 建立连接(U)... 按钮，打开"新建连接向导"对话框，如图 9-22 所示，单击 下一步(N) 按钮。

③ 打开如图 9-23 所示的"网络连接类型"对话框，在其中选中"连接到 Internet"单选按钮，单击 下一步(N) 按钮。

图 9-22 "新建连接向导"对话框

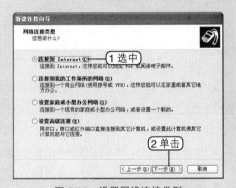

图 9-23 设置网络连接类型

④ 打开如图 9-24 所示的"准备好"对话框，在其中选中"手动设置我的连接"单选按钮，单击 下一步(N) 按钮。

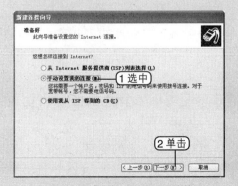

图 9-24 准备设置 Internet 连接

⑤ 打开如图 9-25 所示的"Internet 连接"对话框，在其中选中"用拨号调制解调器连接"单选按钮，单击 下一步(N) 按钮。

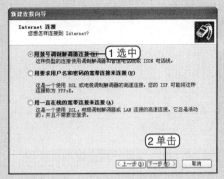

图 9-25 设置怎样连接到 Internet

⑥ 打开如图 9-26 所示的"连接名"对话框，在其中输入 ISP 的名称，单击 下一步(N) 按钮。

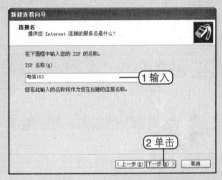

图 9-26 输入 ISP 的名称

⑦ 打开如图 9-27 所示的"要拨的电话号码"对话框，在其中输入 IPS 的电话号码，单击 下一步(N) 按钮。

⑧ 打开如图 9-28 所示的"Internet 账户信息"对话框，在其中输入 Internet 账户信息，并根据需要对其他选项进行设置，如是否将其作为默认的 Internet 链接，单击 下一步(N) 按钮。

⑨ 打开如图 9-29 所示的"正在完成新建连接向导"对话框，在其中选中"在我的桌面上添加一个到此连接的快捷方式"复选框，单击 完成 按钮。

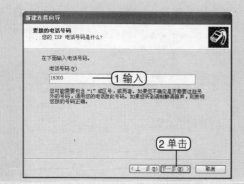

图 9-27 输入电话号码

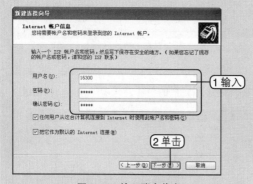

图 9-28 输入账户信息

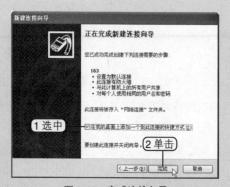

图 9-29 完成连接向导

此时，桌面上将会出现一个新的 ![图标] 图标，双击该图标，可打开如图 9-30 所示的连接登录对话框，单击 ![拨号(D)] 按钮，开始拨号连接。拨号连接成功后，即可开始浏览 Internet 上的资源。

图 9-30 进行拨号连接

9.4.2 建立ADSL连接

利用拨号上网会占用电话线，从而给用户打电话带来不便，而使用 ADSL 宽带拨号上网的方式不仅可解决该问题，而且速度更快。

建立 ADSL 连接的方法与建立拨号连接的方法相同，只是在如图 9-25 所示的"Internet 连接"对话框中要选中"用要求用户名和密码的宽带连接来连接"单选按钮，在如图 9-28 所示的"Internet 账户信息"中必须输入申请安装 ADSL 宽带时获得的账户信息，其中的密码为初始密码，用户可以对其进行更改。

📖 **考场点拨**

本节的考试重点是建立 Internet 连接，考试时一般会要求考生根据题中所提供的用户名和密码建立 ADSL 连接，考生只需按照题目要求逐步操作即可。

9.4.3 使用Internet Explorer访问 Internet

要浏览 Internet 上的资源，必须在计算机上安装网页浏览器软件。Internet Explorer（简称 IE）是 Windows XP 自带的网页浏览器软件，在安装 Windows XP 操作系统后，Internet Explorer 浏览器将自动被安装到计算机中。在建立好网络连接后，即可使用 Internet Explorer 浏览器浏览 Internet 资源，下面将介绍其使用方法。

1. 启动 Internet Explorer

启动 Internet Explorer 的方法主要有以下两种。

方法 1：双击桌面上的 IE 快捷图标 。

方法 2：选择【开始】→【所用程序】→【Internet Explorer】命令。

启动 Internet Explorer 后，如图 9-31 所示为使用 IE 打开的百度网页。

图 9-31　Internet Explorer 工作窗口

2. 浏览网页

通过浏览网页，用户可以实现查找资料、阅读新闻和下载软件等功能。其具体操作如下。

1 在 Internet Explorer 窗口的地址栏中输入网站或网页的网址，如输入"http://www.google.com"即可浏览搜索出的所需网页。如图 9-32 所示。

2 将鼠标移动到相关的文字上时，当指针变为 形状时单击，即可跳转到与之相关的网页上。

图 9-32　搜索网页

3. 使用收藏夹

在 Internet Explorer 中浏览网页时，用户可以将某些网页添加到收藏夹中，以便以后能再次方便快捷地浏览，其具体操作如下。

1 在 Internet Explorer 工作窗口中，打开要添加到收藏夹的网页。

2 选择【收藏】→【添加到收藏夹】命令，打开"添加到收藏夹"对话框，如图 9-33 所示。

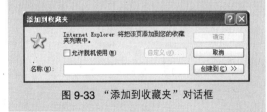

图 9-33　"添加到收藏夹"对话框

3 在"名称"文本框中输入名称，单击 确定 按钮，即可将该网页添加到收藏夹。

利用收藏夹打开所需网页的具体操作如下。

1 在 Internet Explorer 工作窗口中，单击工具栏中的"收藏夹"按钮 ，打开"收藏夹"窗格，如图 9-34 所示。

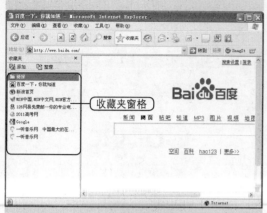

图 9-34 "收藏夹"窗格

② 在左侧窗格中选择要浏览的网页，即可打开相应的网页，如图 9-35 所示。

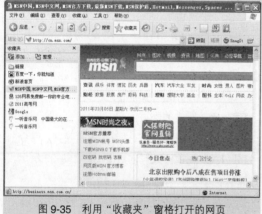

图 9-35 利用"收藏夹"窗格打开的网页

4．查看历史记录

Internet Explorer 还具有历史记录的功能，使用历史记录功能可以记录用户在一定时间段内访问的网页。查看历史记录的具体操作如下。

① 在 Internet Explorer 中，单击工具栏上的"历史"按钮 ，将打开如图 9-36 所示的"历史记录"窗格。

② 在其中单击需要跳转到的网页地址，即

可快速打开相应的网页。

图 9-36 "历史记录"窗格

9.4.4　设置Internet选项属性

设置 IE 浏览器可通过"Internet 选项"对话框来进行设置，其中包括有"常规"、"安全"、"隐私"、"内容"、"连接"、"程序"和"高级"7 个选项卡，如图 9-37 所示。

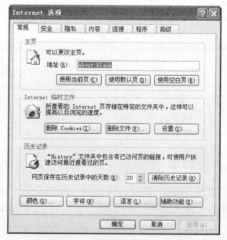

图 9-37 "Internet 选项"对话框

打开"Internet 选项"对话框主要有以下几种方法。

方法 1：在 Internet Explorer 工作窗口中，选择【工具】→【Internet 选项】命令。

方法 2：右键单击桌面上的 IE 快捷图标 ，在弹出的快捷菜单中选择"属性"命令。

方法 3：在"控制面板"窗口中，单击"网络和 Internet 链接"超级链接，在打开的界面中单击"设置或更改您的 Internet 链接"超级链接。

1．设置默认主页

单击"Internet 选项"对话框中的"常规"选项卡，在其中可以设置启动 Internet Explorer 时需要打开的主页。

在其中的"主页"栏中的"地址"文本框中输入需要频繁查看的网页地址，可将其设置为默认的主页，也可以通过单击"主页"栏中的 [使用当前页(C)] 按钮、[使用默认页(D)] 按钮和 [使用空白页(B)] 按钮将其设置为主页。

2．设置 IE 临时文件

在使用 IE 浏览器访问网页时，浏览器会自动将浏览过的网页保存到本地磁盘的 IE 临时文件夹中，这些文件便是 IE 临时文件。

通过"常规"选项卡中的"Internet 临时文件"栏，可以对 IE 临时文件夹进行设置，其具体操作如下。

 在"Internet 选项"对话框的"Internet 临时文件"栏中单击 [删除文件(F)...] 按钮，可以将存储在文件夹中的文件全部删除。

 单击 [设置(S)...] 按钮，打开如图 9-38 所示的"设置"对话框，在其中可进行如下设置。

◈ 设置"检查所存网页的较新版本"的时间：如在每次访问此网页时检查，每次启动 Internet Explorer 时检查。

◈ 设置 Internet 临时文件夹占用的磁盘

空间：拖动"使用的磁盘空间"滑动杆，可以设置 Internet 临时文件夹所占用的磁盘空间，磁盘空间越大，存储的网页内容就越多。

◈ 改变临时文件夹的位置：单击 [移动文件夹(M)...] 按钮，在打开的"浏览文件夹"对话框中可以选择 Internet 临时文件夹的存储位置。

◈ 查看临时保存的网页：单击 [查看文件(V)...] 按钮，在打开的"Temporary Internet Files"对话框中可以查看临时保存的网页内容和其他文件。

图 9-38 "设置"对话框

3．设置历史记录

通过"常规"选项卡中的"历史记录"栏，可以重新设置网页保存在历史记录中的天数，单击 [清除历史记录(H)] 按钮可以清空所有的历史记录文件。

4．设置网页的颜色、字体和语言

通过"常规"选项卡可以设置 IE 窗口显示的内容颜色、字体和语言，其具体操作如下。

 在"常规"选项卡中单击 [颜色(O)...] 按钮，打开如图 9-39 所示的"颜色"对话框，在其中取消选中"使用 Windows 颜色"复选框,在"颜色"栏中单击"文字"按钮 ▬▬。

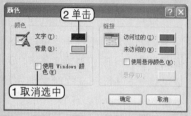

图 9-39 "颜色"对话框

通过"颜色"对话框中的"链接"栏,还能对网页中超级链接的各种形态颜色进行设置。

② 在打开的"颜色"对话框中选择一种颜色,单击 确定 按钮返回到"常规"选项卡中。

③ 单击 字体(N)... 按钮,打开如图 9-40 所示的"字体"对话框,在"纯文本字体"列表框中选择"隶书"选项,设置网页中的纯文本字体,单击 确定 按钮返回到"常规"选项卡中。

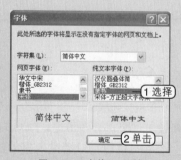

图 9-40 "字体"对话框

④ 单击 语言(L)... 按钮,打开"语言首选项"对话框,单击 添加(A)... 按钮,如图 9-41 所示。

⑤ 打开"添加语言"对话框,在"语言"列表框中选择"英语(美国)[en-us]"选项,单击 确定 按钮,如图 9-42 所示,即可将该种语言编码添加到网页中。

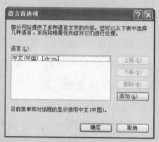

图 9-41 "语言首选项"对话框

图 9-42 "添加语言"对话框

5. 安全设置

单击"Internet 选项"对话框中的"安全"选项卡,可对 Internet 的安全进行设置。下面以自定义计算机的安全级别进行讲解,其具体操作如下。

① 在"Internet 选项"对话框中单击"安全"选项卡,在"请为不同区域的 Web 内容指定安全设置"列表框中选择一个要进行安全设置的区域,如选择"Internet"选项,如图 9-43 所示。

② 单击 自定义级别(C)... 按钮,打开如图 9-44 所示的"安全设置"对话框,在其中可根据需要进行设置。

单击 默认级别(D) 按钮,可以在"该区域的安全级别"栏中对计算机默认的安全级别进行设置。

图 9-43 "安全"选项卡

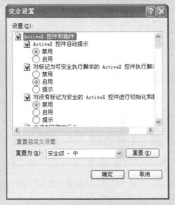

图 9-44 "安全设置"对话框

在"安全"选项卡中单击 站点(S)... 按钮，可为选中的"受信任的站点"或"受限制的站点"区域添加或删除网站，表示区域中所有的网站将具有与所选区域相同的安全设置。

6. 隐私设置

在浏览网页时，IE 浏览器将记录用户的个人浏览记录信息，并将这些信息保存到本地计算机中。为了保护这些信息的安全，需要对安全级别进行设置，其具体操作如下。

① 在"Internet 选项"对话框中单击"隐私"选项卡，如图 9-45 所示。

② 拖动"设置"栏中的滑杆，可以为 Internet

区域选择隐私设置。

图 9-45 "隐私"选项卡

③ 在"弹出窗口阻止程序"栏中单击 设置(E)... 按钮，打开"弹出窗口阻止程序设置"对话框，在其中可根据需要进行相应设置。如图 9-46 所示。

图 9-46 弹出窗口阻止程序设置"对话框

7. 高级选项设置

单击"高级"选项卡，可以对 IE 操作进行更多设置，用户可以根据需要来设置这些功能。如是否在关闭浏览器时清空 Internet 临时文件夹、是否将加密的页面存入硬盘等。如图 9-47 所示。

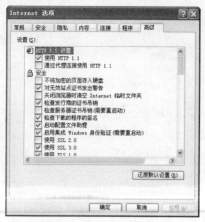

图 9-47 "高级"选项卡

在对 Internet 高级选项进行设置后，若不需要应用这些设置，可以单击 还原默认设置(R) 按钮恢复 IE 浏览器的默认设置。

9.4.5 自测练习及解题思路

1．测试题目

第 1 题 建立一个用于使用 ADSL 上网的连接，设置用户名为 abc，密码为 654321（要求不使用网上邻居完成此操作）。

第 2 题 建立一个用于使用 ADSL 上网的连接，用户名为 123，密码为 123456。创建完成该连接后在桌面上显示一个快捷图标（操作要求：不允许使用"网上邻居"，当出现"连接"对话框后此题即完成）。

第 3 题 使用"开始"菜单打开 Internet Explorer 工作窗口。

第 4 题 使用菜单命令打开"Internet 选项"对话框，在其中将当前打开的网页设置为主页。

第 5 题 设置"检查所存网页的较新版本"的时间为每次启动 Internet Explorer 时检查。

第 6 题 设置浏览网页时，访问过的超级链接显示为蓝色，未访问过的额超级链接显示为红色，且悬停颜色为紫色。

2．解题思路

第 1 题 参考 9.4.1 小节和 9.4.2 小节。

第 2 题 操作小节同上，只是在最后完成向导的连接时选中"在我的桌面上添加一个到此连接的快捷方式"复选框。

第 3 题 【开始】→【所用程序】→【Internet Explorer】命令。

第 4 题 选择【工具】→【Internet 选项】命令，单击 使用当前页(C) 按钮。

第 5 题 在参考 9.4.4 小节的第 2 小点。

第 6 题 在"Internet 属性"对话框的"常规"选项卡中单击"颜色"按钮设置。

9.5 Windows 安全中心

考点分析：这一部分的考查重点主要集中在 Windows 防火墙的使用，在考试中一般会出现 1～2 道题，考试难度不会太大，因此，考生应尽量获得此方面题目的分数。

学习建议：熟练掌握 Windows 防火墙的使用。

9.5.1 防火墙

在网络中随时可能会受到计算机病毒、黑客攻击等危害，为了提高网络使用的安全性，保护用户计算机的安全，除了可以安装防病毒软件来防范计算机病毒外，也可以使用 Windows XP 中自带的 Internet 防火墙，为用户的网络提供安全保障措施。

打开"控制面板"窗口，在其中单击"安全中心"超级链接，将打开如图 9-48 所示的"Windows 安全中心"窗口。

图 9-48 "Windows 安全中心"窗口

1．启用 Windows 防火墙

启用 Windows XP 自带防火墙的具体操作如下。

1 执行以下任一方法，打开如图 9-49 所示的"Windows 防火墙"对话框。

❖ 在"Windows 安全中心"窗口中，单击"管理安全设置"栏中的"Windows 防火墙"超级链接。

❖ 在"控制面板"窗口中单击"网络和Internet"超级链接，在打开的界面中单击"Windows 防火墙"超级链接。

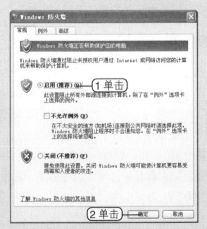

图 9-49 "Windows 防火墙"对话框

2 选中"启用（推荐）"单选按钮，并单击 确定 按钮，启用 Windows 防火墙。

2．配置防火墙

在如图 9-50 所示的"Windows 防火墙"对话框中，可通过"例外"选项卡来自定义需要访问的 Internet 程序和服务。

图 9-50 "例外"选项卡

下面添加 QQ2010 程序为例外，其具体操作如下。

1 单击 添加程序(R)... 按钮，在打开的"添加程序"对话框中选择添加到该列表中的程序，这里选择"QQ2010"，单击 确定 按钮。

2 选择添加的状态，单击 编辑(E)... 按钮，将打开如图 9-51 所示的"编辑程序"对话框，单击 更改范围(C)... 按钮，可打开"更改范围"对话框进行设置，完成对选中程序使用范围的设置，单击 确定 按钮完成添加。

图 9-51 "编辑程序"对话框

3．使用安全日志

安全日志记录了计算机的成功连接和不成功连接的信息，可以作为用户排除故障和维护网络安全的工具，使用安全日志的具体操作如下。

1 在"Windows 防火墙"对话框中单击"高级"选项卡。

2 单击"安全日志记录"栏中的 设置(T)... 按钮，打开如图如图 9-52 所示的"日志设置"对话框，然后进行如下设置。

◆ 在"记录选项"栏中设置安全日志需要记录的内容。

◆ 在"日志文件选项"栏中设置日志文件存储的位置和名称等。

图 9-52 "日志设置"对话框

9.5.2 自动更新

Windows Update 是 Windows XP 中自带的系统更新程序，当计算机与 Internet 连接后，Windows Update 可以连接到官方升级站点，对用户计算机中的操作系统进行分析，用户再根据需要在升级列表中选择下载和安装补丁程序。

在"Windows 安全中心"窗口中，单击"管理安全设置"栏中的"自动更新"超级链接，将打开如图 9-53 所示的"自动更新"对话框，其中包括了"自动（建议）"、"下载更新，但是由我来决定什么时候安装"、"有可用下载时通知我，但是不要自动下载或安装更新"，以及"关闭自动更新"几种更新方式。选中相应的单选按钮，计算机将按照设置自动进行更新。

图 9-53 "自动更新"对话框

9.5.3 自测练习及解题思路

1．测试题目

第 1 题 通过"Windows 安全中心"窗口启动 Windows 防火墙。

第 2 题 在"Windows 防火墙"对话框中将"远程协助"程序的范围设置为仅我的网络（子网）。

第 3 题 将 Windows 的自动更新设置为"下载更新，但是由我来决定什么时候安装"。

2．解题思路

第 1 题 在"Windows 安全中心"窗口中的"管理安全设置"栏中，单击"Windows 防火墙"超级链接，并在"Windows 防火墙"对话框中完成 Windows 防火墙的启用。

第 2 题 在"Windows 防火墙"对话框中单击"例外"选项卡→选择"远程协助"程序→单击"编辑"按钮→单击"更改范围"按钮→选中"仅我的网络（子网）"单选按钮。

第 3 题 在"自动更新"对话框中选中"下载更新，但是由我来决定什么时候安装"单选按钮。